古典文獻研究輯刊

十一編

曾 永 義 主編

第 **8** 冊

南朝門第維持與文體變遷之關係研究
——以詩為主要觀察範圍（下）

林 童 照 著

國家圖書館出版品預行編目資料

南朝門第維持與文體變遷之關係研究—— 以詩為主要觀察範
圍（下）／林童照 著 — 初版 — 新北市：花木蘭文化出版社，
2015〔民 104〕
目 4+198 面；19×26 公分
（古典文學研究輯刊 十一編；第 8 冊）
ISBN 978-986-404-114-5（精裝）
1. 中國詩 2. 南朝文學 3. 詩評
820.8　　　　　　　　　　　　　　　103027544

ISBN-978-986-404-114-5

9 789864 041145

古典文學研究輯刊
十一編　第 八 冊　　　　　　ISBN：978-986-404-114-5

南朝門第維持與文體變遷之關係研究
——以詩爲主要觀察範圍（下）

作　　者　林童照
主　　編　曾永義
總 編 輯　杜潔祥
副總編輯　楊嘉樂
編　　輯　許郁翎
出　　版　花木蘭文化出版社
社　　長　高小娟
聯絡地址　235 新北市中和區中安街七二號十三樓
　　　　　電話：02-2923-1455／傳眞：02-2923-1452
網　　址　http://www.huamulan.tw 信箱 hml810518@gmail.com
印　　刷　普羅文化出版廣告事業
初　　版　2015 年 3 月
定　　價　十一編 29 冊（精裝）台幣 52,000 元

南朝門第維持與文體變遷之關係研究
——以詩爲主要觀察範圍（下）

林童照　著

目
次

第五章　篇體構成因素的發展與類別和諧並存觀念

第一節　關注語言

《文心雕龍・明詩》：「宋初文詠，體有因革，莊老告退，而山水方滋；儷采百字之偶，爭價一句之奇，情必極貌以寫物，辭必窮力而追新：此近世之所競也。〔註1〕」劉勰所論，為宋、齊時之狀況，可見除山水、寫物等題材之轉換外，自劉宋以來，即已將注意力大量集中於語言、構詞方面〔註2〕。正因對語言及其組織的關注，成為南朝突出的時代現象，因而廖蔚卿先生依劉勰此段描述指出：「〈明詩〉篇謂宋初文風，徒從文字上用功夫。〔註3〕」這種強調，正是突顯出了南朝詩風的演變，與詩人自覺地運用語言的變化以「追新」密不可分。

〔註1〕〔梁〕劉勰著；周振甫注《文心雕龍注釋》（台北：里仁書局，1984），頁85。

〔註2〕對語言問題的注意早已有之，南朝前如東晉葛洪《抱朴子・鈞世》即認為「古書之多隱，未必昔人故欲難曉，或世異語變，或方言不同……。且夫《尚書》者，政事之集也。然未若近代之優文詔策軍書奏議之清富贍麗也。《毛詩》者，華彩之辭也。然不及〈上林〉〈羽獵〉〈二京〉〈三都〉之汪濊博富也」。「書猶言也，若入談語，故為知音。胡、越之接，終不相解，以此教戒，人豈知之哉」？葛洪顯然已注意及古今、地域語言之差異，並以之為其今勝於古文學觀的一項支柱。引文見郁沅、張明高編選《魏晉南北朝文論選》（北京：人民文學出版社，1999），頁 208～209、210。但大量而集中地注意語言問題，則不能不歸之於南朝。

〔註3〕廖蔚卿《六朝文論》（台北：聯經出版事業公司，1978），頁 204。

一、自然語言與寫物

這種對於語言關注的現象，如劉勰之總括，乃爲時代風氣。既是時代的風氣，元嘉三大家自也在時風的沾溉之下，因而三家皆在語言及其組構方式上著力甚深。而由於時人對於語言的關注，這也使時人在三家「尚巧似」的共同特色外，注意及三家不同的語言特徵。

顏、謝、鮑之詩，皆有「尚巧似」的特點，如《詩品》所云：

謝靈運：其原出於陳思，雜有景陽之體，故尚巧似，而逸蕩過之，頗以繁富爲累。……然名章迥句，處處間起，麗典新聲，絡繹奔會。譬猶青松之拔灌木，白玉之映塵沙，未足貶其高潔也。

顏延之：其原出於陸機，尚巧似。體裁綺密，情喻淵深；動無虛散，一句一字皆致意焉。湯惠休曰：「謝詩如芙蓉出水，顏如錯采鏤金。」顏終身病之。

鮑照：然貴尚巧似，不避危仄，頗傷清雅之調。故言險俗者，多以附照。〔註4〕

三家皆有「尚巧似」的特徵，這正呼應了劉勰所謂「情必極貌以寫物」的時代風氣，在此風氣之下，三家致力於此也是十分自然的事。但是，就時人接受的角度而言，卻不忘突出三家各自形塑「形似」的語言特徵。《南齊書・文學傳論》描述其時之文體，即頗爲重視其時之語言及其組構的特徵：

今之文章，作者雖眾，總而爲論，略有三體。一則啓心閑繹，托辭華曠，雖存巧綺，終致迂迴，宜登公宴，本非准的。而疏慢闡緩，膏肓之病；典正可采，酷不入情。此體之源，出靈運而成也。次則緝事比類，非對不發，博物可嘉，職成拘制。或全借古語，用申今情，崎嶇牽引，直爲偶說。唯睹事例，頓失清采。此則傅玄五經、應璩指事，雖不全似，可以類從。次則發唱驚挺，操調險急，雕藻淫豔，傾炫心魂。亦猶五色之有紅紫，八音之有鄭衛。斯鮑照之遺烈也。〔註5〕

此中之第二體，蕭氏認爲此體源出於「傅玄〈五經〉、應璩〈指事〉」，但又認爲「雖不全似，可以類從」，則態度頗有游移。實則以文體大量用典

〔註4〕見〔梁〕鍾嶸撰：陳延傑注《詩品注》（台北：台灣開明書店，1978台七版），頁17、25～26、27。
〔註5〕見郁沅、張明高編選《魏晉南北朝文論選》，頁341。

及駢儷化的傾向而言，在魏晉發展起來之後，東晉時代一度呈現衰落的趨勢，直至晉宋之際方又復振〔註6〕。而復振此體的重要人物即顏延之等人，據《詩品・序》云：「顏延、謝莊，尤為繁密，於時化之，故大明、泰始中，文章殆同書抄。近任昉、王元長等，詞不貴奇，競須新事，爾來作者，寖已成俗。〔註7〕」可知劉宋時代此類文體較早的重要提倡者，應歸之於顏延之，並且此後也在南朝形成一清晰的發展脈絡，因而此體在南朝的發展，不必遠紹傅玄、應璩。

　　《南齊書・文學傳論》所描述源出於顏、謝、鮑之文章三體，顯然是甚為關注語言的表現，而三家的語言表現方式不同，這自然也就形成了三家景物刻畫的不同特徵。謝靈運寫景物以逼真著稱，鮑照則以險俗知名，此已如前文所述，至於顏延之則尚可再作說明。

　　顏延之詩作，實亦不乏清新寫景之句，如曹旭先生指出：「延之雖喜古事，鋪陳繁密，然其寫景狀物，亦多工巧之句，如『嶠霧下高鳥，冰沙固流川』（〈從軍行〉）、『故國多喬木，空城凝寒雲』（〈還至梁城作〉）、『松風遵路急，山煙冒隴生』（〈拜陵廟作〉）、『庭昏見野陰，山明望松雪』（〈贈王太常僧達〉）等皆是。〔註8〕」但時人並不以此類清新、工巧之詩句為顏延之特徵之所在，而是以「錯采鏤金」視之〔註9〕。這自然與作為顏延之代表詩作的公宴詩，善以典故成其典雅風格有關，如其〈車駕幸京口三月三日侍遊曲阿後湖作〉之「山祇蹕嶠路，水若警滄流。神御出瑤軫，天儀降藻舟。……雕雲麗璇蓋，祥飆被綵斿」。此雖寫天子出遊之景象，但依李善注，其中「山祇」典出《管子》，暗指「霸王之君興」；「水若」則化用《楚辭》之「海若」，以指水神為宋帝警蹕；「瑤軫」語出王符〈羽獵賦〉用以指天子；「祥飆」以

〔註6〕　說見曹道衡〈關於魏晉南北朝的駢文和散文〉，收入於氏著《中古文學史論文集》（北京：中華書局，1986），頁38～39。顏崑陽〈論魏晉南北朝文質觀念及其所衍生諸問題〉，收入氏著《六朝文學觀念論叢》（台北：正中書局，1993），頁36。

〔註7〕　〔梁〕鍾嶸撰；陳延傑注《詩品注》，頁7。

〔註8〕　〔梁〕鍾嶸著；曹旭集注《詩品集注》（上海：上海古籍出版社，1996二刷），頁273。

〔註9〕　「錯采鏤金」之語，見上文《詩品》引湯惠休之評論。而類似的評論鮑照亦有之，如《（新校本）南史》卷三十四〈顏延之傳〉載：「延之嘗問鮑照己與靈運優劣，照曰：『謝五言如初發芙蓉，自然可愛。君詩若鋪錦列繡，亦雕繢滿眼。』」（頁881）而無論是「錯采鏤金」或是「鋪錦列繡」、「雕繢滿眼」皆表示了顏延之用典繁密的特徵。

《禮緯》之語，表明「君政頌平」〔註 10〕。由此可見顏延之詩以用典成其典重作風之一斑，因此這類詩句雖亦是寫景，但卻往往僅被視為公宴中之頌美。

除此類於公宴場合中寓頌美於寫景之詩句外，顏詩看似單純寫景之句，若依李善注，則亦可見其以用典而寓其景外之意。如〈秋胡詩〉之「明豔侔朝日」句，表面上看似寫秋胡妻之美貌，而李注引《詩經》「東方之日，彼姝者子，在我室兮」以為注，則此寫貌之句，同時也寓其新婚之意。〈北使洛〉「陰風振涼野」句，則以陸機〈苦寒行〉之「涼野多險難」為之注，則本句同時暗指旅途之「險難」〔註 11〕。顏延之今所存詩不多，若含殘詩併計，則僅有三十四首〔註 12〕，此自難以得知其詩之全貌，但以今日之所見，仍可窺得時人評其繁密之緣由。

雖然謝靈運之「自然可愛」、顏延之之「雕繢滿眼」、鮑照之「操調險急」，在南朝皆具有極大的影響力，但是就時人已普遍關注語言及其組構所形成的效果言，可說時人已充分意識及詩人之成就不獨在其題材、主題等方面，同時也在語言運用等寫作方式上，因此對於語言及其組構方式的審美效果，也為時人所深切反省。但若以南朝詩之總體發展趨勢而言，由山水而至詠物、宮體〔註 13〕，可以說，自然平易之語言逐漸佔據了南朝詩歌的主流地位，而這正反映了時人反省的結果。詩歌的發展趨勢如此，時人的詩論主張也與詩歌發展趨勢互為因果，如沈約著名的「三易說」即為其例。《顏氏家訓·文章》載：

> 沈隱侯曰：「文章當從三易：易見事，一也；易識字，二也；易誦讀，三也。」邢子才常曰：「沈侯文章用事不使人覺，若胸臆語也。」深以此服之。祖孝徵亦嘗謂吾曰：「沈詩云：『傾崖護石髓。』此豈似用事邪？」〔註 14〕

〔註 10〕〔梁〕蕭統編；〔唐〕李善注《昭明文選》（台北：漢京文化事業有限公司，1983），頁 317～318。

〔註 11〕二例，見同上，頁 301、383。

〔註 12〕此數字依逯欽立先生輯校本統計，見氏輯校《先秦漢魏晉南北朝詩》（台北：木鐸出版社，1988），頁 1225～1238。

〔註 13〕此是以其盛行期而言，並非指其一體沒落而後一體代興，因此諸體在南朝實為並存，但盛行期則有前後之別。南朝詩由山水至詠物、宮體之發展趨勢，劉漢初先生曾有表列說明，見氏著〈六朝詩發展述論〉，國立台灣大學中國文學研究所博士論文，1982，頁 374。

〔註 14〕〔北齊〕顏之推著：王利器集解《顏氏家訓集解》（台北：明文書局，1984

　　此中對「易」的要求，涉及用事、字形、聲病三部分，後二者下文當再述及，此處先論邢子才、祖孝徵所關注的「用事」部分。

　　邢、祖二人之說，可以視作是對沈約「易見事」的解說，亦即所謂的「易見事」是指詩人當使用事「若胸臆語」，換言之，當掃除來自經典的厚重痕跡，使詩句「圓美流轉如彈丸」〔註15〕，這自然就得依靠語言的提煉，使之更近於自然語言。而蕭子顯於《南齊書・文學傳論》中，則更明白地主張，詩歌語言當融入江南民歌輕快流麗的風格，因而要求「言尚易了，文憎過意；吐石含金，滋潤婉切。雜以風謠，輕脣利吻，不雅不俗，獨中胸懷」〔註16〕。其中「獨中胸懷」與「若胸臆語」相似，但蕭子顯更清楚地表達，要能「獨中胸懷」，其中一項重要的作法在於「雜以風謠」。由此可見蕭子顯的主張，乃是透過詩歌語言的改革，從而使情志的傳達更近於口語的自然。

　　這種要求詩歌出之以平易語言的觀念，與謝靈運詩之「自然可愛」取得時人高度的評價密不可分。因此下文以謝靈運詩為主，分析時人「雜以風謠，輕脣利吻，不雅不俗，獨中胸懷」的現象。

　　謝靈運詩在時人眼中自有其缺點，如上舉之「逸蕩」、「繁富」、「迂迴」、「疏慢闡緩」、「酷不入情」、「作體不辨有首尾」等，但瑕不掩瑜，謝靈運詩中的寫景名句，以其傑出的成就，仍為時人的注目焦點，此正如鍾嶸對謝靈運的評論：「譬猶青松之拔灌木，白玉之映塵沙，未足貶其高絜也。」而謝靈運這些寫景名句，即多是出之以自然的語言，如《詩品・序》列舉不貴用事的「直尋」名句，即有謝靈運〈歲暮〉之「明月照積雪」〔註17〕。此外，謝靈運為學者所讚賞的名句尚多，如：

> 白雲抱幽石，綠篠媚清漣。（〈過始寧墅〉）
>
> 曉霜楓葉丹，夕曛嵐氣陰。（〈晚出西射堂〉）
>
> 雲日相輝映，空水共澄鮮。（〈登江中孤嶼〉）
>
> 野曠沙岸淨，天高秋月明。（〈初去郡〉）
>
> 初篁苞綠籜，新蒲含紫茸。（〈於南山往北山經湖中瞻眺〉）

再版），頁253。

〔註15〕《（新校本）南史》卷二十二〈王筠傳〉，頁609。

〔註16〕見郁沅、張明高編選《魏晉南北朝文論選》，頁341。

〔註17〕〔梁〕鍾嶸撰；陳延傑注《詩品注》，頁6〜7。詩見〔南朝宋〕謝靈運著；顧紹柏校注《謝靈運集校注》（台北：里仁書局，2004），頁34。

巖下雲方和，花上露猶泫。(〈從斤竹澗越嶺溪行〉)

崖傾光難留，林深響易奔。(〈石門新營所住四面高山迴溪石瀨
脩竹茂林〉) 〔註18〕

謝靈運爲人所稱道的名句自不僅於此，然以所舉數例而言，即可見「謝
客吐言天拔，出於自然〔註19〕」之一斑。而謝靈運寫景名句之「天拔」、「自
然」，與其自覺運用平易自然的語言密不可分，此由《詩品》所載故事即可見
出：

《謝氏家錄》云：「康樂每對惠連，輒得佳語。後在永嘉西堂，
思詩竟日不就，寤寐間，忽見惠連，即成『池塘生春草』。故嘗云：
『此語有神助，非我語也。』」〔註20〕

「池塘生春草」句之平易自然不待贅言，而由謝靈運對此句之重視可知，
以平易自然之語言塑造形象所具有的價值，已爲謝靈運所自覺關注〔註21〕。

謝靈運重視平易自然的語言，與其親近歌謠的態度有關，而與謝靈運情
誼深厚的謝惠連〔註22〕，在此中也應扮有重要角色。《詩品》評謝惠連爲「工
爲綺麗歌謠，風人第一」〔註23〕，而這種歌謠風格，自然也會對謝靈運有所
影響。如謝惠連善用民歌常見的頂針格，以使詩歌有連綿回環之美，而這也
成爲南朝時人眼中謝惠連詩的特徵。因此在江淹〈雜體詩三十首・謝法曹惠
連贈別〉中〔註24〕，便可見其中之頂針形式，甚且南朝詩人即是逕以「謝惠
連體」爲此體命名，如梁簡文帝之〈戲作謝惠連體十三韻〉〔註25〕。

〔註18〕以上引詩，分見〔南朝宋〕謝靈運著；顧紹柏校注《謝靈運集校注》，頁63、
82、123、144、175、178、256。

〔註19〕梁簡文帝〈與湘東王書〉語，見郁沅、張明高編選《魏晉南北朝文論選》，頁
352。

〔註20〕〔梁〕鍾嶸撰；陳延傑注《詩品注》，頁27。

〔註21〕謝靈運寤寐間見謝惠連之事，已有疑者，此或僅爲靈運一時興到之語。說見
〔梁〕鍾嶸著；曹旭集注《詩品集注》所錄張錫瑜《鍾記室詩平》、陳衍《詩
品平議》，頁289、290。然以此事出自《家錄》，則見惠連或爲靈運興到語，
但靈運對此句之激賞則仍屬可信。

〔註22〕《(新校本)宋書》卷六十七〈謝靈運傳〉載：「靈運既東還，與族弟惠連、
東海何長瑜、穎川荀雍、泰山羊璿之，以文章賞會，共爲山澤之遊。」(頁1774)
謝靈運〈酬從弟惠連〉云：「末路值令弟，開顏披心胸。」可見二人之交好。
詩見〔南朝宋〕謝靈運著；顧紹柏校注《謝靈運集校注》，頁250。

〔註23〕〔梁〕鍾嶸撰；陳延傑注《詩品注》，頁27。

〔註24〕詩見逯欽立輯校《先秦漢魏晉南北朝詩》，頁1578～1579。

〔註25〕詩見〔陳〕徐陵編；〔清〕吳兆宜注、程琰刪補；穆克宏點校《玉臺新詠箋

　　這種民歌常見的頂針格式，也在謝靈運與謝惠連的酬唱詩中出現。如謝靈運之〈登臨海嶠初發彊中作與從弟惠連見羊何共和之〉共四章，其首章末句「汀曲舟已隱」；二章之首字「隱」、末二字「淹留」；三章之首二字「淹留」、末二字「念攢」；四章之首句爲「攢念攻別心」。其〈酬從弟惠連〉一詩共五章，首章末句爲「開言披心胸」；二章之首二字「心胸」、末二字「分離」；三章之首二字「分離」、末句「款曲洲渚言」；四章之首二字「洲渚」、末句「共陶暮春時」；五章之首句「暮春雖未交」〔註26〕。此可顯見謝靈運在與謝惠連酬唱時之仿效，也可見謝靈運不避民歌形式之「俗」，因此謝靈運有〈東陽谿中贈答〉這種民間對歌形式的創作便不足爲奇：

　　　　可憐誰家婦，緣流洗素足。明月在雲間，迢迢不可得。

　　　　可憐誰家郎，緣流乘素舸。但問情若爲，月就雲中墜。〔註27〕

　　凡此皆可見謝靈運對民歌之接受，因此民歌語言對謝靈運之影響，也是應有之事。

　　此外，謝靈運對流行的字義也甚能接受，如頗爲劉勰所詬病的「賞」字即爲其例。《文心雕龍・指瑕》云：

　　　　夫賞訓賜賚，豈關心解，……雅頌未聞，漢魏莫用，懸領似如

　　可辯，課文了不成義：斯實情訛之所變，文澆之致弊。而宋來才英，

　　未之或改，舊染成俗，非一朝也。〔註28〕

　　對於「賞」字的新出意義，劉勰之不以爲然於此可見，並且由其所述之「宋來才英，未之或改，舊染成俗，非一朝也」可知，「賞」字「心解」之義已然爲時人普遍接受。對於這種非關經典、僅爲時俗通行的用法，在謝靈運的詩中也得到大量運用。如：

　　注》（台北：明文書局，1988），頁287。又，此體並非謝惠連所發明，其前《詩經・大雅・文王》以及漢樂府〈平陵東〉、〈飲馬長城窟行〉等已見。而今所見謝惠連存詩，僅〈西陵遇風獻康樂〉第三章之「靡靡即長路，戚戚抱遙悲。悲遙但自弭，路長當語誰？」略具此體特徵。說見程章燦《世族與六朝文學》（哈爾濱：黑龍江教育出版社，1998），頁76。唯程章燦先生以爲「謝惠連正是第一個自覺地運用這種傳統格式並加以改造的詩人」（同上頁），此說恐忽略了曹植〈贈白馬王彪〉已自覺地運用頂針格。曹詩見〔三國魏〕曹植著；趙幼文校注《曹植集校注》（北京：人民文學出版社，1998），頁294～300。

〔註26〕二詩分見〔南朝宋〕謝靈運著；顧紹柏校注《謝靈運集校注》，頁245、250。

〔註27〕同上，頁151。

〔註28〕〔梁〕劉勰著；周振甫注《文心雕龍注釋》，頁760。

將窮山海跡，永絕賞心悟。(〈永初三年七月十六日之郡初發
都〉)

含情尚勞愛，如何離賞心。(〈晚出西射堂〉)

我志誰與亮，賞心惟良知。(〈遊南亭〉)

賞心不可忘，妙善冀能同。(〈田南樹園激流植援〉)

永絕賞心望，長懷莫與同。(〈贈從弟惠連〉) 〔註29〕

這並非謝靈運用「賞」字的全部，也並非謝靈運接受時俗的全貌，但也
可反映出謝靈運詩對於通俗字義的融入。

葛曉音先生指出，南朝詩歌語言走向平易自然，與文人學習樂府古詩、
南北朝民歌之語言有關：

（齊梁文人）在晉宋詩歌走向生澀僵滯的絕境時，通過學習樂
府古詩和南北朝樂府民歌，懂得了必須從當代口語中提煉新的語言
才能使詩歌獲得新生的規律，大力提倡流暢自然的詩風，促使詩歌
完成了由難至易、由深至淺、由古至今的變革。〔註30〕

以元嘉三大家而言，雖三者俱有「生澀僵滯」之一面，但如前文所言，
三者也俱能以清新流麗之語言發爲傑作，這兩類詩作有著明顯的風格差異，
自然是三大家所能自覺的。故而不妨將葛曉音先生之說稍向前推進，齊梁文
人不必定然是在「晉宋詩歌走向生澀僵滯的絕境時」，才「懂得了必須從當
代口語中提煉新的語言」，可以說劉宋詩人，尤其謝靈運所塑造的「自然可
愛」已然形成巨大的風潮，應當也是促進齊梁詩人提煉自然語言的原因。然
葛先生對於南朝詩人學習樂府古詩及南北朝民歌，並於口語中提煉語言的論
斷，無疑是極具啓發性的。因此以此觀點考察當時詩人，便可見當時以樂府、
風謠擅名者不少，如鮑照之「嘗爲古樂府，文甚遒麗」〔註31〕，湯惠休之
「委巷中歌謠」〔註32〕。《詩品》評謝惠連「工爲綺麗歌謠，風人第一」已
如上述，尚有評吳邁遠爲「善於風人答贈」〔註33〕，評鮑行卿爲「甚擅風

〔註29〕分見〔南朝宋〕謝靈運著；顧紹柏校注《謝靈運集校注》，頁 54、82、121、
169、250。

〔註30〕葛曉音〈論齊梁文人革新晉宋詩風的功績〉，收入氏著《漢唐文學的嬗變》(北
京：北京大學出版社，1995 二刷)，頁 56。

〔註31〕《(新校本)宋書》卷五十一〈宗室・臨川烈武王道規附鮑照傳〉，頁 1447。

〔註32〕《(新校本)南史》卷三十四〈顏延之傳〉，頁 881。

〔註33〕〔梁〕鍾嶸撰；陳延傑注《詩品注》，頁 39。

謠之美」〔註34〕等，皆是其例。若以南朝詩人樂府創作的計量而言，也可見時人對於樂府的重視。依逯欽立先生輯校之《先秦漢魏晉南北朝詩》及宋郭茂倩所編輯之《樂府詩集》，南朝今存有樂府創作的詩人有 137 位，佔南朝 327 位詩人的四成以上；文人樂府共 1016 首，約佔全部存詩 3600 首的三成。其中作有 10 首以上的詩人有 22 位，20 首以上者有 13 位〔註35〕。由此繁榮的狀況可知，這是時代的普遍風氣，因此樂府、風謠的語言也自當成為時人關注的對象，也極易由其間「懂得了必須從當代口語中提煉新的語言」。

　　當然，南朝詩人也並非只是單純地為追求語言平易而關注語言，這同時也與寫物「自然可愛」的要求密切相關。尤其南朝詩自山水而詠物而宮體相繼興盛的發展脈絡中，刻畫「物」始終為詩人關心之所在，因此如何逼真且自然地表現「物」的形貌，自然使詩人關心語言及語言的表現效果。

　　正是由於對刻畫「物」象的關心，時人也注意及在意象形成階段中語言的作用。《文心雕龍・神思》云：

　　　　神居胸臆，志氣統其關鍵；物沿耳目，而辭令管其樞機。樞機
　　方通，則物無隱貌；關鍵將塞，則神有遁心。〔註36〕

劉永濟先生對此段文字頗有申論：

　　　　蓋「神居胸臆」，與物接而生感應，志氣者，感應之符也。故曰
　　「管其樞機」。然則辭令之工拙，興象之明晦係焉；志氣之清濁，感
　　應之利鈍存焉。易詞言之，即內心外境之表見，其隱顯深淺，咸視
　　志氣。辭令為權衡。志氣清明，則感應靈速；辭令巧妙，則興象昭
　　晰。二者之於文士，若兩輪之於車焉。千古才士，未有舍是而能成
　　佳文者。〔註37〕

　　〈神思〉此段文字，描述的是意象形成階段的心理活動，而依劉永濟先生的說明可知，在此階段「辭令」已經開始運作，故而「興象」之明晰與否，可歸因於辭令之是否巧妙。而此時辭令的功能，在於將心中產生的意象確立、使之清晰，因此意象的形成，與作者所採用的語言密切相關。

〔註34〕同上，頁 42。
〔註35〕統計數字見黎豔〈南朝文人樂府詩的新變〉，陝西師範大學碩士論文，2004，
　　　　頁 2。
〔註36〕〔梁〕劉勰著；周振甫注《文心雕龍注釋》，頁 515。
〔註37〕〔梁〕劉勰著；劉永濟校釋《文心雕龍校釋》（台北：正中書局，1948），頁
　　　　198。

以此觀點比較典故語言與自然語言，則二者的特點也可以凸顯：典故語言之迂迴、含蓄，雖具有聯想之豐富性，但是卻也缺乏了意象鮮明的直接性；然而近於口語的自然語言，則避免了迂迴，因此在時人重視意象鮮明性的同時，便也不忘強調其中自然語言的作用。如沈約《宋書‧謝靈運傳論》云：「至於先士茂製，諷高歷賞。子建函京之作，仲宣灞岸之篇，子荊零雨之章，正長朔風之句，並直舉胸情，非傍詩史。正以音律調韻，取高前式。〔註38〕」而蕭子顯要求詩歌要能「獨中胸懷」的同時，也關注及語言的「言尚易了」、「雜以風謠」。固然二人重視語言，皆有音律上「吐石含金，滋潤婉切」、「音律調韻」的原因，但是在切合逼真地寫物的時代風氣上，以平易自然的語言寫物，其優越性十分顯然，因此不好聲律說的鍾嶸，也持相同論點，其《詩品‧序》云：

> 「思君如流水」，既是即目；「高台多悲風」，亦惟所見；「清晨登隴首」，羌無故實；「明月照積雪」，詎出經史。觀古今勝語，多非補假，皆由直尋。〔註39〕

鍾嶸此段文字，正是要求詩中意象如「即目」、「所見」之鮮明，而這便有賴於語言之平易自然。凡此，皆可見時人對於語言現象的關注。

二、語言自具獨立之理

正是由於南朝對語言的普遍關注，因而語言之「理」也被突出，這使得語言成爲自具其理的獨立領域，並不依傍、隸屬於他者。而隨著對語言研究的加深，甚且將語言有待實踐之理，深入至對文字的關注上，於是語言不只是工具、不只是在完成傳情達意寫物等的功能時方有價值。換言之，無論文章之情志內容爲何，語言皆有其獨立於情志的審美價值待實現，而這尤以字音、字形得以獨立於情志內容的現象最爲醒目，此處即聚焦於此，以申語言自具獨立之理的意義。

極力發揮文字的功效，以求最佳地完成抒情、說理、寫景等的目的，這自然是南朝詩人努力的目標。尤其是南朝重視「巧構形似」之作，意圖以語言媒介達到「如印之印泥」的圖畫效果，這幾乎不可能的任務，自然更是「激發了六朝詩人與語言搏鬥的意志，進而探索語言技巧的新變，文字修辭的創

〔註38〕見郁沅、張明高編選《魏晉南北朝文論選》，頁297。
〔註39〕〔梁〕鍾嶸撰；陳延傑注《詩品注》，頁6～7。

發，窮力追新去突破其局限，開拓語言的繪畫性、音樂性、鮮活性等各種表現，使六朝文學在文字修辭與語言技巧上有很豐富的成果」〔註40〕。而南朝對文字修辭與語言技巧的作用，也確實深有自覺，如《文心雕龍‧物色》云：

> 故灼灼狀桃花之鮮，依依盡楊柳之貌，杲杲爲出日之容，瀌瀌擬雨雪之狀，喈喈逐黃鳥之聲，喓喓學草蟲之韻；皎日嘒星，一言窮理；參差沃若，兩字窮形：並以少總多，情貌無遺矣。雖復思經千載，將何易奪。〔註41〕

劉勰所舉之例皆出自《詩經》，此固突出了劉勰宗經之意，但也顯示了以文字達到「情貌無遺」效果的自覺。因此就劉勰此例而言，以雙聲疊韻狀貌山水、刻畫物象，這雖有漢賦好用同偏旁的「瑋字」以鋪寫聲貌的影響，但南朝詩人的目的已與漢賦作家明顯不同，兩相比較，更見南朝詩人所重，是在雙聲疊韻於寫物圖貌時所具有的審美價值。

以漢賦中「瑋字」的運用而言，簡宗梧先生指出：

> 漢賦中使用瑋字的詞彙，絕大多數是雙聲或疊韻的複音詞，這正是口語的特徵，顯然是基於漢賦奏誦的需要，運用複詞以別義。〔註42〕

然而南朝詩人廣泛借鑑漢賦此種手法，已不是爲了「運用複詞以別義」的目的，其目的顯然已轉向於塑造審美效果的需求。如林文月先生分析謝靈運、鮑照詩善用雙聲疊韻的現象，即指出了雙聲疊韻在模山範水時，有「於視聽效果求發揮」的作用〔註43〕。至於謝朓詩，則有更爲密集地運用雙聲疊韻的現象，如其〈冬日晚郡事隙〉：

> 案牘時閒暇，偶坐觀卉木。颯颯滿池荷，翛翛陰窗竹。簷隙自周流，房櫳閒且肅。蒼翠望寒山，崢嶸瞰平陸。已惕慕歸心，復傷千里目。風霜旦夕甚，蕙草無芬馥。云誰美笙簧，孰是厭邁軸。願言稅逸駕，臨潭餌秋菊。〔註44〕

〔註40〕陳昌明《沈迷與超越：六朝文學之感官辯證》（台北：里仁書局，2005），頁308。

〔註41〕〔梁〕劉勰著；周振甫注《文心雕龍注釋》，頁845。

〔註42〕簡宗梧〈漢賦瑋字源流考〉，收入氏著《漢賦源流與價值之商榷》（台北：文史哲出版社，1980），頁56～57。

〔註43〕林文月先生所舉謝靈運、鮑照詩例，見〈鮑照與謝靈運的山水詩〉，收入氏著《山水與古典》（台北：三民書局，1996），頁104～106，引文見頁107。

〔註44〕逯欽立輯校《先秦漢魏晉南北朝詩》，頁1432～1433。

其中雙聲如「閒暇」、「蒼翠」、「芬馥」；疊韻則有「周流」、「寒山」、「崢嶸」、「願言」。這除了追求聲韻的圓美流轉之外，如此集中地運用雙聲疊韻，顯見其刻意藉之以形成視聽效果的目的。

除字音之外，學者也論及字形在情感表現上的審美作用，葉嘉瑩先生曾分析謝靈運山水詩藉字形以表現其心中感受的意圖：

> 他是在客觀的描寫之中製造一些繁難的感受，其實那也就是他
> 心中眞正的感覺。這種繁難的感受，他是通過一些錯綜複雜的句式、
> 筆畫繁複的用字，以及精心雕琢的辭藻等傳達出來的。〔註45〕

此處是將字形的形象性，視爲作者情感傳達的一種手段。

南朝重視文字所能達致的審美效果，此固無疑義。但仍當注意，南朝文論在討論文字時，也明顯出現了將文字脫離全詩的情志內容，獨立地論述文字自身審美效果的現象。

以《文心雕龍‧聲律》對於字音的認識而言，即有以下的論述：

> 凡聲有飛沈，響有雙疊，雙聲隔字而每舛，疊韻離句而必暌；
> 沈則響發聲斷，飛則聲揚不還：並轆轤交往，逆鱗相比，迕其際會，
> 則往蹇來連，其爲疾病，亦文家之吃也。……左礙而尋右，末滯而
> 討前，則聲轉於吻，玲玲如振玉；辭靡於耳，累累如貫珠矣。〔註46〕

劉勰對於聲律的討論，明顯是將其置於聲律本身的美感問題之中，這與詩中所要表達的情感內容可以說是無甚關係的，無論詩中所表達的情感內容爲何，聲律自有其自身之理當實踐，換言之，詩歌聲律之美，並不爲「配合」情志內容得以完美地表達而存在。有關聲律問題下文將再述及，此處不贅。但僅以劉勰此篇而論，也可知南朝已出現聲律之美，在於其自身之理得以實踐的觀念。

而「瑋字」的問題，劉勰則將之置於用字難易的範圍以論，此問題一如沈約所主張之「易識字」，但劉勰更兼及魏晉以下用字簡易風氣之描述，其《文心雕龍‧練字》云：

> 是以前漢小學，率多瑋字，非獨制異，乃共曉難也。……及魏
> 代綴藻，則字有常檢，追觀漢作，翻成阻奧。……自晉來用字，率
> 從簡易，時並習易，人誰取難？今一字詭異，則群句震驚：三人弗

〔註45〕葉嘉瑩《漢魏六朝詩講錄（下）》（台北：桂冠圖書公司，2000），頁729。
〔註46〕〔梁〕劉勰著；周振甫注《文心雕龍注釋》，頁629。

識，則將成字妖矣。後世所同曉者，雖難斯易，時所共廢，雖易斯

難，趣舍之間，不可不察。〔註47〕

劉勰明顯將所謂「瑋字」問題，視爲是文字習見與否的問題，雖然繁複的字形有助於形成繁難的心理感受，但詩歌語言的發展，並不是以此種心理感受馬首是瞻，仍是順從時代的風氣而趨向簡易。換言之，無論作者所表達的是繁難、是輕鬆或其他種種不同的情感，簡易化皆是字形發展的要求。

由此可見時人在思考字形問題時，並非思考字形與情志表達的「配合」關係，實際上南朝對字形的認知，主要是突出其脫離與意義、聲韻、題材、主題等等相連的獨立審美部分，如劉勰論及「綴字屬篇」時的四種揀擇：「一避詭異，二省聯邊，三權重出，四調單複。〔註48〕」便無一是與情志相關的議題。其中所謂「調單複」更是典型地突出了字形的自有之理、與情志內容無關的審美效果。《文心雕龍・練字》論「調單複」云：

單複者，字形肥瘠者也。瘠字累句，則纖疎而行劣；肥字積文，

則黯黕而篇闇；善酌字者，參伍單複，磊落如珠矣。〔註49〕

此中所述，爲字形自有之美感的部分，這明確地表達了字形獨立於抒情達意之所需，字形的審美價值純粹是字形自身所當實踐之理。而這種獨立考察文字的觀念，也表現在由字所聚成之句上，《文心雕龍・章句》中所謂的「四字密而不促，六字格而非緩〔註50〕」的論斷，即顯現出文句的獨立審美意義，亦即四、六字之文句所具有的「恰當性」，無關乎所表達的情志具有何種內容，其「恰當性」的根據，是來自於文句所自具之理。而由南朝駢文以四、六句式爲主要句式的情況言，這就不只是劉勰個人之獨斷而已，可以說，劉勰所反映的是南朝文人普遍的共識。

凡此皆可見文字被區分成一獨立領域，因而自有此領域應當實踐之理的現象。而由於文字自有其理，便有「恰當」地實現其理的需要，此正如《文心雕龍・練字》在描述諸種文字自有之理後，對文士的要求便是：「若值而莫悟，則非精解。〔註51〕」能正確地安置諸理，方可稱作「精解」，而「精解」，並不在文字與抒情、說理、寫景等的關係之中，而是在其自具之理的實踐。

〔註47〕同上，頁721～722。

〔註48〕同上，頁722。

〔註49〕同上。

〔註50〕同上，頁648。

〔註51〕同上，頁722。

由此可知，南朝詩人當然仍是重視語言與情意表達的關係，但尤當注意，南朝尚有其特殊觀念：語言及語言之構成因素，皆可區分爲獨立的領域因而自具獨立之理，而其自具之理，皆應恰當地得到實踐。

第二節　其他篇體構成因素

對語言的關注，使語言被視爲是一相對獨立的領域，因而自有其理以待實踐，這種觀念當然並不限於語言，對於其他被區分而出的領域，同樣也要求其領域之理得到實踐。以南朝對於篇體構成因素的認知而言，自聲律說提出之後，南朝對篇體構成因素的認知漸趨於一致，即篇體可分爲四大構成要素：情志、典故、對偶、聲律。於是時人不但對此四大要素深入分析，同時也要求各篇體因素之理，皆能恰如其份地在一篇之中得到實現。

對此篇體四大因素之強調，在時人的言論中常見。《文心雕龍・附會》云：

> 夫才童學文，宜正體製，必以情志爲神明，事義爲骨髓，辭采爲肌膚，宮商爲聲氣，然後品藻玄黄，摛振金玉，獻可替否，以裁厥中。斯綴思之恆數也。〔註52〕

此處明確以情志、事義、辭采、宮商四者，爲「正體製」必須考量的要素。而《文心雕龍》另有〈聲律〉、〈麗辭〉、〈事類〉，則爲針對「宮商」、「辭采」、「事義」問題的分析，換言之，除情志之外，此三篇正是深入探討聲律、對偶、典故三領域各自之理的專論。而沈約讚美劉杳之文，也表出了對篇體因素的認知：

> 君愛素情多，惠以二贊；辭采妍富，事義畢舉。句韻之間，光彩相照，便覺此地，自然十倍。故知麗辭之益，其事弘多，輒當置之閣上，坐臥嗟覽。〔註53〕

此中除「情志」之外，其所標舉的「辭采」、「事義」、「句韻」，正是劉勰所舉的「麗辭」、「事類」、「聲律」三因素。此外，顏之推《顏氏家訓・文章》所強調的文章構成，則與劉勰所論相彷彿：

> 文章當以理致爲心腎，氣調爲筋骨，事義爲皮膚，華麗爲冠冕。〔註54〕

〔註52〕同上，頁789。
〔註53〕沈約〈報博士劉杳書〉，收入郁沅、張明高編選《魏晉南北朝文論選》，頁303。
〔註54〕〔北齊〕顏之推著：王利器集解《顏氏家訓集解》，頁249。

　　雖用字有異，但區分篇體爲情志、聲律、典故、對偶四大構成因素則同。由此可見，篇體由此四大因素構成，可謂爲時代的共識。由南朝的區分觀念可知，得以區分爲一類別，便有此類別之理，因此諸篇體構成因素也自具相對獨立之理。以下分論時人對諸篇體因素的觀念。

一、對偶及用典因素

　　正因每一篇體構成因素，可謂爲一自具其理的領域，因此就時人之認知而言，各篇體構成因素並非因「配合」情志內容而取得價值。以對偶而言，學者已指出其間自有其秩序化的美感：

> 　　自然秩序作爲中古詩歌修辭不可或缺的組成部分，曾使得先前的詩人對於大自然的明晰可喻產生了一種毋庸置疑的可靠感。對仗及其他詩歌語言的傳統規範乃是二元論的宇宙觀和自然科學的文學呈示：一聯詠山、一聯詠水，一行寫聞、一行寫見，仰視與俯窺相平衡。無論是大自然本身還是文字表現手段都是一種富於成效而又可靠的機制。〔註55〕

　　確實，在南朝詩作中，廣泛運用對偶以成秩序感的確是屢見不鮮的現象〔註56〕。如謝靈運詩中即有大量藉山水對舉以成空間秩序感之詩句：

> 　　山行窮登頓，水涉盡洄沿。巖峭嶺稠疊，洲縈渚連綿。白雲抱幽石，綠篠媚清漣。（〈過始寧墅〉）
>
> 　　石淺水潺湲，日落山照曜。（〈七里瀨〉）
>
> 　　澗委水屢迷，林迴巖逾密。（〈登永嘉綠嶂山〉）
>
> 　　日沒澗增波，雲生嶺逾疊。（〈登上戍石鼓山〉）

〔註55〕　〔美〕宇文所安〈自然景觀的解讀〉，收入氏著；陳引馳、陳磊譯《中國「中世紀」的終結：中唐文學文化論集》（北京：生活・讀書・新知三聯書店，2006），頁32。

〔註56〕　當然，對於對偶的認識及運用，早在南朝之前已十分發達。王國瓔先生已指出：「其實對偶是中國文學的一大藝術特色。對偶的自然產生，一方面出自中國人特有的二元相對的思維方式，另一方面可歸因於中國語文單音節的特質。最早有意識地使用對偶，以便上下兩句在用詞及語法結構上形成對仗，是漢代的賦家，他們對兩晉、南朝詩人就發生極大的影響。從潘岳、陸機，乃至謝靈運、謝朓，對偶已成爲一種嚴格的修辭技巧，而對仗幾乎成爲他們的詩的基本結構單位。初唐以後，對仗成爲近體詩不可或缺的結構因素。」見氏著《中國山水詩研究》（北京：中華書局，2007），頁270～271。

近澗涓密石，遠山映疎木。(〈過白岸亭〉) 〔註57〕

在山水對舉之中，也包含了高下、遠近、俯仰、聞見等的對比，這種結構方式確也呈現了相當的層次感及秩序感。

而對偶這種結構方式，使得對偶自具秩序化的美感，也因此使對偶得以成爲全詩中相對獨立的審美單位，故而對偶往往脫離全詩，成爲摘句嗟賞的對象，此正如高友工先生所云：

> 一聯對偶就爲我們提供了互相對應的兩幅同時出現的畫面，而且更重要的是，對偶中的畫面有其自身的完整性，它可以被視爲一幅長卷中自成一體的獨立部分。即使它從上下文中抽取出來，這一聯對句還能保持其本身的美學價值。……兩行詩中的成分起著相互補充的作用，二者隔著一個空間兩相映照，觀察者處於二者的中心，但又置身於局外。〔註58〕

這正表明了對偶「有其自身的完整性」，因而自上下文中抽取而出仍能「自成一體的獨立部分」。換言之，即便與全詩所表達的情志內容關連不大，但就其審美效果而言，對偶仍有其相對獨立的價值，可被視爲一自具意義的單位。

以上學者對對偶的分析，著重在山水聞見之「自然秩序」、「畫面」，亦即著重在摹景寫物上。但關於對偶仍有可注意之處，即在蕭子顯《南齊書‧文學傳論》所述「今之文章」三體中之第二體，是將「緝事比類，非對不發」、「直爲偶說」、「唯睹事例」連觀〔註59〕，也就是說，對偶在時人的眼中，是與用典隸事密切關連的，並不獨爲刻畫物象之所專擅。故而劉勰在分析「麗辭」時，「事對」即爲其中之一類：

> 故麗辭之體，凡有四對：言對爲易，事對爲難，反對爲優，正對爲劣。言對者，雙比空辭者也；事對者，並舉人驗者也；反對者，理殊趣合者也；正對者，事異義同者也。……又言對事對，各有正反，指類而求，萬條自昭然矣。〔註60〕

〔註57〕以上引詩，分見〔南朝宋〕謝靈運著：顧紹柏校注《謝靈運集校注》，頁63、
　　　　78、84、102、111。
〔註58〕高友工著：黃寶華譯〈律詩的美學〉，收入氏著《中國美典與文學研究論集》
　　　　（台北：台灣大學出版中心，2004），頁223～224。
〔註59〕見郁沅、張明高編選《魏晉南北朝文論選》，頁341。
〔註60〕〔梁〕劉勰著；周振甫注《文心雕龍注釋》，頁661～662。

劉勰對「事對」、「言對」以難易爲言，並不如「正對」、「反對」以優劣爲說。因此「事對」的地位並不在「言對」之下，甚至以其「難」於「言對」，更具有價值的稀有性，這自然也爲用典隸事建立了正當性，故而南朝存有大量「唯睹事例」的對偶句便不足爲奇。只是在詩歌進一步分化，將朝章大典與吟詠情性二分之後，一無依傍而標榜「直尋」之「言對」〔註 61〕，方在吟詠情性之領域佔有更重要的地位。因此詩中用典隸事之對偶句甚爲常見，尤其在南朝前期更是如此，如：

愛似莊念昔，久敬曾存故。……李牧愧長袖，郤克慚躧步。（謝靈運〈永初三年七月十六日之郡初發都〉）

亮乏伯昏分，險過呂梁壑。（謝靈運〈富春渚〉）

段生蕃魏國，展季救魯人。弦高犒晉師，仲連卻秦軍。（謝靈運〈述祖德二首〉之一）

周御窮轍跡，夏載歷山川。（顏延之〈應詔觀北湖田收詩〉）

虞風載帝狩，夏諺頌王遊。（顏延之〈車駕幸京口三月三日侍遊曲阿後湖作詩〉）

玉水記方流，璇源載圓折。（顏延之〈贈王太常僧達詩〉）〔註 62〕

除此之外，其例尙多，如鮑照〈蒜山被始興王命作〉之「鹿苑豈淹睇，兔園不足留。……雲生玉堂裡，風靡銀臺陬」、〈登廬山望石門〉之「傾聽鳳館賓，緬望釣龍子」、〈登黃鶴磯〉之「淚竹感湘別，弄珠懷漢遊」、〈從過舊宮〉之「虎變由石紐，龍翔自鼎湖」；謝朓〈和王長史臥病〉之「兔園文雅盛，章台冠蓋多」、〈始出尚書省〉之「青精翼紫軑，黃旗映朱邸」等等〔註 63〕。若以《文選》所收錄劉宋詩歌之李善注爲統計，則其用事句佔全

〔註 61〕《詩品・序》：「夫屬詞比事，乃爲通談。若乃經國文符，應資博古，撰德駁奏，宜窮往烈。至乎吟詠情性，亦何貴於用事？」見〔梁〕鍾嶸著；陳延傑注《詩品注》，頁 6。

〔註 62〕以上謝靈運詩，見〔南朝宋〕謝靈運著；顧紹柏校注《謝靈運集校注》，頁 54、69、153。顏延之詩，見逯欽立輯校《先秦漢魏晉南北朝詩》，頁 1230、1231、1232。

〔註 63〕以上鮑照詩例，見〔南朝宋〕鮑照著；錢仲聯增補集說校《鮑參軍集注》（上海：上海古籍出版社，2008 三刷），頁 260、265、273、302。謝朓詩例，見（南齊）謝朓著；陳冠球編注《謝宣城全集》（大連：大連出版社，1998），頁 128、151。

部詩句之平均比例高達 55%，可見其用典隸事之繁密〔註64〕。

因此可以說，對偶雖在塑造空間秩序之美感上，有其優越之處，但南朝之重視對偶，並不僅在其秩序之美感上。此正如《文心雕龍‧麗辭》所云：「造化賦形，支體必雙，神理爲用，事不孤立。夫心生文辭，運裁百慮，高下相須，自然成對。〔註65〕」對偶被視爲是「造化」、「神理」所致，換言之，對偶「本來」就是在篇章中應當得到實現的天理自然〔註66〕。因此無論篇章中所表達的情志內容、所採取的題材爲何，對偶因素都應當得到妥善的實現，且無論這與安置自然空間之秩序是否相關。蕭繹《詩評》云：「作詩不對，本是吼文，不名爲詩。〔註67〕」正是強調了對偶因素的不可或缺，而尤當注意，蕭繹此說是以「詩」爲論，亦即不論其主旨、題材，名爲「詩」者便當妥善地實現對偶因素。凡此皆可見，時人對於對偶不僅是著眼在建立空間秩序之美感，同時也是強調對偶在篇體中的應然，亦即認定對偶「本來」就是篇體中應有的因素。

正是因爲對偶因素「必須」得到實踐，以致於南朝有不少是純爲對偶而對偶的詩句，如：

> 初景革緒風，新陽改故陰。（謝靈運〈登池上樓〉）
>
> 揚帆采石華，挂席拾海月。（謝靈運〈遊赤石進帆海〉）
>
> 千念集日夜，萬感盈朝昏。（謝靈運〈入彭蠡湖口〉）
>
> 促生靡緩期，迅景無遲蹤。（謝惠連〈豫章行〉）
>
> 萬古陳往還，百代勞起伏。（顏延之〈始安郡還都與張湘州登巴陵城樓作詩〉）〔註68〕

〔註64〕陳橋生《劉宋詩歌研究》（北京：中華書局，2007），頁 155～159。

〔註65〕〔梁〕劉勰著；周振甫注《文心雕龍注釋》，頁 661。

〔註66〕周振甫先生指出：以偶句爲主之文，是出於人爲，並非自然的語言。用「自然成對」來說明，是用個別來代替一般，並不確切。見〔梁〕劉勰著；周振甫注《文心雕龍注釋》，頁 668。劉勰之說固然不確切，但南朝將「人爲」所形成的對偶風氣視若「自然」，也就是說已將對偶視爲天理本然，這正表示出對偶在時人心中，已是無須質疑的篇體因素。

〔註67〕引自〔日〕弘法大師原撰；王利器校注《文鏡秘府論校注‧南卷‧論文意》（北京：中國社會科學出版社，1983），頁 308。

〔註68〕以上謝靈運詩，見〔南朝宋〕謝靈運著；顧紹柏校注《謝靈運集校注》，頁 95、115、281。謝惠連、顏延之之詩，分見逯欽立輯校《先秦漢魏晉南北朝詩》，頁 1189、1234。

　　以上數例中，上句與下句之意相近、相同，然而卻分成兩句敘述，正是因爲對偶之要求所致。

　　由於對駢偶的重視，因而使得劉宋元嘉前後詩賦中的對句數量遽增，以致於「多數詩賦中對句比例都在七八成以上。詩中全篇皆對的也不少。」如「謝惠連〈西陵遇風獻康樂〉五章就幾乎全篇俳體，並且在形式上已經相當工整。……劉駿〈濟曲阿後湖〉，此詩五言八句，句句用對。……（鮑照）〈登黃鶴磯〉幾乎通篇是對句」〔註69〕。此外，全篇對偶者尚多，如謝靈運〈登池上樓〉、謝莊〈七夕夜詠牛女應制詩〉、〈侍宴蒜山詩〉、〈侍東耕詩〉、〈自潯陽至都集道里名爲詩〉、〈北宅秘園詩〉、〈喜雨詩〉等等〔註70〕。除對偶句數量的遽增外，對偶的種類也十分豐富，王力先生《漢語詩律學》將對句歸納爲十一類二十八門，羅宗強先生據其分類以考察元嘉文學，發現「除干支對、反義連用字對和飲食門之外，其餘二十五種對元嘉文學中都已出現，而謝靈運詩中就有二十一種」〔註71〕。可以說，南朝初期的對偶已達高度發展的狀況，正因對偶的現象如此突出，故《文心雕龍・明詩》總括「宋初文詠」的文體因革時，「儷采百字之偶」也就成爲劉勰所論的顯著特徵〔註72〕。

　　以上雖偏重於論述對偶因素，但這並不表示在時人眼中，典故因素乃附屬於對偶之下，用典作爲篇體的構成因素，仍是被視爲一相對獨立的「單位」，而其價值也同樣被要求在篇章中實現，因此《文心雕龍》特設有〈事類〉一篇，可見時人對於用典的重視。而對於缺乏用典之爲病的觀點，則以蕭繹在〈內典碑銘集林序〉中的論述較爲清晰，其云：

　　　　或引事雖博，其意猶同；或新意雖奇，無所倚約；或首尾倫帖，

　　事似牽課；或□復博涉，體制不工。〔註73〕

〔註69〕韓高年〈魏晉南北朝詩賦的駢偶化進程及其理論意義〉，《遼東學院學報（社會科學版）》第 10 卷第 3 期（2008.06），頁 111～112。

〔註70〕謝靈運詩，見〔南朝宋〕謝靈運著：顧紹柏校注《謝靈運集校注》，頁 95。謝莊詩，見逯欽立輯校《先秦漢魏晉南北朝詩》，頁 1251～1252。

〔註71〕羅宗強《魏晉南北朝文學思想史》（北京：中華書局，1996），頁 210。

〔註72〕本文以詩爲觀察對象，但在重駢偶的風氣下，賦的駢偶化程度也十分顯著。韓高年先生依嚴可均輯《全上古三代秦漢三國六朝文》所收顏延之、鮑照賦統計，其中顏賦四篇，對句比例達 92%，鮑賦九篇，對句比例達 88%。可見重視對偶爲劉宋之整體風氣。見韓高年〈魏晉南北朝詩賦的駢偶化進程及其理論意義〉，頁 112。

〔註73〕見郁沅、張明高編選《魏晉南北朝文論選》，頁 370。

此段文字明顯是對用典隸事問題的思考,其中「其意猶同」、「事似牽課」、「體制不工」是對用事之「正對」、不精切、不工整之批評。而其中尤可注意的是「或新意雖奇,無所倚約」,這表明了自出新意但卻無從連類的缺失,可見時人對於用典隸事在篇體地位的重視,因此即便「新意雖奇」也爲美中不足。換言之,篇體因素的價值具有相對的獨立性,且皆要求得到實現,因此情志內容並不必然佔有優先性地位,而這也就隱含著各篇體因素,並非只在更好地表達情志內容的意義。

二、聲律因素

對於各篇體因素自具其理,因而相對獨立於情志內容的觀念,最明顯的表現就是南朝聲律說的興起。沈約《宋書‧謝靈運傳論》所強調的輕重調節,即是著重在聲律自身之美:

> 夫五色相宣,八音協暢,由乎玄黃律呂,各適物宜,欲使宮羽相變,低昂舛節,若前有浮聲,則後須切響。一簡之內,音韻盡殊;兩句之中,輕重悉異,妙達此旨,始可言文。〔註74〕

此中所探討的是聲調在「一簡之內」、「兩句之中」調配的規律,至於全篇的情志內容則不在考量之列。亦即南朝的聲律說旨在完成聲律自身之美,其無關於情志內容的表達,可說是十分明顯的。此正如顏崑陽先生對沈約「聲律說」及其在後世發展狀況的評論:

> 由於沈約將聲律視作一種可與內容情意無涉的純形式,因此才將聲律定出一個客觀的、普通的法則,這一法則,就創作來說,它的效用僅能在詩歌的形式上,規範出一種具有聲律定格的新體製,以爲共同遵循的寫作模型,卻無法因應個別情意表現的需要,給予美學效果上的指導。這也就是爲什麼沈約「聲律說」在文學史上最重要的發展成果,就是促進唐代近體律絕的形成,卻對於詩歌上如何達到「聲情相應」的效果,沒有提供什麼幫助。〔註75〕

對沈約聲律說無助於「聲情相應」的論斷,正反映出聲律爲整首詩中相對獨立的部分,因而是「與內容情意無涉的純形式」。換言之,「聲律」既然是篇章的一個構成部分,於是便是自有其理,因而其理應當獨立地得

〔註74〕見郁沅、張明高編選《魏晉南北朝文論選》,頁297。
〔註75〕顏崑陽〈論沈約的文學觀念〉,收入氏著《六朝文學觀念叢論》(台北:正中書局,1993),頁274。

到實現。

　　當然，脫離情志內容獨立地思考聲律問題，自不會僅爲沈約特有的現象，如上文所舉，《文心雕龍・聲律》對於聲調的調配，也集中在聲調自身之美感上，因此對於聲律的要求，劉勰考量的也是聲律自身「玲玲如振玉」、「累累如貫珠」的審美效果。可以說，聲律之美與全篇所欲表達的情志內容即便不是全然無關，也是關係十分疏遠〔註76〕。

　　因此南朝雖然也不乏不好聲律說者，但也並非考量「聲情相應」的緣故。《梁書・沈約傳》載有蕭衍對聲律說「雅不好焉」之事：

　　　　（沈約）又撰《四聲譜》，以爲在昔詞人，累千載而不寤，而獨
　　得胸衿，窮其妙旨，自謂入神之作，高祖雅不好焉。帝問周捨曰：「何
　　謂四聲？」捨曰：「天子聖哲。」是也，然帝竟不遵用。〔註77〕

　　依此紀錄之文意以觀，蕭衍不好聲律說的理由，似乎更在於對沈約自視千古第一人、「自謂入神之作」的反感〔註78〕，而非審美效果的問題。此外，蕭統對聲律說應當也是不甚重視的，陳慶元先生指出，《文選》所收錄的詩作中，「連一篇同期的新體詩都未被看中，絕對不是偶然的疏漏。這一無情的事實，很可以說明蕭統對聲律理論和新體詩的不喜愛，或者說比較冷漠」

〔註76〕周振甫先生注釋此篇之「吹律胸臆」句，認爲即是「聲萌我心」之意，而「聲萌我心同情思有關，要求聲律同情思協調」。見〔梁〕劉勰著；周振甫注《文心雕龍注釋》，頁638。依周先生之理解，則劉勰同時也關注聲律在表達「情思」上的重要性。但，若考察劉勰討論「聲」、「心」關係之上下文：「響在彼弦，乃得克諧，聲萌我心，更失和律，其故何哉？良由外聽易爲察，而內聽難爲聽也。故外聽之易，弦以手定；內聽之難，聲與心紛：可以數求，難以辭逐。凡聲有飛沈，響有雙疊……。」（同上，頁629）則「聲與心紛」的解決之道，並不在適應「情思」之要求，而在聲韻自身律數的建立。此正如范文瀾先生對劉勰此段文字的註解：「內聽之難，由於聲與心紛，故欲求聲韻之調諧，可設律數以得之，徒騁文辭，難期切合也。『凡聲有飛沈』以下，即言和諧聲律之法則。」見〔梁〕劉勰著；范文瀾注《文心雕龍註》（台北：明倫出版社，1971），頁557。因此，劉勰此「心」，是如沈約〈答陸厥書〉中「天機啓則律呂自調，六情滯則音律頓舛」（見郁沅、張明高編選《魏晉南北朝文論選》，頁298）之「心」，換言之，是受「天機啓」、「六情滯」而影響的「心」，因此雖然「聲萌我心」但也有因「六情滯」而造成「聲與心紛」的現象出現。故而此「心」所關切的是能否符合「天機」的聲律法則，而不在於作者所欲表達的「情思」。

〔註77〕《（新校本）梁書》卷十三，頁243。

〔註78〕不滿沈約這種自傲態度的，也不只蕭衍一人，如陸厥雖亦爲新體詩的支持者，但其〈與沈約書〉也認爲沈約「云『此秘未覩』，近於誣乎」？陸厥文見郁沅、張明高編選《魏晉南北朝文論選》，頁309。

〔註79〕。而南朝不好聲律說者中，應以鍾嶸的意見表達得最爲清晰，其《詩品·序》云：

> 昔曹、劉殆文章之聖，陸、謝爲體貳之才，銳精研思，千百年中，而不聞宮商之辨，四聲之論。或謂前達偶然不見，豈其然乎！……韻入歌唱，此重音韻之義也，與世之言宮商異矣。今既不被管弦，亦何取於聲律耶？……余謂文製，本須諷讀，不可蹇礙，但令清濁通流，口吻調利，斯爲足矣。〔註80〕

鍾嶸借重曹、劉、陸、謝之權威性，以爲自己不主張聲律說的理論根據。但姑不論前代著名詩人之表現如何，鍾嶸此說之意十分明顯，即詩中聲律在「韻入歌唱」時，方有刻意調整的必要，但「今既不被管弦，亦何取於聲律耶」？因此鍾嶸在聲律的問題上，只要求在詩歌諷讀時能「口吻調利」，亦即要求「順口」而已。由鍾嶸對聲律說的批評可知，即便是不好聲律說，但在「聲情相應」的問題上，鍾嶸一如沈約也從未曾措意。

雖然南朝不好聲律說者不乏其人，但以南朝詩歌的發展趨勢而言，終究是接受了聲律說。《梁書·文學上·庾肩吾傳》載：

> 齊永明中，文士王融、謝朓、沈約文章始用四聲，以爲新變，至是轉拘聲韻，彌尚麗靡，復逾於往時。〔註81〕

由永明之「始用四聲，以爲新變」，至梁代之「彌尚麗靡，復逾於往時」的發展，正是時人已普遍將聲律視爲文中應關注之一項目所致。

既是一項目，就有其應實現之「理」，因此聲律說一出，對聲律之「理」的探討，便形成一股熱烈的風潮。如《詩品·序》所載之「於是世流景慕，務爲精密，襞積細微，專相陵架」〔註82〕，或如《文鏡秘府論·西卷·論病》

〔註79〕 陳慶元〈蕭統對永明聲律說的態度並不積極——「文選」登錄齊梁詩剖析〉，見中國文選學研究會、鄭州大學古籍所編《文選學新論》（鄭州：中州古籍出版社，1997）。另外，以賦而言，也有這種傾向。學者曾就《文選》不收沈約在當時地位甚高、講究聲韻調配的〈郊居賦〉爲說，認爲「從這裡可以看出某些端倪，即蕭統對於過份考究聲律藻飾的作品不甚以爲然」。見曹道衡、劉躍進《南北朝文學編年》（北京：人民文學出版社，2000），頁375。

〔註80〕 〔梁〕鍾嶸著；陳延傑注《詩品注》，頁8～9。

〔註81〕 《（新校本）梁書》卷四十九，頁690。

〔註82〕 〔梁〕鍾嶸著；陳延傑注《詩品注》，頁9。又，鍾嶸認爲造成聲律探討的風潮，其因在「王元長創其首，沈約、謝朓揚其波。三賢或貴公子，幼有文辯」。亦即鍾嶸將聲律說之大興，歸因於領導者之身份及文學成就。此固然是事實，但也不宜過份強調，如不好聲律說者中，亦包括當時兼有政權、文壇領導者

所載之「(周)顒(沈)約已降,(元)兢(崔)融以往,聲譜之論鬱起,病犯之名爭興;家制格式,人談疾累。……洎八體、十病、六犯、三疾,或文異義同,或名通理隔,卷軸滿机,乍閱難辨,遂使披卷者懷疑,搜寫者多倦」〔註83〕。雖然《文鏡秘府論》所描述的現象已延伸至唐人,但這種「家制格式,人談疾累」的風氣,正是肇端於南朝。而人人對犯病各有觀點,並各制聲譜以定「律」,這自然免不了爭勝的理由,但也反映了聲律自有其「理」,因而有待發掘之觀念的普遍。

雖然在聲律問題上出現了人各異制的紛亂現象,但是觀察南朝詩的發展,可以說聲律的規則終究是趨向於共識,於是南朝詩格律化的現象愈趨明顯,合律的詩句自然也就逐步增多。有關詩句的統計,學者已經作了許多工作,如劉躍進先生統計沈約、謝朓、王融三人入選《文選》、《玉臺新詠》、《八代詩選》之五言四句、八句、十句詩,其結果是沈約嚴格入律句佔47%;謝朓佔48%;王融佔41%。「嚴格入律的句子在他們各自的創作中佔有這麼高的比例,這確實是前所未有的現象」〔註 84〕。進入陳代,詩人則是更進一步延續著前代的發展,依馬海英先生對陳詩格律的統計,陳代五言詩存詩共4684句,其中不合平仄的有 430 句,只佔總數的 9%,陳代合律詩句比例的遽增自不待言〔註 85〕。而此中所透露的消息,便是時人對聲律之「理」的接受漸趨一致,因此無論詩歌所表達的情志內容為何,皆得適用一致的聲律規則,可以說,聲律自有其理而無關於情志,是南朝詩人普遍的共識。

三、「所有因素恰如其份」的觀念

聲律因素得到承認之後,篇體的四大因素便告完成,這可說是南朝文學發展的一大成就。除情志內容因素外,對於篇體的對偶、隸事、聲律三形式要素,李士彪先生曾有集中的說明:

> 雙重身份之蕭衍、蕭統,而二人之影響力,很難說必然在王融、沈約、謝朓之下,若僅以王、沈、謝諸人之身份及文學成就論聲律說之大興,則恐難以解釋二蕭何以影響力如是之薄弱。因此,南朝聲律說之興盛,仍不能忽略當時之群體文化心態。

〔註83〕〔日〕弘法大師原撰;王利器校注《文鏡秘府論校注》,頁396。

〔註84〕劉躍進《門閥士族與永明文學》(北京:生活・讀書・新知三聯書店,1996),頁 116。

〔註85〕馬海英〈論陳詩的特質及其地位〉,收入氏著《陳代詩歌研究》(上海:學林出版社,2004),頁 50～51。

對偶、隸事、聲律三要素，已將漢字形、音、義三個基本方面的潛力最大限度地發揮出來。故而在沈約之後，文人們只能對這三個要素進行完善或破壞，再沒有發現和提出與這三個要素有本質區別的新的形式要素。六朝人發現並完成了漢語文學篇體的建構，這是一個了不起的成就。所以六朝以後詩文的發展在形式上再不能提出新要素，唐代律詩只不過是對六朝篇體的最後完善而已。〔註86〕

正是由於諸篇體構成因素的確認，隨之而來的便是各因素自有之「理」皆當得到實現的要求，在這種要求下，寫作的困難度自然也大增，如用典因素加入篇章之中時，便須考量用典與對偶因素的協調，在兼顧二者皆當得到實現的要求下，就形成所謂的「事對」，也因此上句用典，下句也就必須用典，否則便大疵此篇。此即《文心雕龍·麗辭》所言：「若夫事或孤立，莫與相偶，是夔之一足，趷踔而行也。〔註87〕」但這卻也非易事，以謝靈運之大才，也有爲滿足篇體因素之要求而扭曲文義之例。如其〈述祖德二首〉之一：「弦高犒晉師，仲連卻秦軍。」依《左傳·僖公三十三年》所載，弦高所犒者爲秦軍，而非「晉師」。但謝靈運「僅爲了避免文字重複，強改『秦師』爲『晉師』，以致意思不明豁，實不足取」〔註88〕。這正是爲了符合對偶、用典雙重的要求，又要符合《文心雕龍·練字》所要求的「權重出」，避免在對偶中使用相同文字，因而犧牲了內容的正確性。由此可見篇體因素的增加，則必須實現的條件也隨之增加，寫作也就更爲困難。因此各個因素自也會受到節制，以容納其他因素的表現。如「對偶成爲文章要素時，字、詞、句要作調整以便於對偶。比如不能使用很長的句子，這會增加對偶的難度。有些詞語要剪裁，如『司馬遷』要寫成『馬遷』，以滿足與另一個雙音詞對偶的需要」〔註89〕。

在實現各篇體因素以及隨之而來的節制各篇體因素的要求下，南朝文章的篇體形態也自然發生變化，因此，雖然劉宋元嘉前後詩賦之對偶句數量達七、八成以上，但此後爲能更好地與其他篇體因素協調，對偶句的數量便受

〔註86〕李士彪《魏晉南北朝文體學》（上海：上海古籍出版社，2004），頁193。

〔註87〕〔梁〕劉勰著；周振甫注《文心雕龍注釋》，頁662。

〔註88〕詩見〔南朝宋〕謝靈運著；顧紹柏校注《謝靈運集校注》，頁153。顧紹柏先生之解說及評論，見頁157～158。

〔註89〕李士彪《魏晉南北朝文體學》，頁194。

到節制，學者對此中的發展已作了有用的研究：

> 從齊梁之交開始，這種過熱的勢頭銳減，對句數量反而變少。……在詩的方面，除寫景的小詩偶有全篇句句皆對外，其餘對句比例均已減少。……（沈約）〈宿東園〉一首，共 10 聯，對句 6聯。駢偶化程度已在詩人理性思考之後逐步降低。餘如〈新安江至清淺深見底貽京邑同好〉共 7 聯，對句僅 1 聯；而〈別范安成〉4聯，無對句。這種傾向在江淹、蕭衍等人的詩作中也很普遍。……出於通篇的考慮，對句比例過高會影響詩歌的表達功能，再加上沈約等又要考慮「四聲」，避免「八病」。音樂上的流轉與句式上的對偶都要考慮，難度很大，故只能減少對句的比例，以求聲韻流轉。……賦中對句比例的減少也很明顯，通過對齊之後賦的對句比例的統計中可以看出，齊代賦中多數賦對句的比例趨近 50%，比宋代賦的 80%左右要少得多，有的甚至全篇無對句。……（梁賦）駢句的平均值基本保持在此 30%～50%之間，明顯少於宋代賦。……此時詩賦中駢偶化程度降低的一個原因是永明聲律說的提出和實踐。詩賦必須考慮句內和聯內的平仄對應。再加上整篇的押韻問題，難度更大。若要再求義對，則難上加難。所以只能求義對和音對的兼顧和均衡。〔註90〕

除了對偶句數量的變化之外，對偶的嚴格程度也有鬆動，因為：

> 元嘉詩的對偶沒有聲韻方面的限制，所以選擇餘地比較寬鬆，往往對仗十分工整嚴密。永明詩的對偶則有聲律方面的考慮，既要對仗工巧，又須平仄相間。有時二者不能得兼，它們往往更重平仄而較輕對偶。因此，僅從麗辭的角度看，永明詩的對偶表面上不及元嘉詩那樣嚴格周密。〔註91〕

由學者的研究可知，過度地強調某一因素必然將使全篇失衡，而要求各篇體因素皆能得到實踐，也使得寫作之難度大增，因此「所有因素恰如其份」的觀念必然受到重視，也由此協調諸因素的言論盛行了起來。如：

> 夫文典則累野，麗亦傷浮。能麗而不浮，典而不野，文質彬彬，有君子之致，吾嘗欲為之，但恨未逮耳。（蕭統〈答湘東王求文集及

〔註90〕韓高年〈魏晉南北朝詩賦的駢偶化進程及其理論意義〉，頁 112～113。
〔註91〕劉躍進《門閥士族與永明文學》，頁 148～149。

詩苑英華書〉〉

　　深乎文者，兼而善之，能使典而不野，遠而不放，麗而不淫，約而不儉，獨擅眾美，斯文在斯。（劉孝綽〈昭明太子集序〉〉

　　但繁則傷弱，率則恨省；存華則失體，從實則無味。……能使豔而不華，質而不野，博而不繁，省而不率，文而有質，約而能潤，事隨意轉，理逐言深，所謂菁華，無以間也。（蕭繹〈内典碑銘集林序〉〉〔註92〕

《梁書・文學上・何遜傳》亦載有范雲對何遜的讚美之辭：

　　（范雲）謂所親曰：「頃觀文人，質則過儒，麗則傷俗；其能含清濁，中今古，見之何生矣。」〔註93〕

　　凡此皆可見「所有因素恰如其份」的觀點，已形成一股不可忽視的影響力，這種觀點已成爲評斷作品優劣的重要角度。

　　當然，何謂「適中」、「恰如其份」，事實上仍是人各異說的，因此菁英群體的共識便在其時代中扮演權威性的角色，「規定」著何謂「恰如其份」，同時也引領著時代的發展方向。此中菁英群體共識之發展，後文將再述及之。但由此節之所述可知，由於要求所有因素各得其所、皆當得到恰當的實現，因此情志因素在一篇之中，並不必然居於絕對優先的地位，要求各篇體因素皆能得到恰當的安排、實踐，才是時代的主導觀點。此中所透露的消息便是，「情志」與其他篇體要素相同，都只是一篇之中有待作者妥善安排的項目。雖然《文心雕龍・情采》有「述志爲本」之說，但正如此篇所述，實際上南朝普遍的風氣是「志深軒冕，而泛詠皋壤；心纏機務，而虛述人外」，亦即詩人所考量的，未必是在某種場合、處境下所興發的眞情實感，而是在此場合、處境下可以「恰當」安排的「應有」情感。因此南朝文學普遍存在的是「體情之制日疏，逐文之篇愈盛」、「爲文而造情」的現象〔註94〕。但這並不爲詩人帶來困擾，因爲情志如同其他篇體因素一樣，雖然應當得到表現，但也只是一篇之中可以安排的、操作的項目。

〔註92〕分見郁沅、張明高編選《魏晉南北朝文論選》，頁331、345、370。
〔註93〕《（新校本）梁書》卷四十九，頁693。
〔註94〕本段《文心雕龍》引文，見〔梁〕劉勰著：周振甫注《文心雕龍注釋》，頁600。

第三節　情志內容的操作化

一、性情漸隱

　　對南朝文學進行具有總結性意味的評論文字，往往都指出了南朝文學的總體特徵，是缺乏了深刻的情志內容及以精巧的形式摹寫物象。如裴子野〈雕蟲論〉云：

> 大明之代，實好斯文。……自是閭閻少年，貴游總角，罔不擯落六藝，吟詠情性。學者以博依爲急務，謂章句爲專魯，淫文破典，斐爾爲功。無被於管弦，非止乎禮義；深心主卉木，遠致極風雲。其興浮，其志弱，巧而不要，隱而不深。討其宗途，亦有宋之遺風也。〔註95〕

　　隋代李諤〈上隋高帝革文華書〉對南朝文學風尚的總括，與裴子野此論相類，但接續著裴子野所謂「有宋之遺風」，著重其爲「江左齊、梁」之弊：

> 江左齊、梁，其弊彌甚，貴賤賢愚，唯務吟詠。遂復遺理存異，尋虛逐微，競一韻之奇，爭一字之巧。連篇累牘，不出月露之形；積案盈箱，唯是風雲之狀。世俗以此相高，朝廷據茲擢士。祿利之路既開，愛尚之情愈篤。於是閭里童昏，貴遊總丱，未窺六甲，先製五言。至如羲皇、舜、禹之典，伊、傅、周、孔之說，不復關心，何嘗入耳？以傲誕爲清虛，以緣情爲勳績，指儒素爲古拙，用詞賦爲君子。〔註96〕

　　對南朝文風的批判，至唐代初年史家的言論中依然，但是更加強調其缺乏嚴肅情志內容的弊病。如《北史·文苑傳序》云：「梁自大同之後，雅道淪缺，漸乖典則，爭馳新巧。簡文、湘東啓其淫放，徐陵、庾信分路揚鑣。其意淺而繁，其文匿而彩，詞尚輕險，情多哀思。格以延陵之聽，蓋亦亡國之音也。〔註97〕」《陳書·後主本紀》云：「古人有言，亡國之主，多有才藝，考之梁、陳及隋，信非虛論。然則不崇教義之本，偏尚淫麗之文，徒長澆僞之風，無救亂亡之禍矣。〔註98〕」《周書·庾信傳論》：「然則子山之文，發源

〔註95〕見郁沅、張明高選編《魏晉南北朝文論選》，頁 325。

〔註96〕見郭紹虞主編《中國歷代文論選（上冊）》（台北：木鐸出版社，1987），頁 326。

〔註97〕〔唐〕李延壽撰；楊家駱主編《（新校本）北史》（台北：鼎文書局，1976），卷八十三，頁 2782。

〔註98〕《（新校本）陳書》卷六，頁 119～120。

於宋末，盛行於梁季。其體以淫放爲本，其詞以輕險爲宗。故能誇目侈於紅紫，蕩心逾於鄭、衛。〔註99〕」凡此嚴苛的批評，甚至直稱其爲「亡國之音」，即因其中缺乏了「上所以敷德教於下，下所以達情志於上，大則經緯天地，作訓垂範，次則風謠歌頌，匡主和民〔註100〕」的嚴肅情志內容，而僅有「爭馳新巧」、「偏尙淫麗」的形式所致。

　　當然，全面否定南朝文學的情志內容自然不當，曹道衡、沈玉成先生《南北朝文學史》指出：「愛情、友情、鄉思，這些人生中最普遍的情感，在這一時期的詩歌裡大量出現。〔註101〕」但是這類詩歌顯然不是南朝詩歌發展的主流，因此曹、沈二位先生也指出：「在宋代產生過一些比較激憤不平的作品，在齊代的反映就要曲折委婉得多。此後，文人很少再受迫害，生活、思想愈益狹隘，作品的題材總離不開月露風雲、閨房衽席，所標榜的情性，即使真摯，卻大都細瑣輕浮。〔註102〕」並且，這類「細瑣輕浮」的情感，如前文所述，也未必是作者自抒其真情實志，往往也只是作者爲添增作品「情趣」所設計之「物情」而已。因此就南朝詩的發展而言，即便其中不乏抒情言志之作，但更爲主流的是大量無關於個人真實情志的詠物、宮體。沈德潛《說詩晬語》云：「詩至於宋，性情漸隱，聲色大開，詩運一轉關也。〔註103〕」沈氏自非不知南朝不乏抒情寫志之作，而仍有「性情漸隱」之論，正因「大則經緯天地，作訓垂範，次則風謠歌頌，匡主和民」之嚴肅情志內容的隱淪，詩作至南朝，不能說已無情志內容，但所著重抒發的是無關於人生、社會的「物情」。可以說這是爲了詩作更爲完美、更能兼顧所有篇體因素，因而在詩中「設計」、「安排」的情志因素。

　　就文學作品之抒發真情實感而言，〈毛詩序〉的主張影響甚爲重大：

　　　　詩者，志之所之也，在心爲志，發言爲詩。情動於中而形於言，言之不足故嗟嘆之，嗟嘆之不足故永歌之，永歌之不足，不知手之舞之，足之蹈之也。〔註104〕

〔註99〕《(新校本)周書》卷四十一，頁744。
〔註100〕《(新校本)隋書》卷七十六〈文學傳序〉，頁1729。
〔註101〕曹道衡、沈玉成《南北朝文學史》(北京：人民文學出版社，2006三刷)，頁34。
〔註102〕同上，頁15。
〔註103〕收入〔清〕王夫之等撰：丁福保編《清詩話》(台北：明倫出版社，1971)，頁532。
〔註104〕《詩經》十三經注疏本(台北：藝文印書館，1989十一版)，頁13。

　　劉勰對〈毛詩序〉中文學作品抒發真情實志之說的繼承十分明顯，因此《文心雕龍‧情采》清楚地要求文學作品繼承詩人的傳統，主張文學作品應當「為情而造文」，其云：

　　　　昔詩人什篇，為情而造文；辭人賦頌，為文而造情。何以明其然？蓋風雅之興，志思蓄憤，而吟詠情性，以諷其上，此為情而造文也；諸子之徒，心非鬱陶，苟馳夸飾，鬻聲釣世，此為文而造情也。……言與志反，文豈足徵？〔註105〕

　　劉勰此段文字區分了詩人傳統的「為情而造文」及辭人傳統的「為文而造情」兩種創作傾向，並且強調了抒發真情實志的重要性，亦即「為情而造文」尤重於「為文而造情」。雖然劉勰此段文字主要在表達反對「言與志反」的為文態度，但是也指出了辭賦作品在表達作者情志的傳統外，也已然建立了表達作者「才智深美」的傳統。徐復觀先生對漢代已然建立的這種二分傳統，則有較清楚的描述：除了「咸有惻隱古詩之義」的「賢人失志之賦」（即一般所謂抒情之賦）外，漢賦另有「感物造耑，材智深美」一系（即一般所謂體物之賦）。此一系體物之賦，多是在遊觀之際，應人主或貴族的要求而作，寫作的目的不是出自作者情感的內在要求，而是以作者之才智構畫客觀事物以供他人觀賞，因而此一系作品僅在表現自己的「才智深美」，並不展現作者的人格存在〔註106〕。雖然體物之賦依然寫志，但此中之「志」，乃「體國經野，義尚光大」之「志」〔註107〕，如梅家玲先生所述，此志「並不涉及作者個人之身世際遇，行文方式更非以一情性主體之口吻抒懷」〔註108〕。之所以無涉於作者個人，正是因文中之情志因素，已被視為因寫作需要而得以設計、安排的項目。而這由《文心雕龍》「辭人賦頌，為文而造情」的批評可知，南朝文人早已自覺其為淵遠流長的一項文學傳統，這自然也就為南朝詩人性情漸隱的合理性，尋得了傳統的根據。

　　此外，重視突出才智之深美，也不僅在文學的領域上如此，在論辯風氣

〔註105〕〔梁〕劉勰著；周振甫注《文心雕龍注釋》，頁600。

〔註106〕徐復觀〈西漢文學論略〉，收入氏著《中國文學論集》（台北：台灣學生書局，1974再版），頁366。

〔註107〕《文心雕龍‧詮賦》云：「賦者，鋪也；鋪采摛文，體物寫志也。……夫京殿苑獵，述行序志，並體國經野，義尚光大。」見〔梁〕劉勰著；周振甫注《文心雕龍注釋》，頁137～138。

〔註108〕梅家玲〈漢晉詩賦中的擬作、代言現象及其相關問題〉，收入氏著《漢魏六朝文學新論——擬代與贈答篇》（北京：北京大學出版社，2004），頁46。

中也表現得甚爲明顯：

> 何晏爲吏部尚書，有位望，時談客盈坐，王弼未弱冠往見之。
> 晏聞弼名，因條向者勝理語王弼曰：「此理僕以爲極，可得復難不？」
> 弼便作難，一坐人便以爲屈，於是弼自爲客主數番，皆一坐所不及。

> 許掾年少時，人以比王苟子，許大不平。時諸人士及於法師並
> 在會稽西寺講，王亦在焉。許意甚忿，便往西寺與王論理，共決優
> 劣。苦相折挫，王遂大屈。許復執王理，王執許理，更相覆疏；王
> 復屈。許謂支法師曰：「弟子向語何似？」支從容曰：「君語佳則佳
> 矣，何至相苦邪？豈是求理中之談哉！」

> 雁門人周續之隱居廬山，儒學著稱，永初中，徵詣京師，開館
> 以居之。高祖親幸，朝彥畢至，延之官列猶卑，引升上席。上使問
> 續之三義，續之雅仗辭辯，延之每折以簡要。既連挫續之，上又使
> 還自敷釋，言約理暢，莫不稱善。〔註109〕

其中自爲客主、執對方之理、自釋所難的論辯風氣，很明顯的是重在其
人之才智能否壓倒對方，至於論者是否求理、是否眞心主張某一理，已在論
辯過程所突出的「才智深美」中隱沒不見。這也可謂是才智深美在論辯領域
中所建立的傳統。

凡此，皆可見南朝詩作之「性情漸隱」，事實上仍有「才智深美」的文學
傳統爲之支持，缺乏眞情實志，並無礙詩人以其才智設計、安排詩中之情志
內容，而這依然能成就爲人盛稱的傑作。

二、江淹擬作的示範意義

這種重視才智的展現，因而使情志內容成爲文學中可操作項目的現象，
在南朝詩作的發展中是顯而易見的。以江淹著名的擬作〈雜體詩三十首〉爲
例，即可見其在情志因素的操作上所具有的示範及促進作用〔註110〕。

〔註109〕前二引文，見〔南朝宋〕劉義慶撰：余嘉錫箋疏《世說新語箋疏》（台北：華
　　　　正書局，1984），頁 196、225。第三則引文見《（新校本）宋書》卷七十三〈顏
　　　　延之傳〉，頁 1892。

〔註110〕南朝題作「擬古」、「紹古」、「學古」、「效古」之類擬作詩不少，如王叔之、
　　　　袁淑、劉義恭、鮑照、王融、范雲、沈約、何遜、蕭統、劉孝綽等等皆有作，
　　　　不一一列舉，見逯欽立輯校《先秦漢魏晉南北朝詩》，頁 1129、1211、1248、
　　　　1295～1298、1313、1404、1547、1552、1649、1693、1710、1800、1802、
　　　　1844。而其他題作「擬某某詩」、「擬某某體」之類者亦不鮮見。然同時且大

關於漢魏六朝詩擬作的動機，前人曾提出「學習屬文」、「嘗試著與前人一較長短」、「遊戲性或挑戰性動機」、「情不自已的感動」等予以解釋〔註111〕。而江淹〈雜體詩三十首〉則與此不同，其同時擬作三十首的動機，是爲了建立自身詩論的權威性，因此其〈雜體詩三十首序〉云：

> 夫楚謠漢風，既非一骨。魏製晉造，固亦二體。……至於世之諸賢，各滯所迷，莫不論甘而忌辛，好丹而非素。豈所謂通方廣恕，好遠兼愛者哉！乃及公幹、仲宣之論，家有曲直；安仁、士衡之評，人立矯抗，況復殊於此者乎。又貴遠賤近，人之常情；重耳輕目，俗之恆弊。……僕以爲亦各具美兼善而已。今作三十首，斅其文體。雖不足品藻淵流，庶亦無乖商榷云爾。〔註112〕

依此序所言，明顯可見江淹之擬作，是針對其時詩壇「論甘而忌辛，好丹而非素」、「貴遠賤近」、「重耳輕目」的混亂現象而發。而這種「家有曲直」、「人立矯抗」的現象，也頗有當時之權貴參與其間，並吸引了眾多追隨者，如《詩品・序》所言之「觀王公搢紳之士，每博論之餘，何嘗不以詩爲口實，隨其嗜欲，商榷不同。淄澠并泛，朱紫相奪；喧議競起，準的無依」、「三賢或貴公子孫，幼有文辯；於是士流景慕」〔註113〕，權貴在其時文壇的影響力可見一斑。當然，權勢與文學分屬不同場域，二者自然不能等量齊觀，然而權貴容易形成「士流景慕」的風潮，卻也是不爭的事實，這對於其時仕宦不顯的江淹而言〔註114〕，既有意於參與「商榷」，便更須強調自身言論的權威性，

規模地展示三十首，並取得高度成就者，則非江淹莫屬，由此可見江淹所具有的代表性地位。因而本文以江淹爲例，說明情志內容操作化的現象。

〔註111〕前二說，見王瑤〈擬古與作僞〉，收入氏著《中古文學史論・中古文人生活》（台北：長安出版社，1986三版），頁117、120。第三說，見林文月〈陸機的擬古詩〉，收入氏著《中古文學論叢》（台北：大安出版社，1989）。第四說，見梅家玲〈漢晉詩賦中的擬作、代言現象及其相關問題〉，收入氏著《漢魏六朝文學新論——擬代與贈答篇》，頁54。

〔註112〕逯欽立輯校《先秦漢魏晉南北朝詩》，頁1569。

〔註113〕見〔梁〕鍾嶸著；陳延傑注《詩品注》，頁5〜6、9。

〔註114〕曹道衡先生依江淹〈雜體詩三十首〉最末首所擬之湯惠休詩爲說，認爲惠休成名當在宋文帝元嘉後期，江淹所擬二十九家均卒於宋前，惠休在江淹擬作時當亦已去世，故「〈雜體詩〉似當作於建元末，最遲恐亦在永明初年」。見〈江淹作品年代考〉，收入氏著《中古文學史論文集續編》（台北：文津出版社，1994），頁243。而其時正是江淹創作銳出，但卻仕宦不顯之時，正如清人姚鼐所言：「江詩之佳，實在宋、齊之間仕宦未盛之時。」見〔清〕姚鼐撰；王瓊珊標注《惜抱軒筆記》（台北：廣文書局，1971），頁218。

以免所論也僅被時人視爲是眾多「各滯所迷」之論中的一種而已。於是江淹同時展示此三十首擬作之目的不難明瞭，正是在藉此證明自身對古今詩作具有精確的分析及再現能力，而這種能力既是其「各具美兼善」主張的依據，也是其詩論權威性的來源。

以古今論者對〈雜體詩三十首〉的評價而言，江淹也確實證明了自身具有「擬淵明似淵明，擬康樂似康樂，擬左思似左思，擬郭璞似郭璞〔註115〕」的能力，因此使得江淹的一些擬作長期被視爲是所擬對象的原作，如其擬〈鮑參軍戎行〉中「豎儒守一經，未足識行藏」兩句，即爲《南史・吉士瞻傳》誤認爲是鮑照之原作〔註116〕。另外，《文選》將其所擬三十首全錄於其中，也可見時人對其擬作成就的高度重視〔註117〕。可以說，江淹〈雜體詩三十首〉是六朝的雜擬作品中「當之無愧的代表」〔註118〕。既然江淹在其擬作中取得了巨大的成功，則其論詩的份量也就盡在不言中了〔註119〕。

雖然江淹擬作有其主觀的動機，但是在客觀上卻也反映了南朝許多文學現象，如：要掌握各不相同的作品，必當有精密、準確的分析知識，方能如江淹一般具有鑑別、再現古今作品的能力，而這正是確立文壇聲名、地位的必要條件。於是文術愈益成爲關注的所在，而對文術更趨精密的探討，也就促使文術相應地具有一定的獨立意義，這自然也成爲促使南朝窮盡性地分析文學構成因素的一項原因，如《文心雕龍・練字》分析文字，便不斷細分至字形本身的審美效果。同樣地，基於文術相對獨立，以之分析古代、當代作品並無差別，只是分析對象不同而已，因此古代經典作品未必具有優先性地位。甚至，爲求「新變」以「代雄」，藉助愈趨細密的分析技術，更容易操作文學構成因素，以形成新奇的審美效果，而這也成了南朝文學「擯古競今」

〔註115〕〔宋〕嚴羽著；郭紹虞校釋《滄浪詩話校釋》（北京：人民文學出版社，1983二版），詩評，頁191。

〔註116〕《（新校本）南史》卷五十五，頁1363。

〔註117〕見〔梁〕蕭統編；〔唐〕李善注《昭明文選》，頁444～455。

〔註118〕傅剛《「昭明文選」研究》，頁179。

〔註119〕近人對擬作之評價不高，大抵因：一、擬作爲原作的形似物，本身不能透顯生命之價值與抉擇，因而形成意義的失落；二、爲意義的冒襲，即所謂「不眞」；三、作品與作者自我生命無關。見龔鵬程《文學散步》（台北：漢光文化事業公司，1985），頁176。但以《文選》三十首全錄、《詩品》讚江淹「善於摹擬」（〔梁〕鍾嶸著；陳延傑注《詩品注》，頁28。）的現象而言，可知南朝時人視擬作是具有高度價值的，也因此江淹得以藉之建立發言權。

的助力〔註120〕。

　　然就本節此處所關注的情志現象而言，既然江淹〈雜體詩三十首〉獲得時人高度的評價，則情志內容爲文學中可操作因素的觀念，便也隨其擬作之成功而更爲顯著，亦即同時展示三十首，而皆能唯妙唯俏，則江淹之個性當然淹沒在文字組織之中。因此除江淹能準確地掌握被擬詩人之功力爲時人所稱道外，這也同時隱含著傑出之詩作可與作者眞實之人格、眞實之情志無關的意義：三十首俱傑出，則除文字功力之外，詩作之情志內容也是一人而俏似數十人（〈古別離〉未標所擬何人），如此，「江淹」爲誰？換言之，傑出的文學作品獨立於作者人格乃無所置疑者。

　　由於江淹所取得的高度成就，於是精確地掌握文學構成因素，從而正確地設計、安排各因素於一篇之中的觀念，便有了傑出的例證，此自然也使文學中的情志內容，被定位成可操作的一項因素。而文學與作者眞情實志無關的觀念，也能順理成章地成立。當然，傑出的文學作品可無關作者個人眞實情志的觀念絕非因江淹而來，但江淹如此大規模的傑出之作，自然使情志可操作性的認知更爲眞切。

三、邊塞詩之例證

　　除擬作之外，南朝邊塞詩的興起，也是情志內容操作化的顯著例證。

　　依王文進先生所述，南朝邊塞詩「有極大成分應歸屬於宮廷唱和之作」，因此題作「奉和」、「賦得」者不少，此已可見其出於宮廷遊宴場合。除此類「奉和」、「賦得」者外，邊塞詩的寫作以樂府古題爲主，也顯現出南朝邊塞詩「是一種刻意的仿作，所以和南朝君臣的遊宴之風並不相違逆」，「事實上就是一種廣義的唱和」〔註121〕。雖是遊戲唱和之作，但南朝邊塞詩卻不乏佳作，如：

　　　　隴西四戰地，羽檄歲時聞。護羌擁漢節，校尉立元勳。石門留
　　鐵騎，冰城息夜軍。洗兵逢驟雨，送陣出黃雲。沙長無止泊，水脈
　　屢縈分。當思勒彝鼎，無用想羅裙。（蕭綱〈隴西行〉三首之二）

〔註120〕蕭子顯《南齊書・文學傳論》：「習玩爲理，事久則瀆。在乎文章，彌患凡舊，若無新變，不能代雄。」（見郁沅、張明高編選《魏晉南北朝文論選》，頁340。）《文心雕龍・體性》論「新奇」有云：「擯古競今，危側趣詭者也。」（見〔梁〕劉勰著；周振甫注《文心雕龍注釋》，頁535。）
〔註121〕王文進先生曾列舉大量詩例以證其觀點，見氏著《南朝邊塞詩新論》（台北：里仁書局，2000），頁32～46。引文見頁40、41。

悠悠懸斾旌，知向隴西行。減竈驅前馬，銜枚進後兵。沙飛朝似幕，雲起夜疑城。廻山時阻路，絕水亟稽程。往年邨支服，今歲單于平。方歡凱樂盛，飛蓋滿西京。（同上，之三）〔註122〕

曹道衡、沈玉成先生認爲此二首「其中『護羌』、『減竈』以下幾聯，氣格流宕雄渾，和他的宮體詩如出二手。其他幾首邊塞樂府也有這一特點」〔註123〕。而王文進先生也評論梁代戴暠〈從軍行〉用字遒勁有力，爲邊塞詩中的佳作，「尤其『陰山日不暮，長城風自淒。弓寒折錦鞬，馬凍滑斜蹄』置諸唐人集中幾不可辨識。陳張正見也是沿此脈絡寫出相同水準的作品」〔註124〕。由這些評語可知，南朝詩人除能寫作大量風格柔媚的宮體詩之外，在寫作遒勁雄渾的邊塞詩上，同樣也能有甚爲突出的表現。

雖然南朝部分詩人頗有征戰經驗，這對於邊塞詩的創作自當有其影響。如蕭綱〈答張纘謝示集書〉所云：

伊昔三邊，久連四戰，胡霧連天，征旗拂日；時聞塢笛，遙聽塞笳，或鄉思悽然，或雄心憤薄。是以沈吟短翰，補綴庸音。寓目寫心，因事而作。〔註125〕

考之《梁書・簡文帝紀》，蕭綱「在襄陽拜表北伐，遣長史柳津、司馬董當門、壯武將軍杜懷寶、振遠將軍曹義宗等眾軍進討，剋平南陽、新野等郡，魏南荊州刺史李志據安昌城降，拓地千餘里」〔註126〕。則蕭綱確有實際的軍旅生活經驗，其「寓目寫心，因事而作」也並非全屬虛言。雖說如此，但也實不宜對征戰經驗擴大解釋，尤其是「南朝的詩人除了庾信、王褒晚年羈旅北周之外，並沒有任何一位詩人有實地憑弔長城、西出陽關的經驗」。因此即便有戰爭經驗，「但是這些戰爭都是在以長江、淮河爲界的南北交戰之地，與長安洛陽，長城邊塞毫不相干，顯然南朝詩人還是沒有眞正的邊塞戰爭經驗。可見南朝邊塞詩本質上就是一種文學想像的典型代表」〔註127〕。這正如詠物、宮體一般，邊塞詩既是一種符合場合要求的遊戲之作，則遊戲參與者所關注的焦點，便是在詩作本身之審美成就，至於是否爲作者之眞情實志，則不在

〔註122〕見逯欽立輯校《先秦漢魏晉南北朝詩》，頁 1905、1906。
〔註123〕曹道衡、沈玉成編著《南北朝文學史》，頁 236。
〔註124〕王文進《南朝邊塞詩新論》，頁 42。又，王先生所引戴、張之詩見逯欽立輯校《先秦漢魏晉南北朝詩》，頁 2098、2473、2490。
〔註125〕見郁沅、張明高選編《魏晉南北朝文論選》，頁 353。
〔註126〕《（新校本）梁書》卷四，頁 109。
〔註127〕王文進《南朝邊塞詩新論》，頁 31、32。

關切之列。是以王褒在南朝時「曾作〈燕歌〉，妙盡塞北寒苦之狀，元帝及諸文士並和之，而競爲悽切之辭」〔註128〕，其時君臣未有親歷塞北者，然而競寫「塞北寒苦之狀」，卻並未有「不眞」之譏，這正是因遊宴的場合決定了其詩不必爲「眞」但應爲「妙盡」。至於說南朝君臣未曾親歷，則如何可能妙盡？這便是因「頤情志於典墳〔註129〕」所致，換言之，是在典籍中得到創作的動機、想像的依據〔註130〕。既然是侷限於典籍紀錄以騁文學想像的遊戲之作，便不當直接以作品判斷作者之眞情實志、整全之人格。這種「爲文而造情」的作品，重要的是將情志內容視作可因作者知識、技術而操作的篇體因素，而作品之傑出，正在於能恰當地設計、安排各項因素。

四、情志與世界客觀化意識

作品中之情志可與作者眞實之情志二分，因而情志是作品中可操作的項目，這種觀點在南朝前期便已清晰可見。如《宋書・王微傳》載：「微既爲始興王濬府史，濬數相存慰，微奉答箋書，輒飾以辭采。微爲文古甚，頗抑揚，袁淑見之，謂爲訴屈。」王微之文是否爲「訴屈」，因其奉答箋書已佚無以究其實，然而本傳中載王微因袁淑之評，特地致書其從弟王僧綽以辯解，其中王微即表達了眞情實志及文章之審美效果二分的觀點。其書云：

> 微因此（案：即因袁淑「訴屈」之評）又與從弟僧綽書曰：吾雖無人鑒，要是早知弟，每共宴語，前言何嘗不以止足爲貴。且持盈畏滿，自是家門舊風。……衣冠胄胤，如吾者甚多，才能固不足道，唯不傾側溢詐，士頗以此容之。……吾與弟書，不得家中相欺也。州陵此舉，爲無所因，反覆思之，了不能解。豈見吾近者諸牋邪，良可怪笑。吾少學作文，又晚節如小進，使君公欲民不偷，每加存飾，酬對尊貴，不厭敬恭。且文詞不怨思抑揚，則流澹無味。文好古，貴能連類可悲，一往視之，如似多意。當見居非求志，清論所排，便是通辭訴屈邪。爾者眞可謂眞素寡矣。〔註131〕

〔註128〕《（新校本）北史》卷八十三〈文苑・王褒傳〉，頁2792。

〔註129〕陸機〈文賦〉語，見郁沅、張明高選編《魏晉南北朝文論選》，頁146。

〔註130〕王文進《南朝邊塞詩新論》指出：「南朝邊塞詩所建構的版圖全部見載於《史記》、《漢書》典範之中，並且根本是在一個時空座標上完全遠離自身江南的世界。」（頁83～84）。以蕭綱爲例，「可以說蕭綱的邊塞詩篇篇都言漢事，相關的句子比比皆是」。見林大志《四蕭研究：以文學爲中心》，頁166。

〔註131〕以上王微事蹟及此書，見《（新校本）宋書》卷六十二〈王微傳〉，頁1666～

　　王微以大段文字強調其眞實之人格爲「以止足爲貴」、恪守「持盈畏滿」的家風，而自己也絕非「傾側溢詐」之徒，並且也申明「吾與弟書，不得家中相欺也」，藉以表明所言之眞實性。既然王微之眞實人格如此，則何以爲文卻似與「止足」相悖之「訴屈」？王微對此質疑的回應是：「文詞不怨思抑揚，則流澹無味。文好古，貴能連類可悲。」換言之，文中情感的「怨思抑揚」、「可悲」，乃是作者刻意的安排，目的是爲塑造文章的審美效果。而不知此寫作之理者，「可謂眞素寡矣」。由王微此書可知，劉宋中期〔註132〕已然清楚表達了作者眞情實志與文章情志內容可以無關的觀念，亦即情志內容僅爲作品中可操作的一項篇體因素，而文章「應當」如何，便應設計符合文章要求的情志內容。〔註133〕

　　這種文章情志內容與作者人格、眞情實志無關的觀念，最爲著名的代表即是蕭綱的「放蕩說」，其〈誡當陽公大心書〉云：「立身之道，與文章異；立身先須謹重，文章且須放蕩。〔註134〕」此中將「立身」與「文章」二分的主張，實則並非蕭綱個人之獨創，由南朝之文論、詩作以觀，可知只是對南朝文壇現象的集中表達而已。由於「立身」與「文章」二分，且因世界客觀性意識的普遍，於是自然使文人在不同場合、不同文體中，隨各場合、文體的客觀性意義而呈現出不同的情志樣貌，因此雖有《文心雕龍‧情采》「述志爲本」的呼籲，但南朝文學的發展，卻是一如同篇所述之「體情之制日疏，逐文之篇愈盛」、「眞宰弗存，翩其反矣」、「言與志反」的狀況。〔註135〕

　　故而南朝文人在不同的場合、文體中，便有不同的情志表現，實不宜以其部份作品論述其整全的人格。如蕭綱爲著名的宮體詩人，其宮體詩作因場

1667。

〔註132〕袁淑於元嘉二十六年（西元 449 年），出爲始興王劉濬征北長史、南東海太守。見《（新校本）宋書》卷七十〈袁淑傳〉，頁 1835～1836。而王微卒於宋文帝元嘉三十年（西元 453 年）。同上注〈王微傳〉，頁 1672。則王微此書撰於元嘉二十六年至三十年間。

〔註133〕由王微此書之「使君公欲民不偷，每加存飾，酬對尊貴，不厭敬恭」以觀，則亦頗涉上行文之文體規定性，其中「存飾」、「敬恭」則是爲了民不偷刻、上下尊卑的要求，即爲了教化意義。這固然也是文章情志內容「應當」如何表現的意識，但此處主要以審美效果爲著眼，爲避免焦點模糊，此議題姑置之。

〔註134〕見郁沅、張明高選編《魏晉南北朝文論選》，頁 354。又，所謂「放蕩」之義，學界已有比較一致的意見，大致爲擺脫拘忌與束縛，放任恣意之義。説見詹福瑞《走向世俗：南朝詩歌思潮》（天津：百花文藝出版社，1995），頁 231。

〔註135〕〔梁〕劉勰著；周振甫注《文心雕龍注釋》，頁 600。

合之遊戲性質，因此自然排除上下尊卑的倫理教化性，甚至有〈詠內人畫眠〉〔註136〕之類，邀請讀者逼視女體睡姿之作。然而在廟堂制作，或不能排除君臣嚴肅性的文章之中，蕭綱所論便充滿了儒家的政教意義：

> 樂由陽來，性情之本；詩以言志，政教之基。故能使天地咸享，人倫敦序。（〈請尚書左丞賀琛奉述制旨毛詩義表〉）

> 竊以文之爲義，大哉遠矣。故孔稱性道，堯曰欽明，武有來商之功，虞有格苗之德。……文籍生，書契作，詠歌起，賦頌興。成孝敬於人倫，移風俗於王政，道綿乎八極，理浹乎九垓，贊動神明，雍熙鐘石。此之謂人文。（〈昭明太子集序〉）〔註137〕

至於在佛教教義的籠罩之下，則蕭綱又是另一副面貌，如其〈六根懺文〉自是對「六根障業」的貶斥，如其斥「耳根」：

> 耳根暗鈍，多種眾惡，悅染絲歌。聞勝法善音，昏然欲睡；聽鄭衛淫靡，聳身側耳。知勝善之事，樂知者希；淫靡之聲，欣之者眾。願捨此穢耳，得彼天聰。〔註138〕

若以蕭綱宮體詩之表現，與「詩以言志，政教之基」、「成孝敬於人倫，移風俗於王政」、「淫靡之聲，欣之者眾。願捨此穢耳，得彼天聰」的主張相較，則其中之差異自不待言。

除宮體詩之外，蕭綱其他文章也甚能反映場合自具客觀性意義，因而要求文章的情志表現，與此客觀性意義符合的現象。如今存蕭綱〈秀林山銘並序〉，其序云：「神山本名秀林山，……雖非巨麗，未經標品，而自古神仙往往托跡，實震旦之靈阜也。」既然此山爲「神仙往往托跡」之處，因此蕭綱遊山，便少不了逍遙美景之間的神仙情懷，其銘文也順此展開，除描繪山中的美景之外，其敘寫之情志爲：「竹裡看博，松間聽琴。捐氛蕩累，散賞娛襟。」其中閑遠安逸之情可見。然而依本文自記，其寫作時間爲「梁大寶元年歲次庚午春三月十五日」〔註139〕，其時正是梁代動盪不安之際。《梁書・簡文帝紀》載：蕭綱之父蕭衍於此前一年（太清三年，549）五月崩，蕭綱即位後，「大寶元年春正月辛亥朔，以國哀不朝會」。元年二月「丙午，侯景

〔註136〕見逯欽立輯校《先秦漢魏晉南北朝詩》，頁1941。

〔註137〕二引文，見郁沅、張明高選編《魏晉南北朝文論選》，頁355、356。

〔註138〕見〔清〕嚴可均輯；陳延嘉等校點《全上古三代秦漢三國六朝文・全梁文（第七冊）》卷十四，頁152。

〔註139〕本段所引蕭綱〈秀林山銘並序〉文字，俱見同上，卷十三，頁141。

逼太宗幸西州」。且其年「自春迄夏，大饑，人相食，京師尤甚」〔註140〕。由此可知，蕭綱遊秀林山正當父歿國哀、君為臣逼、京師大饑之時，但蕭綱於此嚴重的內憂外患之際遊山，仍是緊扣此山為神仙托跡之靈阜的意義，所抒發的便是符合時代對神仙想像的一派閑逸之情。換言之，符合此場所的神仙意義，更優先於實際的處境，於是蕭綱遊神仙靈阜，便將焦點集中在山水之佳勝、山水之娛襟，真可謂是「立身之道與文章異」。

蕭繹亦如是，雖與其兄蕭綱俱為著名宮體詩人，但蕭繹之言論也一如其兄，往往也顯示出重視儒家的政教觀。其《金樓子・立言》云：

> 諸子興於戰國，文集盛於二漢，至家家有製，人人有集。其美者足以敘情志，敦風俗；其弊者只以煩簡牘，疲後生。

> 夫挹酌道德，憲章前言者，君子所以行也，是故言顧行，行顧言。原憲云：「無財謂之貧，學道不行謂之病。」末俗學徒，頗或異此，或假茲以為伎術，或狎之以為戲笑。……未聞彊學自立，和樂愼禮，若此者也。〔註141〕

顯然，蕭繹主張文章之美者，不但「足以敘情志」同時也要能「敦風俗」。而對於君子則是要求「言顧行，行顧言」、「彊學自立，和樂愼禮」，其中的教化意義十分明顯。尤其是其中反對將所學「以為伎術，或狎之以為戲笑」，這與其創作宮體詩的「戲笑」目的有著天壤之別。而蕭繹將「今之學者」分為四類，其中則是以精熟儒家，作為最傑出文人的條件：

> 然而古人之學者有二，今人之學者有四。……今之儒博窮子史，但能識其事，不能通其理者，謂之學。至如不便為詩如閻纂，善為章奏如伯松，若此之流，汎謂之筆。吟詠風謠，流連哀思者，謂之文。而學者率多不便屬辭，守其章句，遲於通變，質於心用。學者不能定禮樂之是非，辯經教之宗旨，徒能揚榷前言，抵掌多識，然而挹源知流，亦足可貴。筆退則非謂成篇，進則不云取義，神其巧惠，筆端而已。至如文者，惟須綺縠紛披，宮徵靡曼，脣吻適會，情靈搖蕩。……曹子建、陸士衡，皆文士也。觀其辭致側密，事語堅明，意匠有序，遺言無失，雖不以儒者命家，此亦悉通其義也。遍觀文士，略盡知之。至於謝玄暉，始見貧小，然而天才命世，過

〔註140〕見《（新校本）梁書》卷四〈簡文帝紀〉，頁105～106。

〔註141〕二引文，見郁沅、張明高選編《魏晉南北朝文論選》，頁366、368～369。

足以補尤。任彥升甲部闕如，才長筆翰，善輯流略，遂有龍門之名。
斯亦一時之盛。〔註142〕

此段文字往往爲學者引用，尤其在「文筆說」上更是重要文獻。固然蕭繹對「文」定義爲「吟詠風謠，流連哀思者」、「綺縠紛披，宮徵靡曼，脣吻遒會，情靈搖蕩」，在客觀上使「文」具有一定的獨立性，但仍當注意，就蕭繹的主觀認知而言，這並非最傑出之文，因此蕭繹云：

王仲任有言：「夫說一經者爲儒生，博古今者爲通人，上書奏事者爲文人，能精思著文連篇章爲鴻儒，若劉向、揚雄之列是也。」
蓋儒生轉通人，通人爲文人，文人轉鴻儒也。〔註143〕

由此中層層轉出的觀點可知，文人明顯是必須以儒家爲基礎，從而貫穿古今，再以此學術涵養「精思著文連篇章」，方能成爲鴻儒、成爲蕭繹心目中最傑出的文人。因此蕭繹對僅能爲「文」、爲「筆」者皆不滿意，如其評謝朓之「貧小」，任昉之「甲部闕如」，但卻盛稱「曹子建、陸士衡，皆文士也。觀其辭致側密，事語堅明，意匠有序，遺言無失，雖不以儒者命家，此亦悉通其義也」。因此，蕭繹雖爲宮體名家，但他的「這種看法和蕭綱在〈誡當陽公大心書〉、〈與湘東王書〉中所發表的文學思想顯然很不一樣，倒與裴子野的〈雕蟲論〉頗有類似之處」〔註144〕。也就是說，蕭繹與裴子野相同，都反對「擯落六藝，吟詠情性」的文風。而這也就明顯可見蕭繹作詩、立言之間的巨大差異。

然而在文學主張上反對「擯落六藝，吟詠情性」、嚴厲抨擊「深心主卉木，遠致極風雲」的裴子野，是否眞即貫徹其主張？考其詩作，卻也不然。依逯欽立先生所輯，裴氏今存詩三首，其中即有〈詠雪詩〉一首，且其內容、風格皆與南朝詠物詩之吟風弄月無別：

飄颺千里雪，倏忽度龍沙。從雲合且散，因風卷復斜。拂草如連蝶，落樹似飛花。若贈離居者，折以代瑤華。〔註145〕

裴子野存詩不多，不能據此以總論其創作傾向，而其主要傾向，就《梁書・裴子野傳》中「子野爲文典而速，不尙麗靡之辭。其制作多法古，與今

〔註142〕同上，頁368。
〔註143〕同上，頁369。
〔註144〕曹道衡《蘭陵蕭氏與南朝文學》（北京：中華書局，2004），頁226。
〔註145〕見逯欽立輯校《先秦漢魏晉南北朝詩》，頁1790。

文體異〔註 146〕」之記載、蕭綱〈與湘東王書〉中「裴氏乃是良史之才，了無篇什之美〔註 147〕」之論以觀，可知裴子野總體文風偏於保守而與蕭綱不同。但即使如此，依其今存之詩也可知裴子野實際上並不避「擯落六藝，吟詠情性」。然則裴子野是否心口不一？卻也不能依此而論。因〈雕蟲論〉實際上具有史論性質〔註 148〕，而依《文心雕龍‧論說》所述：「論者，倫也；倫理無爽，則聖意不墜。……述聖通經，論家之正體也。〔註 149〕」裴子野正因「述聖通經」之文體要求，因此自然以儒家之觀點爲說。同理，蕭繹之《金樓子》依《文心雕龍‧諸子》解釋爲「入道見志之書。……然繁辭雖積，而本體易總，述道言治，枝條五經。其純粹者入矩，踏駁者出規」〔註 150〕。此作既爲子書，蕭繹以「枝條五經」爲規矩，也就不難理解，這也使得《金樓子》就「整體觀之，此書的撰述完全處在儒家思想的罩蓋之下」〔註 151〕。

由此可見文體、場合的客觀性要求，對南朝文人巨大的影響，因此除以上諸人之外，南朝順應文體、場合要求寫作，從而詩作無關作者眞情實志的例子可謂比比皆是。此除前文曾舉沈約〈詠菰詩〉中「匹彼露葵羹，可以留上客」之隱含醉心榮祿，與其〈詠杜若詩〉中「不顧逢采擷，本欲芳幽人」、〈詠山榴詩〉中「長願微名隱，無使孤株出」之表達人品高潔，成爲互相矛盾的情志內容外，其他如鮑照之〈和王丞〉亦爲其例。

鮑照此詩爲與王僧綽唱和之作，當作於宋文帝元嘉二十四年至二十五年之間〔註 152〕，而此期間正是鮑照獻〈河清頌〉之時。《南史‧宋宗室及諸王上‧臨川烈武王道規附鮑照傳》載：「元嘉中，河、濟俱清，當時以爲美瑞，照爲〈河清頌〉，其序甚工。〔註 153〕」而此「元嘉中」，《宋書‧符瑞志》則

〔註 146〕《（新校本）梁書》卷三十，頁 443。
〔註 147〕郁沅、張明高選編《魏晉南北朝文論選》，頁 352。
〔註 148〕裴子野此論收入《通典》卷十六〈選舉四‧雜議論上〉。見〔唐〕杜佑撰：王文錦等點校《通典》（北京：中華書局，1988），頁 389～390。
〔註 149〕〔梁〕劉勰著：周振甫注《文心雕龍注釋》，頁 347。
〔註 150〕同上，頁 325～326。
〔註 151〕林大志《四蕭研究：以文學爲中心》，頁 107。
〔註 152〕據錢仲聯先生考證：「此詩至晚當作於（宋文帝元嘉）二十五年之前。蓋（王）僧綽爲始興王文學時，照爲國侍郎，同在王府，遂相款洽，故僧綽轉爲秘書丞，有此唱和之作。」見〔南朝宋〕鮑照著；錢仲聯增補集說校《鮑參軍集注》（上海：上海古籍出版社，2008 三刷），頁 285 注一。又，錢先生再依王僧綽及鮑照之仕宦經歷，更詳細定此作在元嘉二十四年至二十五年之間，其「鮑照年表」則繫於元嘉二十四年。（頁 440、433）。
〔註 153〕《（新校本）南史》卷十三，頁 360。

記載更爲詳細：「宋文帝元嘉二十四年二月戊戌，河、濟俱清，龍驤將軍、青冀二州刺史杜坦以聞。〔註154〕」由此可知，〈和王丞〉與〈河清頌〉可謂爲同時期的作品。

姑不論〈河清頌〉所具有的阿諛之意〔註155〕，進獻此作的行爲即可見鮑照的進取之志，而這種志向，可謂一沿其前此於臨川王劉義慶幕中獻詩時，所表達的「大丈夫豈可遂蘊智能，使蘭艾不辨，終日碌碌，與燕雀相隨乎〔註156〕」的大志，但這卻與〈和王丞〉中呈顯的高逸淡泊的情懷有著極大的差別。鮑照此詩歸結於「滅志身世表，藏名琴酒間」〔註157〕，示意邀請王僧綽一同歸隱山林，然而此時卻正是鮑照銳意於仕進之時。因此，應當注意此詩爲「和」詩，雖王僧綽之詩已佚，無從探討其與鮑照之作的關係，然其既爲「和」詩，則其爲交際場合之用詩則無疑，於是詩中所具有的情志內容自然受限於文體要求，也因此不能以之論鮑照之眞情實志。

至於謝朓亦如是，鍾嶸云：「朓極與余論詩，感激頓挫過其文。〔註158〕」但今日所見的謝朓詩，卻「不怎樣地『感激頓挫』」〔註159〕。可見其人與其文的差距。而劉孝綽之詩作也是如此，學者業已指出：「劉孝綽並非純粹的宮體詩人，早年與任昉、何遜、陸倕等唱和，詩中多少宣發一些牢騷，風格屬於梁前期。……他還曾協助蕭統編纂《文選》，可見觀點和蕭統接近。後期先後在蕭繹、蕭綱府中，所作就多是宮體，比如〈愛姬贈主人〉、〈爲人贈美人〉、〈賦得照棋燭〉等，都是典型的宮體題材。〔註160〕」由此可見作者變易風格之容易。因爲對作者而言，這並不是全人格的展現，只是在一種場合、文體中，正確符合場合、文體要求的操作而已。至於南朝駢文，由於多爲應用公文，且常爲代言，因此不表達作者自身之情志乃爲常態〔註161〕。既然仕宦爲

〔註154〕《（新校本）宋書》卷二十九，頁872。

〔註155〕李兆洛批評馬班已降的廟堂之製、奏進之篇的諸種缺點，「華即無實」即爲其中一項。而對於鮑照此頌之文字，李兆洛雖讚美其「采壯」，但卻也批評其「大抵華腴害骨」，頗寓批評其「無實」、阿諛之意。見〔清〕李兆洛選輯《駢體文鈔》（鄭州：中州古籍出版社，1990），目錄，頁9；卷二，頁25。

〔註156〕《（新校本）南史》卷十三〈宋宗室及諸王上・臨川烈武王道規附鮑照傳〉，頁360。

〔註157〕〔南朝宋〕鮑照著；錢仲聯增補集說校《鮑參軍集注》，頁285。

〔註158〕見〔梁〕鍾嶸著；陳延傑注《詩品注》，頁28。

〔註159〕魏耕原《謝朓詩論》（北京：中國社會科學出版社，2004），頁14。

〔註160〕曹道衡、沈玉成《南北朝文學史》，頁241。

〔註161〕以徐陵的駢文而言，便「不能完全代表徐陵自己的立場和觀點，甚至作品內

南朝文人生涯的重要部分，代言公文自屬平常，因此於篇章中設計、安排「應當如此」的情志內容，實爲文人之能事。

　　可以說，依據場合、文體之要求，展示無關於作者眞情實志，而僅爲作者設想「應當如此」的情志內容，這在當時文人的觀念中，是「理宜然矣〔註 162〕」之事。文既如此，詩亦如之。既可在文中設計無關作者眞實的情志內容，以達到完美的審美效果，則在詩中自也能如此。

五、情志的獨立審美地位

　　情志內容既爲順應外在世界客觀性之要求，從而成爲可以設計、安排的篇體因素，則「情」便與其他篇體因素相同，是爲具有獨立意義的領域，如此，「情」自也可以成爲獨立審美的對象。江淹著名的〈恨賦〉、〈別賦〉即是如此，〈恨賦〉「善於概括出他所描寫的各式各樣人物的愁恨來」，而〈別賦〉和它一樣，「能夠用簡單的筆墨傳達出社會上各色人物在離情別緒上的特點」〔註 163〕。換言之，江淹正是揣摩各式各樣的人物及其「應有」的愁恨、別緒，從而以巧妙的文采表現之。二賦之享有盛名，正如其〈雜體詩三十首〉一般，並非因其眞情實志之動人所致，而是在於其情感設計正符合時人的情感想像，一如南朝邊塞詩，即使並非親歷，亦能因「頤情志於典墳」而「妙盡塞北寒苦之狀」。

　　而將「情」視爲獨立的審美對象，並且能更爲清晰地表達這種觀念的，應爲蕭綱的〈序愁賦〉：

> 情無所治，志無所求。不傷懷而忽恨，無驚猜而自愁。玩飛花之入戶，看協暉之度寮。雖復玉觴浮碗，趙瑟含嬌，未足以袪斯耿耿，息此長謠。〔註 164〕

容觀點有相互牴牾之處」。其〈爲貞陽侯答王太尉書〉爲蕭淵明斥責裴之橫，而其〈裴使君墓志銘〉則站在家屬立場歌頌裴氏。徐陵曾附和任約反對陳霸先，但在〈冊陳公九錫文〉中則盛讚陳霸先討平任約。這並不表示徐陵爲反覆無常之筆，而是文體要求表達他人之思想情感，因此「不必在意這思想情感是否符合自己一貫的思想和行爲方式」。說見鍾濤〈試論駢文創作在六朝的政治功用——以九錫勸進等文爲例〉，《柳州師專學報》2005 年第 4 期，頁 5。
〔註 162〕顏之推云：「凡代人爲文，皆作彼語，理宜然矣。」見〔北齊〕顏之推著；王利器集解《顏氏家訓集解》（台北：明文書局，1984 再版），頁 260。
〔註 163〕曹道衡〈江淹及其作品〉，收入氏著《中古文學史論文集》，頁 247、249。
〔註 164〕見〔清〕嚴可均輯：陳延嘉等校點《全上古三代秦漢三國六朝文·全梁文卷八（第七冊）》，頁 87。

此賦今僅存此數句，應爲殘篇。然依此數句亦可知，此中所表達的「愁」，既是「情無所治，志無所求。不傷懷而忽恨，無驚猜而自愁」，則作者有意排除此「愁」爲外在事、物所觸發之意圖十分明顯，因而此「愁」無關於所遇之外在事物，而是愁「情」自身的展現。既然「愁」是人人皆有的情感，作者又截斷此情感與外在事物的關係，則此「情」成爲獨立的審美對象便不言可喻。於是「情」在一篇之中，也可被設定爲一可操作的篇體構成因素，一如其他篇體因素之自有其理，情志之理也當在與諸因素協調之下得到實現。

正是因爲可操作，因此文中之情志不必是眞情實志，這在後代文論家眼中，雖其「有法」，但以其爲「僞」而「尤可惡」。王夫之指出：

> 文章之體，自宋、齊以來，其濫極矣。人知其淫豔之可惡也，而不知相率爲僞之尤可惡也。南人倡之，北人和之。故魏收、邢子才之徒。與徐、庾而相彷彿。懸一文章之影跡，役其心以求合，則弗論其爲駢麗、爲輕虛、而皆僞。人相習於相擬，無復有由衷之言，以自鳴其心之所可相告者。其貞也，非貞也；其淫也，亦非淫也；而心喪久矣。……文章之弊，壞於有法。……有法者，惟其僞也。
> 〔註165〕

王夫之此論甚爲精闢，雖其以「相擬」爲主要批評對象，但南朝之詩文，正以其操作諸種篇體構成因素，並要求諸因素皆能恰如其份爲「法」，亦即「情志」也是操作的項目，眞情實志並不佔主導地位，此自然是「役其心以求合」，從而與其所謂之「相擬」類似。於是「其貞也，非貞也；其淫也，亦非淫也」，便成爲南朝文學顯著的現象，換言之，情志也爲「文術」所包含的一項目，或貞、或淫，一依文體、場合之所需，而以「文術」會合之。王夫之對南朝文學「心喪」（失去眞性情之表露）的批評，正是因情志內容的操作化所致。

第四節　小　結

與外在世界客觀性相應，「物」自有其不隨人主觀意願轉移的客觀屬性，故此「物」之所以爲此「物」自有其理。這種面對客觀世界的觀念，也擴展至人爲領域的類別區分上，亦即得以區分爲一類別，便自有此類別之理。是以各類別雖難免有交會重疊之處，但各類別必定有其自有之理，而不爲他者

〔註165〕〔清〕王夫之《讀通鑑論》（台北：里仁書局，1985），頁582～583。

存在。於是萬事萬物要能共成和諧秩序，便須「正確」地認知其理，從而「正確」地安置其於世界中的位置。

對世界的想像如此，對文學的想像也與此同構：區分文學構成因素，使各構成因素各盡其自有之理，從而使所有構成因素在一篇中恰如其份。於是南朝文學自也有其重視「述志為本」、重視以各種手法最佳地完成抒情、說理、寫景等目的的一面。但南朝文學更為特殊的一面，是認為文學各構成因素獨立於全篇，因而各有依其自有之理而來的審美效果，並且，皆當在一篇之中得到實現。換言之，情志內容作為篇體的一項構成因素，與其他因素皆有自具之理應當實現，而其他篇體因素並不因「配合」情志內容的表達才具有審美價值。

以此觀南朝文學的發展，便可發現此實為南朝文學發展的重要動力。以元嘉三大家而言，謝靈運之「自然可愛」、顏延之之「雕績滿眼」、鮑照之「操調險急」，在南朝皆具有極大的影響力，這使時人清楚認知其人之成就，不獨在其題材、主題等方面，同時也在語言運用等寫作方式上，因此對於語言及其組構方式的審美效果，也為時人所深切反省。

正是由於對語言的普遍關注，因而語言自具獨立之理的觀念也被強調。於是語言不只是工具、不只是在完成傳情、達意、寫物等的功能時方有價值，換言之，語言自有其獨立於情志的審美價值待實現。而隨著對語言研究的加深，時人對語言的關注，也深入至字形的自有之理上，於是字形也有其獨立的審美價值，無論文章之情志內容為何，能於篇章中實現字形自有之理方為「精解」。對字形的這種認知，清晰地顯示出既成為一類別，則其自有之理即當得到實踐的觀念。

由於類別自有其理觀念的普遍，在南朝確立了四大篇體構成因素的類別之後，自然也使時人關注各篇體構成因素的自有之理，並且各類別之理也就被要求得到獨立的實現，而無論其情志內容。於是，因為對偶因素「必須」得到實現，以致於南朝有不少是純為對偶而對偶的詩句，亦即即使成為詩中贅疣，對偶因素也當得到實現；對用典因素的重視，使「新意雖奇，無所倚約」明顯成為詩中之病，亦即不用典，即使「新意雖奇」也不足取。而其中更為顯著的現象，是聲律之趨向律化，這正是無論情志內容為何，皆得適用一致聲律規則的表現，換言之，聲律發展考量的並非聲情相應，而是聲律自有之理的實現。由此可知，各篇體因素的價值具有相對的獨立性，並非只在

更好地表達情志內容。

　　基於對諸篇體構成因素的確認，隨之而來的便是各因素自有之理皆當得到實現的要求，在這種要求下，寫作的困難度自然也大增，以謝靈運之大才，也有為滿足篇體因素之要求而扭曲文義之例。因此各因素自也會受到節制，以容納其他因素的表現，於是南朝文體的發展也在此觀念下發生變化，如劉宋元嘉前後詩賦之對偶句數量達七、八成以上，但此後為能更好地與其他篇體因素協調，對偶句的數量便受到節制，對偶的嚴格程度也有鬆動，換言之，「所有因素恰如其份」的觀念得到了張揚。當然，何謂「恰如其份」、「適中」，事實上仍有賴於菁英共識。此中菁英共識之發展，後文將再述及之。

　　由於「所有因素恰如其份」的要求，因此情志因素在一篇之中，並不必然居於絕對優先的地位，要求各篇體因素皆能得到恰當的安排、實現，才是時代的主導觀念。此中所透露的消息便是，「情志」與其他篇體要素相同，都只是一篇之中有待作者妥善安排的項目。

　　這雖使得南朝詩作「性情漸隱」，但在「才智深美」理由的支持下，缺乏真情實志，並無礙傑作可因詩人以其傑出的才智設計、安排情志內容而得。此中江淹〈雜體詩三十首〉取得巨大的成功，便使情志內容為詩中可操作因素的觀念更為顯著，傑出之詩作可與作者真實之人格、真實之情志無關，也就是顯而易見的事實。此外，邊塞詩亦然。南朝邊塞詩既是一種符合場合要求的遊戲之作，則遊戲參與者所關注的焦點，便是在詩作本身之審美成就，至於是否為作者之真情實志，則不在關切之列。這種「為文而造情」的作品，將情志內容視為作者可操作的篇體因素，因而作品之傑出，自也無關乎作者之真情實志，而是正在於作者設計、安排各項因素之恰當。此觀念在南朝最著名的代表，即是蕭綱的「放蕩說」。

　　於是，因世界客觀化意識的普遍，詩人在不同場合、不同文體中，自然隨各場合、文體的客觀性意義而呈現出不同的情志樣貌，因此南朝詩人在變易風格上極其容易。換言之，這正凸顯場合自具客觀性意義，故而文章的情志表現，當與此客觀性意義符合，對詩人而言，這並不是全人格的展現，只是在一種場合、文體中，正確符合場合、文體客觀意義要求的操作而已。由此可見外在世界客觀化及由此而來的類別意義客觀化，對南朝文學的巨大影響。

第六章　文學寫作及文學秩序建構的博學基礎

第一節　用典隸事的文化意義

一、博學與士族現實處境

　　南朝士族雖隨場合、文體之不同，並不避遊戲、謠俗，但在涉及朝章大典之處，則始終以典雅爲正。《宋書·樂志一》載：

> 順帝昇明二年，尚書令王僧虔上表言之，并論三調哥曰：「自頃
> 家競新哇，人尚謠俗，……排斥典正，崇長煩淫。士有等差，無故
> 不可以去禮，樂有攸序，長幼不可以共聞，故喧醜之制，日盛於廛
> 里，風味之韻，獨盡於衣冠。」〔註1〕

　　這對朝廷典章制度之「典正」要求是十分明顯的。至梁代，雖然在宮廷宴樂中，以詩文爲戲的風氣已盛，但對於朝章大典的典雅風格，其要求依然不變。《梁書·蕭子雲傳》載：

> 梁初，郊廟未革牲牷，樂辭皆沈約撰，至是承用，子雲始建言
> 宜改。……敕曰：「郊廟歌辭，應須典誥大語，不得雜用子史文章淺
> 言；而沈約所撰，亦多舛謬。」子雲答敕曰：「殷薦朝飧，樂以雅名，
> 理應正采五經，聖人成教。而漢來此制，不全用經典；約之所撰，
> 彌復淺雜。臣前易約十曲，惟知牲牷既革，宜改歌辭，而猶承例，

〔註1〕　《（新校本）宋書》卷十九〈樂志一〉，頁881。

不嫌流俗乖體。既奉令旨，始得發矇。……謹依成旨，悉改約制。」
〔註2〕

「郊廟歌辭，應須典誥大語，不得雜用子史文章淺言」的目的，正如《文心雕龍‧體性》所云：「典雅者，鎔式經誥，方軌儒門者也。〔註3〕」亦即欲以經典形塑典雅的風格，如此方能符合朝章大典的要求。

由經典中採擷典故，固然是形塑典雅風格的方式，但是南朝廟堂文章運用舊典的範圍，實際上是廣及於各部，並不僅限於五經，且這種大量採擷各部篇章典故的作風，在時人眼中也依然以「雅」著稱，並且也仍與治國的觀念相關聯。這在《詩品》的論述中，即有不少例證。

《詩品》對於大量用典隸事的詩作深致不滿，其序云：

> 顏延、謝莊，尤爲繁密，於時化之。故大明、泰始中，文章殆同書抄。近任昉、王元長等，詞不貴奇，競須新事，爾來作者，寖已成俗。遂乃句無虛語，語無虛字，拘攣補衲，蠹文已甚。但自然英旨，罕值其人。詞既失高，則宜加事義。雖謝天才，且表學問，亦一理乎！〔註4〕

其中「殆同書抄」、「拘攣補衲，蠹文已甚」等描述，已對「繁密」之體充滿貶斥之意，而「雖謝天才，且表學問，亦一理乎」一語，諷刺之情更是溢於言表。由此可見鍾嶸對大量用典隸事之詩的不以爲然，但這類詩作仍是以其「雅」而爲鍾嶸所接受。如顏延之公宴詩作，其典雅風格、朝章大典的典範性，在時人眼中所具有的代表性已如前述，其詩用典之繁密固不待言，且用典範圍亦不僅限於儒家經典。以其五言詩〈應詔觀北湖田收〉而言，依李善所注，其用典範圍尚廣及《後漢書》、《漢書》、《越絕書》、〈吳都賦〉、《列子》、張載〈七哀詩〉、《楚辭》、〈羽獵賦〉、賈逵《國語注》、《戰國策》等。其〈車駕幸京口侍遊蒜山作〉亦如此，用典廣及《莊子》、《史記》、孫綽〈答許詢詩〉、王逸《楚辭注》、《山海經》、《國語》、羊祜〈請伐吳表〉等。其行旅之作如〈還至梁城作〉，雖用典密度低於其公宴詩，但仍屬繁密，且也廣及《楚辭》、《左傳》、陸機〈赴洛道中作詩〉、王充《論衡》、桓譚《新論》、《毛

〔註2〕《(新校本)梁書》卷三十五，頁514。
〔註3〕〔梁〕劉勰著；周振甫注《文心雕龍注釋》(台北：里仁書局，1984)，頁535。
〔註4〕〔梁〕鍾嶸撰；陳延傑注《詩品注》(台北：台灣開明書局，1978台七版)，頁7。

詩》等〔註5〕。而《詩品》卷中對顏延之的評論則爲：

> 體裁綺密，情喻淵深；動無虛散，一句一字，皆致意焉。又喜
> 用古事，彌見拘束；雖乖秀逸，是經綸文雅才。雅才減若人，則蹈
> 於困躓矣。〔註6〕

　　鍾嶸對顏延之「喜用古事」之作風頗爲不滿，然而卻又特別標舉顏延之
爲「經綸文雅才」，意即其文即便有「彌見拘束」、「乖秀逸」之弊病，亦不礙
其人爲「雅才」。此意呼應了《詩品・序》中所謂之「經國文符，應資博古；
撰德駁奏，宜窮往烈〔註7〕」的主張，而顏延之「博古」作風之詩，以其爲近
於「經國文符」的「經綸文」，故而在鍾嶸的評價中得以稱之爲「雅」。《詩品》
卷中對詩作「競須新事」的任昉，其評語也一承此意：

> 拓體淵雅，得國士之風，故擢居中品。但昉既博物，動輒用事，
> 所以詩不得奇。少年士子效其如此，弊矣！〔註8〕

　　鍾嶸對任昉之評語不可不謂嚴苛，甚且告誡少年士子不可效其「動輒用
事」。然而鍾嶸仍是稱任昉之作「淵雅」、「得國士之風」。可見大量用典隸事，
不妨其有「經綸文雅才」、「國士之風」之美名。

　　而《詩品》卷下評謝超宗等七人則云：

> 檀、謝七君，並祖襲顏延，欣欣不倦，得士大夫之雅致乎！〔註9〕

　　則效法顏延之之作者，亦得以有「雅」名。此中尚可注意的是，這類作
品被認爲是「得士大夫之雅致」。換言之，此類作品之「雅」，是與「士大夫」
立於廟堂之所需息息相關的。

　　另外，沈約之作亦可爲參照。鍾嶸評沈約爲：

> 觀休文眾製，五言最優。詳其文體，察其餘論，固知憲章鮑明
> 遠也。所以不閑於經綸，而長於清怨。……見重閭里，誦詠成音。
>
> 〔註10〕

　　鮑照在南朝被定位爲「俗」，對於「憲章鮑明遠」的沈約，鍾嶸則稱之爲

〔註5〕三詩及注，見〔梁〕蕭統編；〔唐〕李善注《昭明文選》（台北：漢京文化事
　　　業有限公司，1983），頁 316～317、383。又，此處列舉顏延之用典，並非全
　　　舉李善所注，僅概舉之以見顏延之詩用典之綿密及廣及各部。
〔註6〕〔梁〕鍾嶸撰；陳延傑注《詩品注》，頁 25。
〔註7〕同上，頁 6。
〔註8〕同上，頁 29。
〔註9〕同上，頁 38。
〔註10〕同上，頁 30。

「見重閭里」，姑不論此中所具有的鄙視之意〔註11〕，鍾嶸視沈約爲「俗」是相當明顯的。而此「俗」，鍾嶸以「不閑於經綸」稱之，與顏延之之爲「經綸文雅才」適成對比。則顏延之「喜用古事」之爲「雅」亦顯然可見。

另一以「典正」爲評之例，則可見於《顏氏家訓·文章》：「吾家世文章，甚爲典正，不從流俗；梁孝元在蕃邸時，撰《西府新文》，訖無一篇見錄者，亦以不偶於世，無鄭、衛之音故也。〔註12〕」顏之推正以其家世文章「典正」，無鄭衛之音之「俗」自豪。而此所謂「典正」，其用典亦屬頻繁。如顏之推今存之〈神仙〉一詩：

> ……願得金樓要，思逢玉鈐篇。九龍遊弱水，八鳳出飛煙。朝遊采瓊寶，夕宴酌膏泉。嶄巖下無地，列缺上陵天；舉世聊一息，中州安足旋。〔註13〕

此詩共十八句，以上所舉爲其後十句，然此後十句，據王利器先生所注，可謂句句有出處，其用典不可不謂繁密。由此可見，在南朝時人的認知中，典雅風格與用典隸事之作風有著密切的關係。

凡此皆可見出，用典隸事之文體往往與「雅」相關，並得以連類於「士大夫」、「國士」、「經綸文」等治國觀念。而透過用典隸事以形成「雅」的政治意義，除表現爲區分「朝章大典」爲一特定領域，因而有其特定的審美風格外，實際上也與南朝士族之現實處境息息相關。以下以士族的政治處境及士庶的文化資源分敘之。

首先，以士族的政治處境爲說。

南朝士族與皇權相互妥協，形成士族逐漸遠離實權，但卻因「門地二品」而仍有仕宦特權的局面，於是造就了士族「風流相尚，罕以物務關懷」的風氣。而這種風氣，以其不求干進、甚至鄙視干進，因而呈顯出自我抑制的閑淡和緩，從而與「雅」甚能相容。於是「雅」對於具有「門地二品」優勢的士族而言，便有了相當的親和性，但對於缺乏門資爲蔭的寒庶，也就往往格格不入：一旦述其不平之憤慨，則詩作便落於下乘；仿效淡然寬緩，則又難

〔註11〕《詩品·序》云：「嶸今之錄，庶周旋於閭里，均之於談笑耳。」（同上，頁6。）鍾嶸謙稱己作不登大雅之堂，因而以「閭里」自稱。此用以謙稱己作固無不可，然用以稱人，則其鄙視之意甚爲明顯。

〔註12〕〔北齊〕顏之推著：王利器集解《顏氏家訓集解》（台北：明文書局，1984再版），頁251。

〔註13〕同上，頁636。

以突出社會批判之意〔註14〕。這反映出南朝士族順應其處境而建立價值觀，並將此價值觀轉化成審美要求的現象，這雖不必是士族自覺、刻意的作為，但在客觀上，卻因「雅」、博古、閑緩、朝章大典之連類關係，更有利於士族的處境及寫作。這種士庶政治處境的差異，也轉化成為南朝文學發展的顯著現象。以下及就此意申論之。

士族以「凡厥衣冠，莫非二品〔註15〕」的特權入仕，這種任官特權延續南朝四代而皆然，故直至陳代徐陵任吏部尚書時，仍是以「品藻人倫，簡其才能，尋其門胄，逐其大小，量其官爵〔註16〕」為選官、任官之法。由於逐門第之大小而「量其官爵」，故而士族不須營求，甚且鄙視營求，以致於在政治上有積極的表現，便難免有求官之嫌而玷污門第。如《南齊書‧張岱傳》所載，張岱認為「語功推事」為「臣門之恥」〔註17〕，亦即認為積極於事功以入仕，乃為士族之恥辱。

於是王微「怨思抑揚」之辭為袁淑譏為「訴屈」，便引發王微極力辯解其「止足」的人格取向〔註18〕。至於汲汲冒進者，則更是為時人所不齒，如《南齊書‧王融傳》載王融「以父官不通」，故「冒不媒之鄙」以求自試，後又上書求自效。此明顯表現出王融對功名積極進取的心態，因而孔稚珪斥之為「姿性剛險，立身浮競」〔註19〕，可見王融此舉頗為士流非議。在這種風氣下，要求「安流平進」的言論便所在多有，如昭明太子蕭統〈陶淵明集序〉所云：「夫自炫自媒者，士女之醜行；不忮不求者，明達之用心。〔註20〕」而《陳書‧徐陵傳》亦載徐陵斥責「冒進求官，喧競不已者，……多逾本分，猶言大屈，未喻高懷」〔註21〕。可想而知，文學作品也與此時代風氣相適應，於是在作品中表達對仕途、身份之感慨，亦往往遭人譏評。如何遜、劉孝綽雖在南朝並稱何、劉，然二者之評價，也顯然有高下之別，《顏氏家訓‧文章》

〔註14〕如鍾嶸對「上品」的阮籍，評為「厥旨淵放，歸趣難求」即為其例。既然「難求」，則其旨歸即便志在刺譏，也是相當模糊的。阮籍之評，見〔梁〕鍾嶸撰；陳延傑注《詩品注》，頁14。又，有關阮籍，下文尚有較清楚的論述。

〔註15〕《（新校本）宋書》卷九十四〈恩倖傳序〉，頁2302。

〔註16〕《（新校本）陳書》卷二十六〈徐陵傳〉，頁332。

〔註17〕《（新校本）南齊書》卷三十二〈張岱傳〉，頁581。

〔註18〕見《（新校本）宋書》卷六十二〈王微傳〉，頁1666～1667。

〔註19〕《（新校本）南齊書》卷四十七，頁823。

〔註20〕見郁沅、張明高編選《魏晉南北朝文論選》，頁334。

〔註21〕《（新校本）陳書》卷二十六，頁332～333。

載：

> 何遜詩實爲清巧，多形似之言；揚都論者，恨其每病苦辛，饒
> 貧寒氣，不及劉孝綽之雍容也。〔註22〕

何遜詩之「貧寒氣」如其〈落日前墟望贈范廣州雲詩〉：「我心懷碩德，思欲命輕車。高門盛遊侶，誰肯進畋漁。〔註23〕」表現出想攀附范氏，卻又未必能爲人所接納的慨嘆；而劉孝綽之詩則如其〈酬陸長史倕〉，往往表達出「從容少職事」、「優游匡贊罷」〔註24〕之雍容、優游。由此段時人對何、劉之評論可知，不忮不求及其所形成的閑雅寬緩，方爲士族所重。

由此而來，激烈峻切的情感表現，自然也就爲詩作的缺點，這在時人對嵇康的評論中，便可明顯見出這種傾向。嵇康憤世嫉俗之氣，往往於其詩作中呈顯，如其〈答二郭詩三首〉其三：

> 詳觀凌世務，屯險多憂虞。施報更相市，大道匿不舒。夷路值
> 枳棘，安步將焉如。權智相傾奪，名位不可居。⋯⋯〔註25〕

抨擊世道陵替、仕途險惡等社會黑暗現象，而出以「施報更相市」、「權智相傾奪」之類直露的描寫，如此嚴厲之辭，自然成嵇康詩遭人非議之處，因而《詩品》卷中批評嵇康「過爲峻切，訐直露才，傷淵雅之致」〔註26〕，認爲嵇康如此激切的情感表現，乃有傷於「雅」的缺點。

然而大量用典隸事，卻能因知解過程的介入，減緩了情感傳達的直接性，從而易生迂迴、閑雅之感。王夢鷗先生在解釋鍾嶸「直尋」之義時云：

> 不說「高臺多悲風」，而使用「涼風吹鳳樓」，前者於閱讀無隔
> 閡，可直接移情於想像的世界；而後者因「鳳樓」一語必須酌情瞭
> 解弄玉吹簫之高樓，而後進入高樓涼風的意境，因爲那須要分心去
> 瞭解符號所夾帶的較多層次的意義，往往會使人轉入「認知」之境，
> 而未必即能直接移情於作者的意境而領略其情趣了。〔註27〕

亦即大量使用典故，則將使讀者在內容的感會上，必須首先在文字符號的層面上流轉，方能瞭解符號所造成的較多層次的意義，而這往往必須先跨

〔註22〕〔北齊〕顏之推著；王利器集解《顏氏家訓集解》，頁276。
〔註23〕見逯欽立輯校《先秦漢魏晉南北朝詩》，頁1682。
〔註24〕同上，1834。
〔註25〕同上，頁487。
〔註26〕〔梁〕鍾嶸撰；陳延傑注《詩品注》，頁20。
〔註27〕王夢鷗〈鍾嶸評詩的態度與方法〉，收入氏著《古典文學論探索》（台北：正中書局，1984），頁226。

越「認知」的過程，才能感受到作者所表達的情志內容。如此，由於缺乏情感傳達的直接性，因而較不易有強烈、迫切之感，換言之，情感有可能淡化而呈顯閑雅之風。用典隸事的作風，因而與推崇從容不迫、不峻切憤世的時風有相容之處。如阮籍〈詠懷〉之作，《文選》李善注引顏延之曰：「雖志在刺譏，而文多隱避。〔註28〕」則其詩有意於「刺譏」，與嵇康之詩相同，然而鍾嶸卻稱之為「會於風雅」，便顯然與嵇康「傷淵雅之致」相異。《詩品》卷上評阮籍詩云：

> 其原出於《小雅》。無雕蟲之巧。而〈詠懷〉之作，可以陶性靈、發幽思；言在耳目之內，情寄八荒之表，洋洋乎會於《風》《雅》。……頗多感慨之詞。厥旨淵放，歸趣難求。顏延年注解，怯言其志。〔註29〕

阮籍詠懷詩「厥旨淵放，歸趣難求」，因此其詩旨難免可作多種解讀，但以鍾嶸特別引用顏延之「怯言其志」為詠懷之「歸趣」作說明，可見在南朝時人眼中，阮籍詠懷詩是不脫刺譏之意的。然而志在刺譏卻能合於小雅怨而不怒之旨，此雖與阮籍刻意遙深其旨有關，但亦為其大量採用古事古語所致。僅以《史記》、《漢書》、《戰國策》、《呂氏春秋》四書而言，為阮籍詠懷詩所採用者，即約有一百二十處〔註30〕，這自然使其刺譏之強烈性減低，而易有怨而不怒之感〔註31〕，從而也就有了「會於風雅」之評。

其次，就士庶文化資源的差異而言，透過博學以形成「雅」，相對而言也有利於士族寫作。

固然，將「經國文符」與「吟詠情性」二分，認為二領域各自適用不同創作原則，已成南朝十分普遍的觀念，因此如蕭綱〈與湘東王書〉，即是將善為詩、善為筆二分：「至如近世謝朓、沈約之詩，任昉、陸倕之筆，斯實文章

〔註28〕〔梁〕蕭統編；〔唐〕李善注《昭明文選》卷二十三，頁322。

〔註29〕〔梁〕鍾嶸撰；陳延傑注《詩品注》，頁14。

〔註30〕此數字統計自楊清龍〈阮籍詠懷詩出自史書的典故述例〉，《華學月刊》第148期（1984.4），頁5、7、9。而阮籍詠懷詩引書較多者尚有《吳越春秋》、《東觀漢記》、《越絕書》、《孔子家語》、《逸周書》、《國語》等（頁5）。由此更可見阮籍用典之繁密。

〔註31〕用典隸事並不必然即能形成「雅」的風格，如前文所述之鮑照即是用事繁密，但卻有「險俗」之譏者，可見用事並非必然成「雅」。然王夢鷗先生所述之「認知」介入過程，卻也是用典隸事與閑雅關係的顯例，以南朝對阮籍〈詠懷詩〉之注解及評論而言，南朝詩人已自覺用典隸事與迂迴情志及其與「雅」之間的關係。

之冠冕，述作之楷模。〔註 32〕」同時，對於「吟詠情性」之詩，蕭綱也要求脫離經典的規範，故此書云：

> 若夫六典三禮，所施則有地；吉凶嘉賓，用之則有所。未聞吟
> 詠情性，反擬〈內則〉之篇；操筆寫志，更摹〈酒誥〉之作；遲遲
> 春日，翻學《歸藏》；湛湛江水，遂同《大傳》。〔註 33〕

這顯然也是主張「吟詠情性」與經典規範各有領域，因此吟詠情性自不必連類於經典之語典、事典，也不必以典雅爲依歸。這種觀念的盛行，自然使詩中用典的現象減退。但仍當注意，這只是區分出一不貴用事的領域，從而要求寫作符合此領域的審美標準，並非否定博學與爲詩的關係。因此博學仍被視爲是詩人的基礎能力，即便詩中未顯學問，善爲詩者也已被設定爲博學，此正如蕭綱〈勸醫論〉所云：「豈有秉筆不訊，而能善詩？〔註34〕」善於秉筆者，如其所推崇之任昉、陸倕，乃以用典綿密著稱，此可勿論。而作爲詩人「冠冕」、「楷模」的謝朓、沈約，《文選》亦收錄有謝朓〈拜中軍記室辭隋王箋〉、〈齊敬皇后哀策文〉，沈約〈奏彈王源〉、〈宋書謝靈運傳論〉、〈宋書恩倖傳論〉、〈齊故安陸昭王碑文〉〔註 35〕，可見二人也是符合蕭綱「豈有秉筆不訊，而能善詩」之例。由此以觀，蕭綱要求善詩者之博學不難推知。另外，前文舉蕭繹《金樓子・立言》「儒生轉通人，通人爲文人，文人轉鴻儒也」的主張，事實上也與其兄蕭綱之論類似：能以儒家爲基礎，從而貫穿古今，再以此學術涵養「精思著文連篇章」，方能成爲鴻儒、成爲蕭繹心目中最傑出的文人。凡此皆可見博學是文人的基礎修養，即便吟詠情性、不貴用事之詩人，也被要求已然博學。

順此觀念推展，甚且有了以博學爲條件才有吟詠情性「資格」的觀念，如梁武帝蕭衍先責徐摛而後寵遇之，即爲其中顯例：

> 摛文體既別，春坊盡學之，「宮體」之號，自斯而起。高祖聞之
> 怒，召摛加讓，及見，應對明敏，辭義可觀，高祖意釋。因問《五
> 經》大義，次問歷代史及百家雜說，末論釋教。摛商較縱橫，應答

〔註 32〕見郁沅、張明高編選《魏晉南北朝文論選》，頁 352。
〔註 33〕同上，頁 351。
〔註 34〕見〔清〕嚴可均輯；陳延嘉等校點《全上古三代秦漢三國六朝文・全梁文（第七冊）》卷十一，頁 123。
〔註 35〕二人之文，分見〔梁〕蕭統編；〔唐〕李善注《昭明文選》，頁 569、798、561、702、704、816。

如響，高祖甚加嘆異，更被親狎，寵遇日隆。〔註36〕

經過蕭衍之考校，可知徐摛無論五經、歷代史、百家雜說、釋教，皆能「商較縱橫，應答如響」，於是不但大作宮體詩之事已然無礙，甚且徐摛此後「更被親狎，寵遇日隆」。在南朝區分場合、文體以爲詩的觀念下，從事宮體詩之創作只是符合外在世界客觀要求的作爲，原本即不被視爲是作者全人格的展現，因此即使是「召摛加讓」的蕭衍，自身也是大作宮體詩之輩〔註37〕。故而徐摛在展現才學之後，可證從事宮體詩只是其人眾多才學之一，因此寫作宮體詩亦不爲蕭衍所責。可以說，南朝所鄙視的是僅能以詩爲戲者，如《南史・文學傳》載宋明帝對吳邁遠的惡評：「此人連絕之外，無所復有。〔註38〕」然而才學之深厚已然無疑者，則以詩爲戲自也無妨，亦即方有吟詠情性的「資格」。

這種觀念延續至南朝之末亦然，陳後主與「狎客」競作宮體，但博學與文筆之關係，依然爲陳後主所重，《陳書・姚察傳》載：

> （姚察）終日恬靜，唯以書記爲樂，於墳籍無所不睹。每有制述，多用新奇，人所未見，咸重富博。……後主所制文筆，卷軸甚多，乃別寫一本付察，有疑悉令刊定，察亦推心奉上，事在無隱。後主嘗從容謂朝士曰：「姚察達學洽聞，手筆典裁，求之於古，猶難輩匹，在於今世，足爲師範。且訪對甚詳明，聽之使人忘倦。」察每制文筆，敕便索本，上曰：「我於姚察文章，非唯玩味無已，故是一宗匠。」徐陵名高一代，每見察制述，尤所推重。嘗謂子儉曰：「姚學士德學無前，汝可師之也。」尚書令江總與察尤篤厚善，每有製作，必先以簡察，然後施用。……（姚察）爲通人推挹，例皆如此。〔註39〕

姚察「每有制述，多用新奇，人所未見，咸重富博」，則其學問爲時人之推崇於此可見。且其學問之重要性不獨在筆的領域，於文亦然，因此陳後主不但文、筆諸制「悉令刊定」，對於姚察之文、筆也「玩味無已」，推許之爲「宗匠」〔註40〕。由此可見文、筆與博學的密切關係，即便對好以詩文爲戲、

〔註36〕《（新校本）梁書》卷三十〈徐摛傳〉，頁447。
〔註37〕蕭衍「其詩今存近百首，大半爲艷詩」。說見石觀海《宮體詩派研究》（武漢：武漢大學出版社，2003），頁197。
〔註38〕《（新校本）南史》卷七十二，頁1766。
〔註39〕《（新校本）陳書》卷二十七，頁353～354。
〔註40〕姚察之文筆諸制，也並非一味地「多用新奇，人所未見」。惜其詩今僅存二首，

著名的宮體詩人陳後主而言，這也是無庸置疑之事。

　　故南朝詩用典隸事的現象，雖在「經國文符」、「吟詠情性」二分的情況下有所衰退，但也仍然是重要的篇體構成因素，因此即便是宮體詩，依學者對其用典現象的統計數字可知，「與理論上激烈批評用典的情況不同，在實際創作中宮體詩人不僅不否定用典，甚至還可以說是比較重視用典的」〔註41〕。宮體詩人雖然激烈批評用典，但在寫作中並不否定用典，這反映了用典已成篇體構成因素的重要地位，也反映了博學已成士族的基本修養，因而在寫作中自然流露的狀況。

　　由此可知，吟詠性情雖不仰賴博學，但時人並不就此貶抑博學的地位，事實上是以博學爲基礎，視詩人已有博學的能力，才有吟詠性情的「資格」。因此，反倒是吟詠性情之外「無所復有」如吳邁遠者，方爲時人鄙視的對象。

　　此外，在時人「連類」的思維方式之下，作詩即便是吟詠性情，但也不就是「情動於中」便可「形於言」，仍必須與大量的前代詩作「連類」以觀，因此蕭綱云：「又若爲詩，則多須見意，或古或今，或雅或俗，皆須寓目，詳其去取，然後麗辭方吐，逸韻乃生。〔註42〕」由此可見詩雖「不貴用事」，但事實上大量的閱讀已被設定爲作詩的基礎。（詳下）

　　而士族對博學如此重視，也可以發覺隱含於其中的嚴別士庶的功能。亦即議政以博學爲基礎，則文化資源不如士族的寒人，自然難以在朝章大典的議題上置喙，加以士族自限於不干實權，文義能力逐漸突出成士族的類別特徵，於是這更加促成了在擁有文化資源的多寡上區分士庶，同時也加速區分了文、武二途。是以自劉宋時代起，士族「博涉經史」、「博學多通」、「好學博文」之類的記載史不絕書〔註43〕，至陳末依然是「人所未見，咸重富博」。

難以窺其全貌，然其中尚有〈賦得笛詩〉一首，可見姚氏平易之一面。此詩既以「賦得」爲名，可見乃分題遊戲之作，因此本詩十句之中，除「鷗弦」（以鷗雞筋爲琵琶弦，代指琵琶）、「鳳管」（指笙簫），有用典意味外，餘皆十分平易。這反映了平易只是符合一種場合、文體之需要所致，若僅能平易，則姚察亦無以建其「爲通人推挹」之地位，對士族所重視的朝章大典亦難以參議。詩見逯欽立輯校《先秦漢魏晉南北朝詩》，頁2674。

〔註41〕歸青《南朝宮體詩研究》（上海：上海古籍出版社，2006），頁221。

〔註42〕蕭綱〈勸醫論〉，見〔清〕嚴可均輯：陳延嘉等校點《全上古三代秦漢三國六朝文·全梁文（第七冊）》卷十一，頁123。

〔註43〕陳橋生先生指出，劉宋士族與晉玄學之士普遍輕視學問的情形迥然有別，而自《宋書》中勾稽具有博學之紀錄者，可得數十人，其中絕大多數都是世家

反之，史籍則多有寒人缺乏文化修養的紀錄，如《南齊書・張敬兒傳》載敬
兒「本名苟兒」，其弟恭兒「本名豬兒」，及其貴盛始改名。張敬兒「始不識
書，晚既爲方伯，乃習學讀《孝經》、《論語》」〔註44〕。又如《梁書・馮道根
傳》載道根「家貧傭賃」，「微時不學，既貴，粗讀書，自謂少文」〔註45〕，
後以軍功累官至左軍將軍、豫州刺史。再如《南史・昌義之傳》載義之「不
知書，所識不過十字」〔註46〕，後以武幹官至護軍將軍。由此可知寒人缺乏
文學修養之一斑。

　　雖然缺乏文化修養，但文、武二途既爲世界的不同領域，因而各有其領
域不同之「理」，則武之價值未可替代，其地位在時人心目中也具有相當的重
要性〔註47〕，因此寒人甚至有因軍功顯貴，故而以不知書爲慶幸者。如《南
齊書・王敬則傳》載敬則出身寒門，其母爲女巫，且「不大識書」，後以軍功
累官太尉。宋世祖嘗於御座賦詩，敬則執紙曰：「臣幾落此奴度內。」世祖問：
「此何言？」敬則曰：「臣若知書，不過作尚書都令史耳，那得今日？〔註48〕」
亦有不願爲學，而僅欲以軍功取富貴者，如《南史・周文育傳》載陳代之周
文育，本姓項氏，出身寒賤，爲義興人周薈收養。周薈兄子周弘讓教之蔡邕
《勸學》及古詩，周文育曰：「誰能學此，取富貴但有大槊耳！〔註49〕」後果
以軍功授開府儀同三司。

　　在這種心態下，寒人雖亦有好學能文者，然總體而言，與士族實有極大

<hr>

　　　　大族。見氏著《劉宋詩歌研究》（北京：中華書局，2007），頁143～145。
〔註44〕《（新校本）南齊書》卷二十五，頁464、473～474。
〔註45〕《（新校本）梁書》卷十八，頁289。
〔註46〕《（新校本）南史》卷五十五，頁1376。
〔註47〕如劉勰即謂：「文武之術，左右惟宜。」見〔梁〕劉勰著：周振甫注《文心雕
　　　　龍注釋》，頁902。雖南朝士族不關實權，但前文曾舉周一良〈南齊書「丘靈
　　　　鞠傳」試釋兼論南朝文武官位及清濁〉一文之說：「武位雖非高門所樂，然以
　　　　文職清望官帖領之，則互相配合，最爲美授。」見氏著《魏晉南北朝史論集》
　　　　（北京：北京大學出版社，1997），頁124。則文職帖領武位，亦爲士族所重，
　　　　則武位在士族心目中亦具有相當地位。至如《顏氏家訓・涉務》則云：「國之
　　　　用材，大較不過六事：……二則文史之臣，取其著述憲章，不忘前古；三則
　　　　軍旅之臣，取其斷決有謀，強幹習事。……能守一職，便無媿耳。」見〔北
　　　　齊〕顏之推著；王利器集解《顏氏家訓集解》（台北：明文書局，1984再版），
　　　　頁290～291。但仍當注意，職能之不可替代，並不意味地位之崇高。就當時
　　　　士族之觀點言，即便武職之官品權位較高，但文之價值仍是高於武。
〔註48〕《（新校本）南齊書》卷二十六，頁484～485。
〔註49〕《（新校本）南史》卷六十六，頁1601。

的差別〔註 50〕。於是在「士庶區別，國之章也」的時代意識下，士族以其博學成爲「士庶區別」的類別特徵，而這也正是寒人難以爭勝的項目。既然寒人難以在博學上爭勝，再加以類別區分觀念的推動，寒人由此出現「取富貴但有大槊耳」的觀念，而這也爲其「不大識書」尋得支持的理由，這就益發使寒人武夫承認博學爲士族的專屬特徵。於是雅、博學、朝章大典與士族形成更爲明確的連類，而爲寒人難以介入的領域。

　　由以上所論可知，用典隸事在「經綸文」、「國士之風」、「士大夫」的意涵上，與士族以文化資源論述朝章大典之正當性連類，這適應了南朝士族「門地二品」、「朝章大典方參議焉」的現實處境，但若侷限於文學的領域觀察，則僅表現爲對文體的審美要求。換言之，經國文章要求文體之「雅」，表面上看這僅是文體的審美風格，但其背後尚有另一層事實：士族的文化資源、現實處境轉化成了士族的價值選擇，但這種價值選擇卻以文體審美風格的姿態出現，當時人汲汲於探求「原始以表末，釋名以章義，選文以定篇，敷理以舉統」〔註 51〕，爲文體的「正確」表現方式尋求根據時，卻也因此使眼光遠離了基於士族現實處境而來的重大影響。

　　然而士族的選擇畢竟成了時代的共識，因此「經國文符，應資博古；撰德駁奏，宜窮往烈」具有了正當性，亦即大量的用典隸事在經國文章中，乃「應」、「宜」的表現。如此，寫作廟堂文章的必備條件，奠基在深厚的用典隸事能力之上，在士庶文化資源分配懸殊的南朝時代，士族自然專擅了朝章大典的領域，但這卻表現爲服膺文體「雅」的審美要求而已。

二、用典隸事與「連類」的思維方式

　　凸顯學問，固然符合了士族的現實政治處境、表徵身份等諸多要求，除此之外，博學的重要性還在於它符合了時人「連類」的思維方式，唯有博學才能在前代中求得「類同」之事物，而這對時人而言，正是行事、言論正確所不可或缺的條件。此正如《文心雕龍・議對》對議政的要求：「必樞紐經典，採故實於前代，觀通變於當今。〔註 52〕」能「採故實於前代」在議政中的重

〔註 50〕毛漢光先生據《隋書・經籍志》統計東晉南朝文集，共得二百五十七部，其中出於二十四家士族及各朝宗室之文集，其總數已高達一百八十三部，佔總數百分之七十以上。見氏著〈中古賢能觀念之研究——任官標準之觀察〉，《中央研究院歷史語言研究所集刊》48：3（1977.09），頁 333～373。
〔註 51〕《文心雕龍・序志》語。見〔梁〕劉勰著：周振甫注《文心雕龍注釋》，頁 916。
〔註 52〕〔梁〕劉勰著；周振甫注《文心雕龍注釋》，頁 462。

要性於此可知。因此在史書中，多有尊重前代故實的紀錄，而熟悉故實者自也成爲值得推崇的才學，如：

> 《宋書・禮志三》：雖禮無明文，先代舊章，每所因循，魏、晉故典，足爲前式。〔註53〕

> 《南齊書・陸澄傳》：周稱舊章，漢言故事，爰自河維，降逮淮海，朝之憲度，動尚先準。若乃任情違古，率意專造，豈謂酌諸故實，擇其茂典？〔註54〕

> 《梁書・江蒨傳》：蒨好學，尤悉朝儀故事。〔註55〕

> 《南史・文學・杜之偉傳》：年十五，遍觀文史及朝儀故事，時輩稱其早成。〔註56〕

南朝類似之紀錄甚多，可不贅舉，然以此數例亦可窺知南朝對於先代舊章、故典之重視。因此在憲章故事散佚之後，繼起者不是「任情違古，率意專造」，而是盡力排除新制，以前代所遺爲制度正當性的來源。如侯景之亂後，梁制摧殘甚峻，繼起之陳代，其禮度則以復舊爲貴：

> 《陳書・孔奐傳》：時侯景新平，每事草創，憲章故事，無復存者，奐博物強識，甄明故實，問無不知，儀注體式，牋表書翰，皆出於奐。〔註57〕

> 《陳書・儒林・沈文阿傳》：自太清之亂，臺閣故事，無有存者，文阿父峻，梁武時嘗掌朝儀，頗有遺薰，於是斟酌裁撰，禮度皆自之出。〔註58〕

對於當代之事物，當以前代類同之事物爲準式，這可說是貫串南朝四代而皆然的共識。且由於這種連類思維已成南朝時人固著的思維方式，因此連類自然不僅止於朝章大典的範圍，而是擴展至各領域，在各領域連類皆被視爲是行事正當性的依據，如《梁書・范岫傳》載：

> （范岫）博涉多通，尤悉魏晉以來吉凶故事。……南鄉范雲

〔註53〕《（新校本）宋書》卷十六，頁432。
〔註54〕《（新校本）南齊書》卷三十九，頁681。又，陸澄之說，已涉及南朝前重視故實現象之溯源，然對故實現象之溯源非本文範圍，茲從略。
〔註55〕《（新校本）梁書》卷二十一，頁335。
〔註56〕《（新校本）南史》卷七十二，頁1786。
〔註57〕《（新校本）陳書》卷二十一，頁284。
〔註58〕同上，卷三十三，頁434。

謂人曰：「諸君進止威儀，當問范長頭。」以岫多識前代舊事也。
〔註59〕

對於范岫的推崇，除其博涉多通、熟悉吉凶故事外，其中所謂的「多識前代舊事」，也包含了「進止威儀」，可見凡是涉及正當性之處，時人便往往以「連類」於前代的方式爲之。此外，顏之推教誡子孫、說明事理，也顯現出倚重舊典故事以爲證的作風，尤雅姿先生指出：

觀之推之作《家訓》，大凡勉學涉務、止足戒鬥、游藝雜學等之訓誨，與孝父母、慈兒女、友于兄弟等之叮嚀，莫不徵引成事，援述故言助說，足徵之推甚重事類。〔註60〕

在這種觀念之下，顏之推也要求學者能博聞，以得諸事諸物之原本，其《顏氏家訓・勉學》云：「夫學者貴能博聞。郡國山川，官位姓族，衣服飲食，器皿制度，皆欲根尋，得其原本。〔註61〕」並且，對博學之要求也不僅在於責求「學者」而已，對於販夫走卒也是以同樣的思維對待：

人見鄰里親戚有佳快者，使子弟慕而學之，不知使學古人，何其蔽也哉？……爰及農商工賈，廝役奴隸，釣魚屠肉，販牛牧羊，皆有先達，可爲師表，博學求之，無不利於事也。〔註62〕

正是對於博學、對各類事物溯源之重視，因此用典隸事自不只是文學上的修辭手段，而是才士「利於事」的必備能力，故而用典隸事的能力，也成爲才學之士可獨立考校的項目。《南史・王摛傳》載：

尚書令王儉嘗集才學之士，總校虛實，類物隸之，謂之隸事，自此始也。儉嘗使賓客隸事多者賞之，事皆窮，唯廬江何憲爲勝，乃賞以五花簟、白團扇。坐簟執扇，容氣甚自得。摛後至，儉以所隸示之，曰：「卿能奪之乎？」摛操筆便成，文章既奧，辭亦華美，舉坐擊賞。摛乃命左右抽憲簟，手自掣取扇，登車而去。儉笑曰：「所謂大力者負之而趨。」竟陵王子良校試諸學士，唯摛問無不對。
〔註63〕

王儉、蕭子良皆以隸事能力考校才士之虛實，既是考校，故不能純以遊

〔註59〕《（新校本）梁書》卷二十六，頁391。
〔註60〕尤雅姿《顏之推及其家訓之研究》（台北：文史哲出版社，2005），頁219～220。
〔註61〕〔北齊〕顏之推著：王利器集解《顏氏家訓集解》，頁209。
〔註62〕同上，頁157。
〔註63〕《（新校本）南史》卷四十九，頁1213。

戲視之，而是對其人能力之檢驗。就時人將用典隸事理解爲「事類」而言，這種能力之所以重要，正在於用典隸事是「據事以類義，援古以證今〔註64〕」的能力，換言之，即是透過連類的方式，以論證事物正當性的能力。可以說，連類的思維方式，是以區分事物類別的方式確立事物意義、價值的方法，而這正是建構世界的能力。

　　因此就時人確立事物意義、價值的方法而言，連類的方式便隨處可見，如時人對於「文」的理解便十分典型。《文心雕龍・原道》云：

　　　　文之爲德也大矣，與天地並生者何哉？夫玄黃色雜，方圓體分：
　　　　日月疊璧，以垂麗天之象；山川煥綺，以鋪理地之形。此蓋道之文
　　　　也。仰觀吐曜，俯察含章，高卑定位，故兩儀既生矣。惟人參之，
　　　　性靈所鍾，是謂三才。爲五行之秀，實天地之心。心生而言立，言
　　　　立而文明，自然之道也。傍及萬品，動植皆文：龍鳳以藻繪呈瑞，
　　　　虎豹以炳蔚凝姿；雲霞雕色，有逾畫工之妙；草木賁華，無待錦匠
　　　　之奇。夫豈外飾，蓋自然耳。至於林籟結響，調如竽瑟；泉石激韻，
　　　　和若球鍠。故形立則章成矣，聲發則文生矣。〔註65〕

在此篇中，劉勰將天地人並立爲三才，天地以玄黃方圓爲「文」，而人以心生言立，言立文明爲「文」。此外，「傍及萬品，動植皆文」，因此龍鳳藻繪、虎豹炳蔚、雲霞雕色、草木賁華、林籟結響、泉石激韻，亦皆是「文」。於是自然事物的形文、聲文，便與人爲創造的文化、文學，在「文」的名義下混同。這種混同自然與人爲的現象，並不僅爲劉勰個人的觀念，因此對於「文」的類似說法，在南朝甚爲普遍。如蕭統《文選・序》主張文學由質樸趨於藻飾，而其論證方式爲：「若夫椎輪爲大輅之始，大輅寧有椎輪之質？增冰爲積水所成，積水曾微增冰之凜。何哉？蓋踵其事而增華，變其本而加厲。物既有之，文亦宜然〔註66〕」。即是以自然現象類比於人爲創作之文，因此蕭統云「物既有之，文亦宜然」，其中以自然事物之「理」通於文學創作之「理」的觀念甚爲明顯。於是事物由簡至繁，便證成了文學應由質樸至藻飾。此外，蕭綱之觀念亦如是：

　　　　竊嘗論之，日月參辰，火龍黼黻，尚且著於玄象，章乎人事，

〔註64〕　《文心雕龍・事類》：「事類者，蓋文章之外，據事以類義，援古以證今者也。」
　　　　　見〔梁〕劉勰著；周振甫注《文心雕龍注釋》，頁705。
〔註65〕　同上，頁1。
〔註66〕　見郁沅、張明高編選《魏晉南北朝文論選》，頁328。

而況文辭可止，詠歌可輟乎？（〈答張纘謝示集書〉）

竊以文之爲義，大哉遠矣。……是以含精吐景，六衛九光之庭；
方珠喻龍，南樞北陵之采。此之謂天文。文籍生，書契作，詠歌興，
賦頌興。成孝敬於人倫，移風俗於王政，道綿乎八極，理浹乎九垓。
贊動神明，雍熙鍾石。此之謂人文。若夫體天經而總文緯，揭日月
而諧律呂者，其在兹乎？（〈昭明太子集序〉）〔註67〕

這同樣是將自然現象與文化、文學等同以觀，可見混同天文、地文、人
文，在時人的觀念中極其平常，凡是類同其理即同，因此透過連類的方式，
即可確立事物的價值及意義。

這種思維方式由來已久，早在先秦時代墨家的類比推理即已可見，「其基
本程序乃是以兩不同對象的部分屬性的相似性爲出發點，來推出這兩對象的
其他屬性的相似性」〔註68〕，換言之，這是以「類同則理同」的思維，來論
證萬物的屬性。而「類推思維必須以同類爲其基礎；而『類』之區分關鍵則
在對宇宙萬物加以辨識命名。……在這種『類推』思考方法之下，不僅人與
人之間可以『類推』，而且自然現象與人文現象之間也可以『類推』」〔註69〕。
先秦以下連類之思維方式依然盛行，故漢代王充在其《論衡・佚文》中云：「知
文錦之可惜，不知文人之當尊，不通類也。〔註70〕」顯然也是跨類而進行類
推。可以說，南朝爲事物定性，即是繼承此種思維方式，因而其連類的思維
方式，也同樣是區分萬物之類別、爲之命名，從而也就是爲事物的意義及價
值定性。

雖然「類同則理同」，但仍有主要意義恰不恰當的問題，並非所有部分屬
性相似的對象即可連類，如《文心雕龍・指瑕》對於用字缺失之舉例：

陳思之文，群才之俊也，而〈武帝誄〉云，「尊靈永蟄」，明帝
頌云，「聖體浮輕」。浮輕有似於蝴蝶，永蟄頗疑於昆蟲，施之尊極，

〔註67〕二引文，同上，頁 353、356。
〔註68〕見陳榮灼〈作爲類比推理的「墨辯」〉，收入楊儒賓、黃俊傑編《中國古代思
維方式探索》（台北：正中書局，1996），頁 201～229，引文見頁 202。又，
此文中所謂的類比推理，亦有學者稱之爲「推類」或「類推」，其發展歷史可
參劉明明〈中國古代推類邏輯的歷史考察〉，南開大學博士論文，2005。
〔註69〕黃俊傑先生之說，見同上書「引言」，頁 13。
〔註70〕〔漢〕王充撰：北京大學歷史系《論衡》注釋小組注釋《論衡注釋》（北京：
中華書局，1979），頁 1180。

　　豈其當乎？〔註71〕

　　曹植〈武帝誄〉云「幽闥一扃，尊靈永蟄」〔註72〕，指武帝長眠於地下，此義與動物蟄伏於地下，自有其可連類之處；其〈冬至獻襪履頌〉云「翱翔萬域，聖體浮輕」〔註73〕，其中「翱翔」與「浮輕」，就其皆輕舉於天而言，也有可連類之處。但劉勰以之為瑕疵，可見即便有部分屬性相似，也未必即可順理成章地連類。反之，就時人對「文」的連類而言，明顯地混淆了自然事物與人文創作卻也不以為意。因此如何連類方可稱為「恰當」，事實上仍有賴於菁英群體的共識（詳下文）。總之，連類的思維方式，可依「類」而為事物的意義及價值定性，而確立事物的意義及價值，這正是建構世界的能力，因此自然為士族所普遍重視。

　　隨士族對連類能力的重視，因此以「假喻以達其旨〔註74〕」為重要特徵的連珠，因其符合了連類的思維方式，在「漢魏六朝文學中的重要性，幾乎與詩賦等同」〔註75〕，是以詔策、令教、檄移、章表、奏啓、牋（書）、論（議）、序贊、弔祭（行狀、墓誌銘、碑）、賦（七）等各種文體中，連珠體式皆被大量運用〔註76〕。可以說原本主要運用在論辯中的連珠體式，在時人普遍的重視下，也擴及至諸文體領域，而用典隸事作為連珠的特徵〔註77〕，也隨之盛行於南朝文學，此正如顏延之〈庭誥〉所云：「詠歌之書，取其連類合章，比物集句，采風謠以達民志，《詩》為之祖。〔註78〕」即是以連類思維為《詩》的重要特徵，因此「詠歌之書」亦不脫「連類合章，比

〔註71〕　〔梁〕劉勰著；周振甫注《文心雕龍注釋》，頁759。

〔註72〕　見〔三國魏〕曹植著；趙幼文校注《曹植集校注》（北京：人民文學出版社，1998），頁199。

〔註73〕　同上，頁489。

〔註74〕　傅玄〈連珠序〉：「所謂連珠者，……其文體辭麗而言約，不指說事情，必假喻以達其旨，而賢者微悟，合於古詩勸興之意。欲使歷歷如貫珠，易覩而可悅，故謂之連珠也。」見郁沅、張明高編選《魏晉南北朝文論選》，頁108。

〔註75〕　廖蔚卿〈漢魏六朝連珠體的藝術及其影響〉，收入氏著《漢魏六朝文學論集》（台北：大安出版社，1997），頁464。又廖先生此文及其〈論連珠體的形成〉，對連珠之溯源、形成時代之考辨、邏輯結構、藝術特徵等論之甚詳，並以大量例證為據。本文有關連珠部分，多參此二文。二文見此書387～535。

〔註76〕　廖蔚卿〈漢魏六朝連珠體的藝術及其影響〉舉出數十例為證，不贅錄，見上注，頁508～528。

〔註77〕　廖蔚卿先生歸納連珠之特色有四：邏輯語式結構、隸事用典、儷偶句式、聲律。同上注，頁530～533。

〔註78〕　見郁沅、張明高編選《魏晉南北朝文論選》，頁272。

物集句」，無怪乎其詩以繁密著稱。

由此可知，南朝用典隸事的作風實與連類的思維方式密不可分，而用典隸事也因此不單只是一種修辭手段，它同時也是認知事物的方式、確定事物之「理」的方式。換言之，用典隸事正是透過「連類」的方式，以確定事物的意義及價值，而這同時也就是建構世界的能力。

第二節　文學座標的建立

一、本根末葉式思維與價值高下秩序

前文已言及，在「一」生萬物的傳統思想中，「一」應當潛涵著後來萬事萬物的全部屬性，否則不可能由「一」過渡到「萬」。因此萬事萬物在理論上必有其可連類的對象，這自然形成蕭繹〈內典碑銘集林序〉中以「或新意雖奇，無所倚約」爲文章之疵的思想，亦即無論如何新奇，總有可連類的對象。並且，以萬事萬物皆源於「一」、「道」的思維而言，則萬事萬物皆與「道」相連。雖說皆與「道」相連，但萬事萬物畢竟不能等價，否則人的努力便毫無價值可言，於是本根末葉式思維便於此處發揮重大作用：愈近本者，則愈近於「道」，而其價值也就愈高。

因而與「道」之遠近，自然也就成爲價值高下等級的判斷標準，於是這也就使時人在連類時，並不只是侷限在事物類別的分辨，同時也是在判定事物價值的高下。換言之，事實與價值是被時人混同看待的，連類所選擇的對象，不只是在爲事物的意義定性，同時也是在爲事物的價值定位。如前文所舉時人對「文」的理解即是一顯例：《文心雕龍・原道》認爲「人文」是連類於天、地的「道之文」，同時，對於「人文」的連類對象也擴及至「萬品」，認爲「動植皆文」，因此歸結於「形立則章成矣，聲發則文生矣」。

表面上看，萬物皆原於「道」，因此「人文」、「萬品」自然也不能例外，如此，「人文」當然可以與「萬品」連類。但是若深入探究所謂的「萬品」，便可知劉勰實際上並非眞以「萬品」爲「人文」的連類範圍，對「文」的連類對象，劉勰早已排除了「螻蟻」、「稊稗」、「瓦甓」、「屎溺」〔註79〕等低下

〔註79〕《莊子・知北遊》：「東郭子問於莊子曰：『所謂道，惡乎在？』莊子曰：『無所不在。』東郭子曰：『期而後可。』莊子曰：『在螻蟻。』曰：『何其下邪？』曰：『在稊稗。』曰：『何其愈下邪？』曰：『在瓦甓。』曰：『何其愈甚邪？』曰：『在屎溺。』」見〔清〕郭慶藩編；王孝魚整理《莊子集釋》（台北：木鐸

之物，因此總是選擇優美的事物爲之。如「日月疊璧」、「山川煥綺」、「龍鳳以藻繪呈瑞」、「虎豹以炳蔚凝姿」、「雲霞雕色，有逾畫工之妙」、「草木賁華，無待錦匠之奇」、「林籟結響，調如竽瑟」、「泉石激韻，和若球鍠」等，可以說，俱爲萬品、俱爲自然，但「文」之所以不連類於「屎溺」，正是因爲在連類的過程中，已然隱含了價值判斷的意識在內，因此「文」在時人心中具有絕高價值，以「文」所連類的對象便可知之，更無待劉勰引《易》之「鼓天下之動者存乎辭〔註80〕」爲之說明。因此連類不單只是對事物客觀意義的認定，同時也是對事物價值高下的判定，而這自然也就反映出時人在進行連類時，已在心中預設著一混同意義（實然）與價值（應然）所形成的參照架構。

這種混同，對劉勰欲規範文體的目的而言也是必需，因爲缺乏了價值的應然，劉勰便無法進行矯正當時文體訛濫的工作〔註81〕。因此，雖然萬品皆「文」，但劉勰建立規範的方法，便不是自所有的「文」（萬品）中歸納「道之文」的性質，因爲如果是自所有的「文」中歸納，則所得的結果，只能是客觀性的、描述性的實然。然而劉勰意欲矯正其時文體訛濫所必須有的規範，卻必須是價值的應然，這是由歸納萬品而得的實然所無能爲力的。

於是爲能使理論發揮規範的力量，劉勰所採取的即是本根末葉式思維，亦即以「原道——徵聖——宗經」爲脈絡，將「原道」歸結於「宗經」，由於經典作爲最近於「道」之人文，其價值自然也就高於其他由經典派生而出的人文，經典也因此成爲其他人文的典範，具有了規範人文的作用。

於是以經典爲中心，各種人文皆以經典爲根源而流出，以此觀念便可建立各種人文的價值等級，使源於本者更優先於流於末者，從而建立一本根末葉式的樹狀圖，也由此使價值高下秩序因此而建立〔註82〕。如此，「奇」只可「酌」，必不可使文失其由經典而來之「貞」，此正如《文心雕龍・辨騷》對屈騷的評論：

出版社，1982），頁749～750。

〔註80〕〔梁〕劉勰著；周振甫注《文心雕龍注釋》，頁2。

〔註81〕《文心雕龍・序志》：「而去聖久遠，文體解散，辭人愛奇，言貴浮詭，飾羽尚畫，文繡鞶帨，離本彌甚，將遂訛濫。……於是搦筆和墨，乃始論文。」見同上，頁915～916。

〔註82〕當然，本根末葉式的樹狀圖的建立，與「辨章學術，考鏡源流」的學術傳統密不可分，其淵源可追溯至劉向《別錄》、劉歆《七略》與班固《漢書・藝文志》。有關此學術傳統，參見傅剛《「昭明文選」研究》，尤其第二章第一節「文體辨析的學術淵源」，頁52～69。

若能憑軾以倚《雅》《頌》，懸轡以馭楚篇，酌奇而不失其貞，

翫華而不墜其實；則顧盼可以驅辭力，咳唾可以窮文致。〔註83〕

除此之外，本末的價值優先性觀念也被廣泛運用，因此在《文心雕龍》全書中隨處可見，如：

勵德樹聲，莫不師聖；而建言修辭，鮮克宗經。是以楚豔漢侈，

流弊不還，正末歸本，不其懿歟！（〈宗經〉）

然逐末之儔，蔑棄其本，雖讀千賦，愈惑體要。（〈詮賦〉）

故童子雕琢，必先雅製，沿根討葉，思轉自圓。（〈體性〉）

凡大體文章，類多枝派，整派者依源，理枝者循幹，是以附辭

會義，務總綱領，驅萬塗於同歸，貞百慮於一致。（〈附會〉）

文場筆苑，有術有門。務先大體，鑒必窮源。乘一總萬，舉要

治繁。（〈總術〉）〔註84〕

這種觀念影響極大，在永明詩人大力創作新體、鍾嶸《詩品·序》明確呼籲「經國文符，應資博古；撰德駁奏，宜窮往烈。至乎吟詠性情，亦何貴於用事」的觀念後，至蕭綱入主東宮，於京師所見之文體仍不脫物象與經典相連的現象。其〈與湘東王書〉批評京師文體與經典（六典三禮、吉凶軍賓）相連，正反映出與經典相連以取得價值的心態，在南朝所具有的強大力量。

於是，可以理解，爲何文論家接二連三出現明顯的矛盾，但時人卻不以爲意。如標舉各種文體淵源於經典之觀念甚爲普遍，除《文心雕龍·宗經》指出「故論說辭序，則《易》統其首；詔策章奏，則《書》發其源；賦頌歌贊，則《詩》立其本；銘誄箴祝，則《禮》總其端；記傳盟檄，則《春秋》爲根：並窮高以樹表，極遠以啓疆，所以百家騰躍，終入環內者也〔註85〕」之外，任昉《文章緣起》云：

六經素有歌詩誄箴銘之類，《尚書》帝庸作歌，《毛詩》三百篇，

《左傳》叔向詒子產書，魯哀公〈孔子誄〉，孔悝〈鼎銘〉、〈虞人箴〉，

此等自秦漢以來，聖君賢士沿著爲文章名之始。〔註86〕

這也如劉勰將文章各體源頭追溯至經典。而顏之推《顏氏家訓·文章》

〔註83〕〔梁〕劉勰著：周振甫注《文心雕龍注釋》，頁65。

〔註84〕同上，頁32、138、536、789、802。

〔註85〕同上，頁32。

〔註86〕見郁沅、張明高編選《魏晉南北朝文論選》，頁311～312。

也依然如此：

> 夫文章者，原出五經：詔命策檄，生於《書》者也；序述論議，
> 生於《易》者也；歌詠賦頌，生於《詩》者也；祭祀哀誄，生於《禮》
> 者也；書奏箴銘，生於《春秋》者也。〔註87〕

　　雖說在觀念上，文章各體皆淵源於經典，但在實際的論述中，卻也未必即追溯各體之源至經典。如《文心雕龍・雜文》以爲「宋玉含才，頗亦負俗，始造對問。……及枚乘摛豔，首製〈七發〉。……揚雄覃思文閣，業深綜述，碎文瑣語，肇爲連珠」〔註88〕。此三體之「始造」、「首製」、「肇爲」，明顯不被認爲源自經典。而《文章緣起》也是如此，從現存《文章緣起》看，任昉於每一文體下列一篇該文體的起源之作，但三言詩下列「晉散騎常侍夏侯湛所作」、四言詩下列「前漢楚王傅韋孟諫楚夷王戊詩」、五言詩下列「漢騎都尉李陵與蘇武詩」、六言詩下列「漢大司農谷永作」、七言詩下列「漢武帝柏梁殿連句」、九言詩下列「魏高貴鄉公所作」等等〔註89〕，可見任昉雖在觀念上以爲各體源於經典，但論述實際的創作時，仍是以史實爲根據。而由其間觀念與實際論述之矛盾可知，本根末葉式思想在時人心中強大的固著力量：由於萬物爲「一」，因此萬物之「理」早已具存，只是在此「理」展開後，才爲人所識。既然經典在人文之中最近於道，則經典在人文之中最具優先性、無有得以超越經典者，於是所有人文之「理」必已蘊含於經典之中，因此可考得之最早作品雖不源於經典，但並不礙作品之「理」已然具存於經典之中。由此以觀，雖實際作品未必皆可溯源至經典，但時人仍可在觀念上「認定」各體皆源於經典，這在時人眼中並不存有矛盾。

　　因此在本根末葉思維的籠罩下，作家、作品是否能連類至本根，則其褒、貶之評價也就同時蘊含於其中。除《文心雕龍》之觀念已如上述外，南朝文論之例尚多，如沈約《宋書・謝靈運傳論》：

> 民稟天地之靈，含五常之德，剛柔迭用，喜慍分情。夫志動
> 於中，則歌咏外發，六義所因，四始攸繫，升降謳謠，紛披《風》
> 什。……自漢至魏四百餘年，辭人才子，文體三變：相如工爲形
> 似之言，二班（《宋書》作班固）長於情理之說，子建、仲宣以氣

〔註87〕〔北齊〕顏之推著；王利器集解《顏氏家訓集解》，頁221。
〔註88〕〔梁〕劉勰著；周振甫注《文心雕龍注釋》，頁255。
〔註89〕見郁沅、張明高編選《魏晉南北朝文論選》，頁312。

質爲體，並標能擅美，獨映當時。是以一世之士，各相慕習。源
其飈流所始，莫不同祖《風》《騷》；徒以賞好異情，故意製相詭。
降及元康，潘、陸特秀，……綴平臺之逸響，采南皮之高韻。……
在（《宋書》作有）晉中興，玄風獨振，爲學窮於柱下，博物止乎
七篇，馳騁文辭，義殫乎此。自建武暨乎義熙，歷載將百，雖比
（《宋書》作綴）響聯辭，波屬雲委，莫不寄言上德，託意玄珠，
道麗之辭，無聞焉爾。……爰逮宋氏，顏、謝騰聲。靈運之興會
標舉，延年之體裁明密，並方軌前秀，垂範後昆。〔註90〕

此論對各時代的代表文人，清晰地建立了一繼承脈絡，即由漢至魏之相
如、二班（班固）、子建、仲宣，皆「同祖《風》《騷》」；潘岳、陸機則「綴
平臺之逸響，采南皮之高韻」，繼承了漢魏的傳統；謝靈運、顏延之則越過
玄言詩而「方軌前秀」。可以說，這些優秀的作家，皆在風騷的傳統之下。
然而「寄言上德，託意玄珠」的玄言詩，明顯地背離了「喜慍分情」、「志動
於中」的文學本根，其貶抑之意已現，更無待於沈約明斥其「道麗之辭，無
聞焉爾」。

劉宋檀道鸞《續晉陽秋》對於玄言詩的貶斥，也同樣是採用此種本根末
葉式的思維：

（許）詢有才藻，善屬文。自司馬相如、王褒、揚雄諸賢，世
尚賦頌，皆體則《詩》《騷》，傍綜百家之言。及至建安，而詩章大
盛。逮乎西朝之末，潘、陸之徒雖時有質文，而宗歸不異也。……
至過江，佛理尤盛，故郭璞五言，始會合道家之言而韻之。詢及太
原孫綽，轉相祖尚，又加以三世之辭，而《詩》《騷》之體盡矣。……
至義熙中，謝混始改。〔註91〕

此類批評，以其追源溯流，所以往往爲學者視爲文學發展史的概括〔註92〕，
這當然無可厚非，但考檀道鸞行文，稱許詢時單稱其名「詢」，可知此段文字之
目的，主要在評論許詢及其時所風行之玄言詩風。而其評論之法，也明顯可見
本根末葉式的思維，亦即檀道鸞一如沈約，將文學寫作傳統與詩、騷綁定，因

〔註90〕同上，頁296～297。
〔註91〕見郁沅、張明高編選《魏晉南北朝文論選》，頁283。
〔註92〕如王瑤先生即以此段文字與《詩品》對照，論述玄言詩的創始。見氏著〈玄
言·山水·田園——論東晉詩〉，收入氏著《中古文學史論·中古文學風貌》
（台北：長安出版社，1986），頁48。

此司馬相如、王褒、揚雄等人「皆體則詩騷」，歷經建安、西朝之末，其間之著名詩人「宗歸不異」，由此可見以詩騷爲源所形成的脈絡。然而至玄言詩之盛行，則「《詩》《騷》之體盡矣」。由其中「皆體則《詩》《騷》」、「《詩》《騷》之體盡矣」的對比可知，檀道鸞認爲玄言詩背離了此一《詩》《騷》傳統，而其對玄言詩的不滿，也就不言可喻了。由此可知，其批評的理由、方法，或說批評正當性的依據，是高懸《詩》《騷》以爲文學之本源，背離此一本源者，即是走向歧路之不正當者，而其價值也因此值得懷疑。

　　此外，裴子野〈雕蟲論〉對其時彌尚麗靡之辭深致不滿，而其批評方式也是如此：「古者四始六義，總而爲《詩》。既形四方之風，且彰君子之志，勸善懲惡，王化本焉。而後之作者，思存枝葉，繁華蘊藻，用以自通。〔註93〕」此論以《詩》爲本根，於是便有了斥責後代作者偏離本根的立論基礎。明顯可見，其立論也是以本根之價值優先於末葉的思維爲據。雖然裴子野更嚴格限定本根在《詩》，對於楚《騷》亦有微詞，但本根優於末葉的觀點是十分清楚的。至於蕭綱〈與湘東王書〉，則對其時「京師文體」表達了不滿，而其不滿之理由，也是以「既殊比興、正背《風》《騷》」爲說〔註94〕。可見無論文評家具體的文學主張爲何，其批評之方式皆一致，這正反映出時人對本根末葉思維方式的穩固信心，故無需表明詩騷何以可以成爲評判的標準，只需表明詩騷已成寫作傳統的源頭即可。因表出本根所在，並不只是描述現象的實然而已，它同時也是價值秩序高下的應然，而由以上諸文論家的論點可知，本根末葉觀中所包含的價值高下秩序，已然是無庸置疑的時代預認。

二、經典作家序列及文學座標的建立

　　在南朝取人「多由文史〔註95〕」的現實環境下，時人勢必致力於習文，而習文不能沒有學習對象，於是便促成了經典作家群的建立。而建立經典作家群，免不了價值判斷的介入，於是在經典作家群中建立價值高下序列，便也是十分自然的事了。以下就此申論之。

　　在以文史才能取人的風氣下，這自然就形成了文學創作及學習的盛況，裴子野〈雕蟲論〉云：「宋明帝聰博好文史，……每國有禎祥及行幸讌集，

〔註93〕見郁沅、張明高編選《魏晉南北朝文論選》，頁 325。

〔註94〕同上，頁 351。

〔註95〕《（新校本）梁書》卷十四〈江淹任昉王僧孺傳論〉云：「二漢求士，率先經術，近代取人，多由文史。」（頁 1463）這自然使文學成爲時人致力的項目。

輒陳詩展義，且以命朝臣。……於是天下向風，人自藻飾，雕蟲之藝盛於時矣。〔註96〕」這指出了皇權對文學創作風氣的促進作用，於是「人自藻飾」、使文學創作「盛於時」的現象也就是意料中事了。而鍾嶸則更加形象性地描述了南朝文士醉心於文學創作的盛況，其《詩品·序》云：

> 今之士俗，斯風熾矣。纔能勝衣，甫就小學，必甘心而馳騖焉。於是庸音雜體，人各為容。至使膏衣子弟，恥文不逮，終朝點綴，分夜呻吟。〔註97〕

　　在盛為文章的時風下，「恥文不逮」的心理自然促使文士對優秀作品的學習，而學習加深了對作家、作品的認識，對作家、作品的優劣評論也就應運而生。於是在廣泛交流、討論之下，也形成一經典作家群。由其時之文論可知，時人所建立的經典作家群，事實上也有一大致類似的範圍。如上舉檀道鸞《續晉陽秋》，可知檀道鸞所推崇的是司馬相如、王褒、揚雄、潘岳、陸機、謝混諸人。沈約《宋書·謝靈運傳論》則言及司馬相如、班固（班彪）、曹植、王粲、潘岳、陸機、顏延之、謝靈運。此外，蕭綱〈與湘東王書〉云：

> 但以當世之作，歷方古之才人，遠則揚馬曹王，近則潘陸顏謝。……又時有效謝康樂裴鴻臚文者。……至如近世謝朓沈約之詩，任昉陸倕之筆，斯實文章之冠冕，述作之楷模。張士簡之賦，周升逸之辯，亦成佳手，難可復遇。〔註98〕

　　若合併詩、賦以論，則蕭子顯《南齊書·文學傳論》所載為：

> 吟詠規範，本之《雅》什；流分條散，各以言區。若陳思「代馬」群章，王粲「飛鸞」諸製，四言之美，前超後絕。少卿離辭，五言才骨，難與爭鶩。……平子之華篇，……魏文之麗篆：七言之作，非此誰先？卿雲巨麗，升堂冠冕；張左恢廓，登高不繼：賦貴披陳，未或加矣。……五言之製，獨秀眾品。……潘陸齊名，機岳之文永異。……江左風味，盛道家之言；郭璞舉其靈變，許詢極其名理。仲文玄氣，猶不盡除；謝混清新，得名未盛。顏謝並起，乃各擅奇；休鮑後出，咸亦標世。〔註99〕

〔註96〕見郁沅、張明高編選《魏晉南北朝文論選》，頁325。
〔註97〕〔梁〕鍾嶸著；陳延傑注《詩品注》，頁5。
〔註98〕見郁沅、張明高編選《魏晉南北朝文論選》，頁351～352。
〔註99〕同上，頁340。

此中所列舉之詩賦作家則有：曹植、王粲、李陵、張衡、曹丕、司馬相如、揚雄、左思、潘岳、陸機、郭璞、許詢、殷仲文、謝混、顏延之、謝靈運、湯惠休、鮑照等人。雖然以上諸人所舉繁略有異，但其重疊性十分明顯，因此，學者指出，「將以上這個名單與江淹〈雜體詩〉所列作家，以及鍾嶸《詩品》、劉勰《文心雕龍・明詩》比較，也都基本吻合，由此可見，關於漢魏六朝的代表作家，當時已有公論」〔註100〕。以致於即便對南朝「繁華蘊藻」文風不滿的裴子野，其所舉例抨擊的五言詩家，也大致爲其時公認的代表詩人：

> 其五言爲詩家，則蘇李自出，曹劉偉其風力，潘陸固其枝柯。
>
> 爰及江左，稱彼顏謝，箴繡鞶帨，無取廟堂。〔註101〕

可以說，雖其間容有出入，但在南朝時人的評論及交流中，一大致範圍的經典作家群已然建立，詩（文）論家在發表觀點時，無論其觀點是否針鋒相對，皆是以這群經典作家爲論述對象、舉證對象。

雖說對於經典作家群的評價，有主張不必強分高下者，如江淹〈雜體詩序〉所謂之「世之諸賢，各滯所迷，莫不論甘而忌辛，好丹而非素。豈所謂通方廣恕，好遠兼愛者哉」，因此強調「亦各具美兼善而已」〔註102〕。但在諸作者、作品間分高下，卻也難以避免，而評價高下又難免主觀，於是在「隨其嗜欲，商榷不同」的情況下，評價也就形成「喧議競起，準的無依」的混亂局面〔註103〕。

這種評價混亂的狀況，自也促成以「客觀」標準品第詩人高下的需要，如「彭城劉士章，俊賞之士，疾其淆亂，欲爲當世詩品，口陳標榜，其文未遂」〔註104〕，便顯現了時人對於品第高下的需求。然因「其文未遂」，因此南朝評價詩人高下之作，自以鍾嶸《詩品》最爲醒目。

以《詩品》而言，章學誠《文史通義・詩話》論及鍾嶸此作時，曾給予高度的評價，其云：

> 《詩品》之於論詩，視《文心雕龍》之於論文，皆專門名家，勒爲成書之初祖也。《文心》體大而慮周，《詩品》思深而意遠；蓋

〔註100〕傅剛《「昭明文選」研究》，頁200。
〔註101〕見郁沅、張明高編選《魏晉南北朝文論選》，頁325。
〔註102〕同上，頁291～292。
〔註103〕〔梁〕鍾嶸著；陳延傑注《詩品注》，頁6。
〔註104〕同上。

　　《文心》籠罩群言，而《詩品》深從六藝溯流別也（如云某人之詩，
其源出於某家之類，最爲有本之學。其法出於劉向父子）。論詩論文
而知溯流別，則可以探源經籍，而進窺天地之純，古人之大體矣。
此意非後世詩話家流所能喻也。〔註105〕

　　此中對於《詩品》最爲推崇之處，在於能「深從六藝溯流別」，亦即能以
經典爲本根，進而在詩人之間建立源流關係，章學誠對於《詩品》的評論，
正道出了此書最爲醒目的本根末葉式批評方法〔註106〕。而鍾嶸對自身的評價
結論，事實上也是深具信心的，因此鍾嶸既敢於抨擊時人的言論爲「徒自棄
於高明，無涉於文流」，也敢於譏評「王公搢紳之士」的評論爲「隨其嗜欲」、
「準的無依」之說〔註107〕。然而鍾嶸何以認爲自身的評價，並非也是「隨其
嗜欲」的一種表現？這正反映出鍾嶸對本根末葉式思維的客觀眞理性有堅定
的信心。

　　鍾嶸溯源流的方法及其「某人之詩，其源出於某家」的「源出說」所招
致的非議，自古以來即不乏其例〔註108〕，而其推源溯流的根據，學者也有不
同認識〔註109〕。凡此皆可見鍾嶸在連類具體作家、涉及具體批評時，其推源

〔註105〕〔清〕章學誠著；葉瑛校注《文史通義校注》（台北：仰哲，不著錄出版年月），
　　　　　卷五，頁559。

〔註106〕雖然章學誠認爲這是鍾嶸《詩品》論詩最有價值、遠非後世詩話所能及之處，
　　　　　但這並不表鍾嶸的批評方法僅止於此。曹旭先生歸納《詩品》主要的批評法
　　　　　爲「比較批評法」、「歷史批評法」、「摘句批評法」、「本事批評法」、「知人論
　　　　　世批評法」、「形象喻示批評法」等六種，並且這些批評方法也往往被有機地
　　　　　組合在一起運用。見氏著《詩品研究》（上海：上海古籍出版社，1998），頁
　　　　　141～169。

〔註107〕〔梁〕鍾嶸著；陳延傑注《詩品注》，頁5～6。又，鍾嶸對於權貴在文壇
　　　　　上的影響是深有自覺的，其《詩品・序》在評論聲律說時云：「三賢或貴公
　　　　　子孫，幼有文辯，於是士流景慕。」（頁9）這明顯可見權貴身份的影響力
　　　　　早爲鍾嶸所注意。故鍾嶸敢於以其說立異於權貴，也反映出鍾嶸對其批評
　　　　　方法之信心。

〔註108〕源流問題，以其蘊含價值高下的評斷，這也就同時涉及品第的問題。因此鍾
　　　　　嶸對於「源出」及「品第」的判斷，在後代皆引發不少爭執。其非議、迴護
　　　　　之諸說，可參曹旭先生爲《詩品集注》所作之「前言」。見〔梁〕鍾嶸著：曹
　　　　　旭集注《詩品集注》（上海：上海古籍出版社，1996二刷），頁33～35。

〔註109〕張伯偉〈鍾嶸「詩品」謝靈運條疏證〉歸納諸家之說，認爲《詩品》推源
　　　　　溯流的根據大凡有三：一出於摹擬、二出於師承、三出於體格。張文收入
　　　　　曹旭選評《中日韓「詩品」論文選評》（上海：上海古籍出版社，2003），
　　　　　頁418。

溯流方法的眾說紛紜。但本文的目的不在於釐清諸家之說，而是在於探討其
思維的形式。就此而言，可以發現，鍾嶸運用了本根優於末葉的時代預設，
於是在全書一百二十多位詩人中，追溯了三十七位（古詩以一人計）詩人的
淵源，其餘詩人雖未明確標出其淵源所自，但原則上仍以此三十七人為參照，
從而《詩品》便透過此思維方式建構了一種座標式的形式，詩人們原則上便
是依此座標而佔有詩史的「位置」，而《詩品》也就由此塑造了一既為詩人定
性，也為詩人定價的認知圖式。〔註110〕

　　《詩品》在所評詩人之中，理出《詩經》與《楚辭》兩大系統，而《詩
經》系統又分為《國風》與《小雅》兩系。其中《小雅》一系僅阮籍一人。
依《詩品》所明確敘述「其源出於……」為繫連，便可得一清晰的樹狀圖
〔註111〕。

　　此樹狀圖式之源頭為《詩經》、《楚辭》，與時人所謂之「莫不同祖《風》
《騷》」之觀念一致。同時，本根優於末葉的觀念，也在《詩品》中得到實
踐，因此列於上品之十二人（古詩以一人計），其中源於《詩經》一系者有
古詩、曹植、劉楨（源於古詩）、阮籍（源於《小雅》）、陸機（源於曹植）、
左思（源出劉楨）、謝靈運（源於曹植、雜有景陽之體）等七人。而其餘五
人則源於《楚辭》一系，在數量上源於《詩經》者略多於《楚辭》。而就各
時代之詩人代表而言，「陳思為建安之傑，公幹、仲宣為輔；陸機為太康之
英，安仁、景陽為輔；謝客為元嘉之雄，顏延年為輔：斯皆五言之冠冕，文
詞之命世也」〔註112〕。其中曹植、陸機、謝靈運為鍾嶸心目中各時代的代
表詩人，然三人俱源於《詩經》，而陸、謝二人更是源於曹植。於是得以於
此略窺鍾嶸心中《詩經》高於《楚辭》的地位，此正隱含著與《文心雕龍‧

〔註110〕顏崑陽先生分析六朝文學的四種「體源批評」取向，指出其中以文體源出於
　　　　某一「典範」者（即此文所分析的第四種取向），「其批評方式，看似文學事
　　　　實判斷的描述或詮釋，其實是文學價值判斷的評定與建構」。見氏著〈六朝文
　　　　學「體源批評」的取向與效用〉，《東華人文學報》第三期（2001.07），頁 1
　　　　～36，引文見頁 8。此已指出在南朝追源溯流的方法中，事實與價值（實然
　　　　與應然：定性和定價）混同的現象。
〔註111〕此圖式已有不少學者描繪，如廖蔚卿《六朝文論》（台北：聯經出版事業公
　　　　司，1978），頁 293～294。羅立乾《鍾嶸詩歌美學》（台北：東大圖書股份
　　　　有限公司，1990），頁 151～152。〔梁〕鍾嶸著；曹旭集注《詩品集注》，頁
　　　　24。羅宗強《魏晉南北朝文學思想史》（北京：中華書局，1996），頁 391。
　　　　不俱錄。
〔註112〕〔梁〕鍾嶸著；陳延傑注《詩品注》，頁 3～4。

序志》所謂之「體乎經」、「變乎《騷》」〔註113〕相類的思想：《詩》《騷》地位並稱，但經的地位始終高於《騷》一籌。

而陸、謝二人皆源於曹植，因此在本根優於末葉的思維下，二人之地位自然是在曹植之下，故三人雖同居上品，但其間之高下在鍾嶸的論斷中即有明白的分辨，《詩品》云：

> 嗟乎！陳思之於文章也，譬人倫之有周孔，鱗羽之有龍鳳，音樂之有琴笙，女工之有黼黻；俾爾懷鉛吮墨者，抱篇章而景慕，映餘暉以自燭。故孔氏之門如用詩，則公幹升堂，思王入室，景陽、潘、陸自可坐於廊廡之間矣！〔註114〕

稱曹植為唯一「入室」者，故此中雖未言及謝靈運，但謝不如曹依然可知，更何況序中尚有「昔曹、劉殆文章之聖，陸、謝為體貳之才〔註115〕」之說。由此可見鍾嶸本根優於末葉觀的實踐。

除同品之間高下的比較之外，對於詩人的風格特色，鍾嶸則運用詩人之間的互相參照為方法，這也同樣形成一種「距離」的比較形態。這種方法在《詩品》中常見，也展現出許多形態，如：

> 陸機：氣少於公幹，文劣於仲宣。
>
> 潘岳：猶淺於陸機。
>
> 張協：雄於潘岳，靡於太仲。
>
> 左思：雖野於陸機，而深於潘岳。
>
> 鮑照：得景陽之諔詭，含茂先之靡嫚。骨節強於謝混，驅邁疾於顏延。總四家而擅美，跨兩代而孤出。
>
> 謝朓：然奇章秀句，往往警遒，足使叔源失步，明遠變色。
>
> 江淹：筋力於王微，成就於謝朓。
>
> 范雲、丘遲：故當淺於江淹，而秀於任昉。
>
> 沈約：故當詞密於范，意淺於江也。〔註116〕

在這種形態之外，也有將「源」視為定位點，同時指出詩人偏離其「源」

〔註113〕〔梁〕劉勰著；周振甫注《文心雕龍注釋》，頁916。

〔註114〕〔梁〕鍾嶸著；陳延傑注《詩品注》，頁13。

〔註115〕同上，頁8。

〔註116〕同上，頁15、16、16、17、27、28、28、29、30。

的發展方向者。此中也有兩種差別，或指出其所雜有的詩人之體，或直接描述其偏向之內容。其指出「雜有」之體者，如：

　　謝靈運：其源出於陳思，雜有景陽之體。

　　魏文帝：其源出於李陵，頗有仲宣之體。

　　陶潛：其源出於應璩，又協左思風力。〔註117〕

　　於是其「源」成為詩人最主要的參照點，而其所「雜有」之體，便指出詩人在何種性質上偏離其「源」，所評之詩人的「位置」即在二者之間。而直述偏向之內容者，則與此有異曲同工之妙，如：

　　嵇康：頗似魏文。過為峻切，許直露才，傷淵雅之致。

　　應璩：祖襲魏文。善為古語，指事殷勤，雅意深篤，得詩人激
　　　　　刺之旨。〔註118〕

　　這種參照方法雖未必即顯出詩人之間的優劣，但因對詩人的風格，以比較的方式突出其特徵，從而與對象風格的「距離」遠近，便具有標定詩人風格特徵的認知作用，可以說這種風格比較法，也是類似座標性的一種功能。

　　除此之外，以上數例仍有可注意之處，即鍾嶸所選取的比較對象，基本上都屬於同一品。因比較意味著連類，而連類同時有價值高下的判斷作用，故慎選同一品詩人以為連類，便可避免影響詩人的評價。然而，由此理以推，也可知若連類較高品第作為參照，便也是在抬高詩人的地位。以上舉諸人為例，連類較高品第者有：

　　魏文帝：其源出於李陵，頗有仲宣之體。

　　陶潛：其源出於應璩，又協左思風力。

　　鮑照：得景陽之諔詭，含茂先之靡嫚。骨節強於謝混，驅邁疾
　　　　　於顏延。總四家而擅美，跨兩代而孤出。

　　其中李陵、王粲（仲宣）、張協（景陽）、左思，俱名列上品，而魏文帝、陶潛、鮑照卻與之連類，於是考察鍾嶸及時人之言論，便可知魏文帝、陶潛、鮑照三人，在南朝時人的心目中，其實也有相當的地位。以魏文帝而言，魏文帝曹丕雖處中品，但實亦有足以抗衡曹植之作，因此《詩品》云：「惟『西北有浮雲』十餘首，殊美贍可玩，始見其工矣。不然，何以銓衡群彥，對揚

〔註117〕同上，頁17、20、25。
〔註118〕同上，頁20、22。

厥弟者耶？〔註119〕」並且《文心雕龍・才略》也曾爲曹丕屈居於曹植之下發
出不平之鳴：

> 魏文之才，洋洋清綺。舊談抑之，謂去植千里，然子建思捷而
> 才俊，詩麗而表逸，子桓慮詳而力緩，故不競於先鳴；而樂府清越，
> 《典論》辯要，迭用短長，亦無懵焉。但俗情抑揚，雷同一響，遂
> 令文帝以位尊減才，思王以勢窘益價，未爲篤論也。〔註120〕

則在時人眼中，曹丕與曹植之地位，未必即有一等第差距之巨大，至少
應更接近。而陶潛之地位則爲鍾嶸所極力辯護，因此特舉陶淵明之詩句爲說
明，強調其並非鄙質的田家語，而是文體省淨、篤意眞古、辭興婉愜、風華
清靡，並且堪爲古今隱逸詩人之宗〔註121〕。由鍾嶸之舉證、描述及推崇，
可見鍾嶸對陶潛有極高的評價。當然，鍾嶸並非南朝的特例，陶潛的地位自
劉宋以下已有提升，至梁代，其時作爲文壇領袖的蕭統、蕭綱兄弟，也都對
陶潛青睞有加。蕭統不但爲陶潛作傳，其〈陶淵明集序〉也盛讚其文：

> 其文章不群，辭彩精拔，跌宕昭彰，獨超眾類，抑揚爽朗，莫
> 之與京。橫素波而傍流，干青雲而直上。……余愛嗜其文，不能釋
> 手；尚想其德，恨不同時。〔註122〕

而《顏氏家訓・文章》則載有簡文帝蕭綱推崇陶潛事蹟：

> 劉孝綽當時既有重名，無所與讓；唯服謝朓，常以謝詩置几案
> 間，動靜輒諷味。簡文愛陶淵明文，亦復如此。〔註123〕

由蕭氏兄弟對陶潛詩文之愛嗜可知，陶潛之地位在南朝有逐步提高的趨
勢，而鍾嶸有意抬高陶潛的地位，也有其時代風氣以爲根據。

至於鮑照，鍾嶸則有「總四家而擅美，跨兩代而孤出」之評，這種絕高
的評價，顯然突出了鮑照卓爾不群的地位，也因此有學者認爲「此評非上品

〔註119〕同上，頁20。
〔註120〕〔梁〕劉勰著；周振甫注《文心雕龍注釋》，頁863。
〔註121〕鍾嶸對陶潛之評價：「文體省淨，殆無長語。篤意眞古，辭興婉愜。每觀其文，
　　　　想其人德。世歎其質直。至如『歡言酌春酒』、『日暮天無雲』，風華清靡，豈
　　　　直爲田家語耶！古今隱逸詩人之宗也。」見〔梁〕鍾嶸著；陳延傑注《詩品
　　　　注》，頁25。
〔註122〕〈陶淵明傳〉及〈陶淵明集序〉，見郁沅、張明高編選《魏晉南北朝文論選》，
　　　　頁332～335，引文見頁335。
〔註123〕〔北齊〕顏之推著；王利器集解《顏氏家訓集解》，頁276。

不可」〔註124〕。除此評語可見鮑照之特秀外,《詩品‧序》也記載了時人「謂鮑照羲皇上人」的評論。而蕭子顯《南齊書‧文學傳論》則以「發唱驚挺,操調險急,雕藻淫艷,傾炫心魄,猶五色之有紅紫,八音之有鄭衛」為其時文章之一體,而此體之導源則為鮑照,鮑照在南朝之影響力可見。

　　於是鍾嶸將魏文帝、陶潛、鮑照與上品詩人參照,其抬高諸人地位之意圖,也就在其連類方式中呼之欲出。

　　另外,鍾嶸對於時人慣於連類並稱的詩人,也往往提出辨別。茲再略作說明,以見連類在鍾嶸建立文學座標中的重要性。

　　這類並稱的詩人,《詩品》中頗有論列,但在論列之際,往往不作說明,只是橫空一語,如對於魏明帝曹叡之評只有一語「叡不如丕,亦稱三祖」〔註125〕。但是曹叡置於下品,曹丕自在中品,「叡不如丕」又何勞強調?由此可知鍾嶸之目的,正是針對時人「三祖」並稱之習而來,因並稱同於連類,其背後也就隱含著價值相近的意義,故鍾嶸刻意指出時人之並稱,是為了強調習稱並非即是價值相近。其他如對陸雲之評論亦甚典型:「清河之方平原,殆如陳思之匹白馬。於其哲昆,故稱二陸。〔註126〕」此中未對陸雲之詩有所評論,僅是說明陸機、陸雲為兄弟,因此並稱「二陸」。但鍾嶸實際上是在表明:不能以「二陸」並稱論斷陸雲詩之價值。至於評論顏延之:「湯惠休曰:『謝詩如芙蓉出水,顏如錯采鏤金。』顏終身病之。〔註127〕」評論殷仲文:「義熙中,以謝益壽、殷仲文為華綺之冠,殷不競矣。〔註128〕」評論湯惠休:「惠休淫靡,情過其才。世遂匹之鮑照,恐商、周矣。羊曜璠云:『是顏公忌照之文,故立休、鮑之論。』〔註129〕」則也是在時人顏謝、殷謝、休鮑連類並稱之中,強調雖有並稱之習,但其價值高下實不相等。

　　鍾嶸於評論詩人之際,屢屢插入為時人所並稱的詩人,並為其高下作分辨,可見在鍾嶸的觀念中,連類不僅是表達「事實」同時也是表達「價值」。而時人的並稱,正破壞了這種價值判斷,因此鍾嶸在連類詩人以建立詩人高

〔註124〕古直先生之語。見〔梁〕鍾嶸著:古直箋《鍾記室詩品箋》(台北:廣文書局,1977再版),頁27。
〔註125〕同上,頁32。
〔註126〕同上,頁22。
〔註127〕同上,頁26。
〔註128〕同上,頁35。
〔註129〕同上,頁37。

下品第時，不能不時時予以辨別。

總之，雖然鍾嶸並未於所有的詩人之間，建立嚴格的座標圖式，但是其以本根末葉、連類思維所形成的詩人關係，卻於《詩品》中處處可見。而詩人之間所產生的價值高下及風格的「距離」關係，同時也就標定了詩人的大致位置。可以說，雖未臻嚴格〔註130〕，但鍾嶸欲於《詩品》中建立一文學座標的意圖，卻也是相當明顯的。

三、文學座標所隱蔽的菁英共識

《詩品》的「源出說」奠基於本根末葉、連類思維之上，這使得鍾嶸在建立詩人之間的關係時，價值高下的連類關係已然混同在內，因此不能僅以探求事實的眼光看待《詩品》的「源出說」，於是必欲就詩人間的源出關係「一一坐實，自不免拘於形跡，至於謬誤」〔註131〕。這種價值與事實混同的現象，造成了分析《詩品》時的困難，但這種困難也並不僅存於《詩品》而已，其時運用本根末葉思維者即難免此病，如《文心雕龍》即是如此。因此王夢鷗先生認爲《文心雕龍》由於「爲著『宗經』『體經』一節，使其理論上發生很大的困難」、「在其兼括廣義與狹義的文之概念而言，其中亦難有融合之處」，以致於王先生甚至直以「理論的窮巷」批評《文心雕龍》這種宗於經、原於道的弊病〔註132〕。也就是說，連類的思維方式使劉勰之說充滿矛盾、模糊的難解問題，而由以上所述可知，這困難實是因價值與事實混同所致。

雖然南朝這種思維方式造成了種種困難，但這卻尚未爲時人所自覺，而由其尚未自覺困難之處，也適足以反面考察其時信以爲眞之信心何來。以此而論，《詩品》除具體品第、連類詩人的困難外，甚至品第本身也爲學者所質疑，而這也值得再繼續追索。羅宗強先生指出：

〔註130〕《詩品》所展示的文學座標具有相當的模糊性，且鍾嶸自身對此模糊性也有自覺，因此有「至斯三品升降，差非定制」之說，但這種模糊性不能掩蓋其著書之主要動機，是在排除「隨其嗜欲」以建立客觀價值秩序。

〔註131〕曹旭先生分析《詩品》之「歷史批評法」，認爲鍾嶸的源出說是在表明詩學源流的「象徵意義」，不能過份拘泥於祖述、風格等的繼承關係。此說雖未著墨於鍾嶸混同價值以連類詩人所造成的困難，但曹先生以源出說象徵所有的詩人都淵源有自，這點出了南朝萬物必可連類的觀念，亦頗有可參。見氏著《詩品研究》，頁150～156，引文見頁155。

〔註132〕王先生雖未直揭劉勰所運用的本根末葉式思維，但如前文所述，宗經及混同廣狹二義之文，實由此思維所致。王先生之說，見〈文心雕龍質疑〉，收入氏著《古典文學論探索》（台北：正中書局，1984），頁211～218。引文見頁217。

要將詩歌史上的眾多詩人分別準確的列入不同品第，事實上是作不到的。或者可以說，品第本身就是一種不可取的評論形式。……指出某某勝於某某，或者某某第一的時候，這種評論顯然反映著評論者的價值判斷。這種判斷受到評論者的個人素質、個人審美趨向和時代好尚的影響，一般說，它並不具備普遍的意義。而且，在多數情況下，它也不具備價值。……三品評詩，並不是《詩品》的精華之所在。〔註133〕

品第詩人高下為《詩品》寫作的目的，可以說是鍾嶸最為用心之所在，但以此「作不到」、「不可取的評論形式」、「不具備普遍的意義」、「在多數情況下，它也不具備價值」之評論而言，可謂幾乎全面否定了鍾嶸的用心。然則鍾嶸的信心何來？實則在於文壇菁英的共識，而這共識又是奠基在時人對於世界的共同想像：道生萬物，而萬物則由本根而至幹、枝、葉，形成秩序井然的世界圖式。既然萬物不離於道，文學自也是在本根末葉形式的籠罩之下，因此時人對這種思維運用於文學時的客觀真理性，也具有堅定的信心。換句話說，時人對此由想像而來的世界圖式，並非視之為想像，而是認定其為必然正確的客觀真理。於是，由於信心是建立在必然正確的客觀真理之上，因此得以十分穩固，以致於抑制了對於「作不到」、「不具備普遍的意義」等的自覺，因此即使鍾嶸事實上未能嚴格建立文學座標，但並不礙在原則上是可以建立的預認。此正如同上文所述，即便事實上未能追溯各文體之源頭至經典，但並不礙時人認定各體之「理」已具存於經典。

於是本根（經典、詩騷）所蘊含之「理」，其地位自然十分重要，此「理」的內容結合著本根末葉、連類思維，實際上即可決定文學座標的形態，或擴而言之，即可建立世界秩序。因此，如上所言，無論各家的主張為何，總是在經典中尋求根據，如裴子野〈雕蟲論〉強調《詩》「勸善懲惡，王化本焉」的一面；蕭綱〈與湘東王書〉強調「吟詠情性」的一面。這都是意圖將自身的主張附從於本根，從而為自身的主張取得正當性的作為。而蕭統《文選・序》亦是如此：

《易》曰：「觀乎天文，以察時變；觀乎人文，以化成天下。」
文之時義，遠矣哉！若夫椎輪為大輅之始，大輅寧有椎輪之質？增

〔註133〕羅宗強《魏晉南北朝文學思想史》，頁396～397。

> 冰爲積水所成，積水曾微增冰之凜。何哉？蓋踵其事而增華，變其
> 本而加厲。物既有之，文亦宜然。隨時變改，難可詳悉。〔註134〕

其中「踵其事而增華，變其本而加厲」之說，頗具文學進化的觀念，故
而此序中「若夫姬公之籍，孔父之書，與日月俱懸，鬼神爭奧，孝敬准式，
人倫師友，豈可重以芟夷，加之剪截」一段文字〔註135〕，便彷彿是排除儒家
經典的文學地位，但事實卻不盡然。周勛初先生指出：

> 這段文字向來被人認爲是禮請儒家經典退出文學領域的客套
> 話，實則並不盡然。這裡固然表現出蕭統對文學的特點已有較明確
> 的認識，開始把不屬文學範圍之內的儒家經典排除於外，但他還是
> 強調這些經典能起「准式」、「師友」的作用，這就意味著後代文士
> 仍應該向它學習，這樣才能保證思想內容方面的完善。這種態度近
> 於劉勰所強調的「宗經」、「徵聖」，也就是《通變》篇中所說的「通
> 則不乏」，「參古定法」。〔註136〕

除「保證思想內容方面的完善」，與文學價值密不可分之外，蕭統踵事增
華之立論奠基於《易》，由此而建立其觀點的正當性。也就是說，蕭統與劉勰、
裴子野、蕭綱等南朝文論家相同，將自身的主張歸源於經典，因此蕭統雖不
收錄經典之文，但仍是強調其主張是經典所蘊含的文學之「理」的展開。

由此可知，各家互異的觀點，皆是取經典之此內容而捨經典之彼內容，
可以說各家實際上是以自身的觀點爲優先，經典的內容則是被選用的對象。
換言之，各家皆能牽合經典的權威，並藉助世界圖式的客觀眞理性，以建構
各不相同的文學秩序，因此，原則上應有多種相互競爭的文學秩序。但如前
文所言，南朝畢竟建立了一範圍大致相同的經典作家、作品序列，亦即本根
（經典、詩騷）以及末葉（特定作家、作品）的內容，已然填充於一秩序架
構之中，且爲時人所大致承認。這反映了菁英共識在建立文學（或世界）「眞
相」中的地位，但這出於菁英共識的結論，卻被掩蓋在經典、客觀眞理的面
紗之下。於是由集體主觀性所建構的共識，遂轉化成爲客觀眞理，從而具有
不可動搖的地位，人爲所建構的秩序也成爲天理運行的秩序〔註137〕。

〔註134〕見郁沅、張明高編選《魏晉南北朝文論選》，頁328。
〔註135〕同上，頁329。
〔註136〕周勛初〈梁代文論三派述要〉，收入氏著《魏晉南北朝文學論叢》（南京：江
蘇古籍出版社，1999），頁239。
〔註137〕當然，所謂的菁英共識並非一成不變的，此觀點下文另有論述。

第三節　文學學問化

一、品評及寫作的學問基礎

南朝時人進行文學作品的認知、評價時，連類為其中常見的方式，然而，如上所述，連類並不只是針對作品進行類別歸屬的判斷，同時也蘊含了對作品評價的意義在內。如《梁書‧蕭子顯傳》載：

> （子顯）嘗著〈鴻序賦〉，尚書令沈約見而稱曰：「可謂得明道之高致，蓋〈幽通〉之流也。」〔註138〕

蕭子顯此賦今已不存，沈約對於蕭子顯此賦的評論亦短，因此難以確考其究竟。但若與陸機的〈遂志賦序〉參照，實亦不難窺得沈約此評的用意所在：

> 昔崔篆作詩以明道述志，而馮衍又作〈顯志賦〉，班固作〈幽通賦〉，皆相依仿焉。張衡〈思玄〉、蔡邕〈玄表〉、張叔〈哀系〉，此前世之可得言者也。崔氏簡而有情，〈顯志〉壯而泛濫，〈哀系〉俗而時靡，〈玄表〉雅而微素，〈思玄〉精練而和惠。欲麗前人，而優游清典，陋〈幽通〉矣。班生彬彬，切而不絞，哀而不怨矣。崔蔡沖虛溫敏，雅人之屬也。衍抑揚頓挫，怨之徒也。豈亦窮達異事，而聲為情變乎？余備托作者之末，聊復用心焉。〔註139〕

沈約認為蕭子顯的〈鴻序賦〉得「明道」之高致，因此迅速將之連類至班固〈幽通賦〉，而得以如此連類的原因，在於陸機〈遂志賦序〉已指出班固〈幽通賦〉為依仿崔篆「明道」述志之詩而作，因此二者顯然是俱為「明道」而得以連類的作品。將蕭子顯〈鴻序賦〉連類至此，明顯具有歸屬其類別的作用。然而就〈遂志賦序〉所歷敘的同類諸作以觀，則「班生彬彬，切而不絞，哀而不怨」，顯然班固〈幽通賦〉在此類別之中最為傑出。沈約將蕭子顯〈鴻序賦〉連類於班固〈幽通賦〉，便同時表達了對蕭作類別的歸屬及對蕭作價值的推崇。

而沈約如此的批評方式得以成立，正在於時人對於賦中「明道述志」之類別，已然建立一大致取得文學菁英共識的座標，而這背後不可或缺的，即是將文學學問化的知識基礎：有一系列的辨體知識、經典作家（作品）、經典

〔註138〕《（新校本）梁書》卷三十五，頁511。
〔註139〕見〔清〕嚴可均輯；陳延嘉等校點《全上古三代秦漢三國六朝文‧全晉文（第五冊）》卷九十六，頁986。

風格、經典批評、經典論爭……等等必須熟悉，換言之，有一系列必須閱讀的文本、思考的問題，甚至感受的模式必須熟悉，而這必須投入大量精神、時間，於是想在「文學」上有所成就，就必須學問化、專業化，甚至在文學問題上要具有發言權，也必須如此。如前文所言，無論南朝諸文論家所持立場的差異，對於文學問題的發言，基本上即是以一範圍大致相同的經典作家、作品爲論述依據，而這自然已預設了對此群作家、作品的風格、評價等等問題的熟悉。可以說，一系列成爲菁英共識的經典作家、經典作品、經典問題等等，已成爲論述文學時不可或缺的指涉對象，文學因此形成自我參照的系統，於是「合格」的創作或是批評，專業化及學問化自成爲必需〔註140〕。

以文論著作而言，由於評論必須取得權威性，這種學問化、專業化的能力自是不可或缺，因此學問化、專業化自然有著清楚的表現。如《文心雕龍·序志》之歷敘前代同類著作及其得失：

> 詳觀近代之論文者多矣：至如魏文述典，陳思序書，應瑒文論，陸機文賦，仲洽流別，宏範翰林，各照隅隙，鮮觀衢路；或臧否當時之才，或銓品前修之文，或泛舉雅俗之旨，或撮題篇章之意。魏典密而不周，陳書辯而無當，應論華而疏略，陸賦巧而碎亂，流別精而少功，翰林淺而寡要。又君山、公幹之徒，吉甫、士龍之輩，泛議文意，往往間出，並未能振葉以尋根，觀瀾而索源。不述先哲之誥，無益後生之慮。〔註141〕

這固然表達了《文心雕龍》是在前人的基礎上，精益求精的發展，但同時也表達了這是對前人著作熟悉的結果。鍾嶸《詩品》也是如此，其序云：「陸機〈文賦〉通而無貶；李充〈翰林〉，疏而不切；王微〈鴻寶〉，密而無裁；顏延論文，精而難曉；摯虞〈文志〉詳而博贍，頗曰知言。觀斯數家，皆就談文體，而不顯優劣。至於謝客集詩，逢詩輒取；張騭《文士》，逢文即書。諸英志錄，並義在文，曾無品第。〔註142〕」顯示了與《文心雕龍》同樣的作爲。

這是就劉勰、鍾嶸自覺其著作爲文學批評，因而連類至必須熟知的同類著作爲言。但即便再細分至各類文體、各類議題也同樣是如此，對於前代之

〔註140〕此中已涉及所謂「文學自成場域」或「文學獨立」、「文學自覺」的問題，因與本論題關係較遠，其詳細論述留待來日，暫不論。
〔註141〕〔梁〕劉勰著：周振甫注《文心雕龍注釋》，頁916。
〔註142〕〔梁〕鍾嶸著：陳延傑注《詩品注》，頁7。

熟悉，乃合格的文論家必不可少的條件。因此《文心雕龍》的文體論部分，往往爲學者視爲分體文學史，論及文術部分也不脫歷史的溯源推流：

> 《文心》一書，自〈明詩〉至〈書記〉的二十篇，實際上是一部分體文學史。而在論及文術的各篇中，也常常反映出歷史的觀念。從歷史發展的角度，考察文體之演變、考察文術之發展，可以說是《文心》一書之一重要特點。……可以說，劉勰的文學史觀，在他的文學思想中佔有十分重要的地位。〔註143〕

　　無論是文體或是文術的部分，對於前代曾有之文獻的熟知，構成了劉勰建立言論權威性的必要條件。至於《詩品》，雖以五言詩爲專論，但也是表現出同樣的觀念，如其序中「昔〈南風〉之詞，〈卿雲〉之頌，厥義夐矣」直至「故知陳思爲建安之傑，公幹、仲宣爲輔。陸機爲太康之英，安仁、景陽爲輔。謝客爲元嘉之雄，顏延年爲輔。斯皆五言之冠冕，文詞之命世也」一大段文字〔註144〕，即可視爲是五言詩之發展史概述。而在具體品評中，鍾嶸也隨時引用前人的相關論述，這也展現了鍾嶸對前人曾有之議論的熟稔：

> 阮籍：顏延年注解，怡言其志。
>
> 陸機：張公歎其大才，信矣！
>
> 潘岳：《翰林》歎其翩翩然如翔禽之有羽毛，衣服之有綃縠，猶淺於陸機。謝混云：「潘詩爛若舒錦，無處不佳，陸文如披沙簡金，往往見寶。」
>
> 左思：謝康樂嘗言：「左太沖詩，潘安仁詩，古今難比。」
>
> 張華：謝康樂云：「張公雖復千篇，猶一體耳。」
>
> 郭璞：《翰林》以爲詩首。
>
> 顏延之：湯惠休曰：「謝詩如芙蓉出水，顏如錯彩鏤金。」
>
> 〔註145〕

　　其例尚多，不贅舉。而以此數例亦可見，鍾嶸對於前人一系列相關議論的了然於胸。

　　評論者與創作者交相影響，評者如此，作者在創作時也心存一系列的經

〔註143〕羅宗強《魏晉南北朝文學思想史》，第七章第四節「劉勰的文學史觀」，對此議題有較詳盡的說明，見頁293～306。引文見頁293。

〔註144〕〔梁〕鍾嶸著；陳延傑注《詩品注》，頁1～4。

〔註145〕同上，頁15、15、15～16、17、20～21、23、26。

典作品。換言之，創作者也必須熟知既往的一系列相關知識，才是寫作的正途。因此作者「情動於中」，但並非即是將此情「形之於言」，而是緊接著以文體對作者之情思進行規範。此即《文心雕龍‧鎔裁》所云：

> 是以草創鴻筆，先標三準：履端於始，則設情以位體；舉正於中，則酌事以取類；歸餘於終，則撮辭以舉要。〔註146〕

此中指出，寫作的第一個步驟便是「設情以位體」。而「設情以位體」並不只在使文章形式適應情思內容的表達，同時也是在使情思順應文體的規範，因文體自有其相對獨立的意義，《文心雕龍‧定勢》中所謂的「本采」即是此意：

> 夫情致異區，文變殊術，莫不因情立體，即體成勢也。……然淵乎文者，並總群勢，奇正雖反，必兼解以俱通；剛柔雖殊，必隨時而適用。……是以括囊雜體，功在銓別，宮商朱紫，隨勢各配。章表奏議，則準的乎典雅；賦頌歌詩，則羽儀乎清麗；符檄書移，則楷式於明斷；史論序注，則師範於覈要；箴銘碑誄，則體制於弘深；連珠七辭，則從事於巧豔：此循體而成勢，隨變而立功者也。雖復契會相參，節文互雜，譬五色之錦，各以本采為地矣。〔註147〕

雖然作者可因才氣學習之殊、情思內容的千變萬化等因素，隨時適用奇正、剛柔等群勢，但文體的「本采」不可違犯。於是為能致勝文苑，除了必須對群勢「兼解以俱通」、對各種文獻熟知以「酌事以取類」之外，對於文體之「本采」也必須準確地掌握〔註148〕。而掌握「本采」卻必須透過揣摩一系列的經典作品而得，如《文心雕龍‧通變》所云之「凡詩賦書記，名理相因，此有常之體也。……名理有常，體必資於故實」〔註149〕。以往的經典作品，已然規定了文體的正確「本采」，故而「先博覽以精閱」〔註150〕，自是創作的

〔註146〕〔梁〕劉勰著：周振甫注《文心雕龍注釋》，頁615。又，自批評者的角度以觀，《文心雕龍》也強調文體的重要性，〈知音篇〉云「是以將閱文情，先標六觀」，其一即是「觀位體」。頁888。

〔註147〕同上，頁585～586。

〔註148〕劉勰所要求熟知的自然不僅只此數項，事實上有關寫作的各方面皆在強調之列。《文心雕龍‧總術》：「夫驥足雖駿，纆牽忌長，以萬分一累，且廢千里。況文體多術，共相彌綸，一物攜貳，莫不解體。」認為寫作的各種細節皆須把握，如纆繩稍長便影響驥奔千里，因此情志、事類、辭采、音律、章句、字形等等，皆當準確駕馭，有一缺失便將使全體受害。同上，頁802。

〔註149〕同上，頁569。

〔註150〕同上，頁570。

正途。

　　尤其在連類及類優先性的觀念下，一篇作品首先是被連類至其同類作品以觀，因此作者文體訛濫的缺失，便往往爲時人指出。這種工作自不始於南朝，如西晉摯虞〈文章流別論〉便已指出：

> 昔班固爲〈安豐戴侯頌〉，史岑爲〈出師頌〉、〈和熹鄧后頌〉，與《魯頌》體意相類；而文辭之異，古今之變也。揚雄〈趙充國頌〉，頌而似雅；傅毅〈顯宗頌〉，文與《周頌》相似，而雜以《風》、《雅》之意。若馬融〈廣成〉、〈上林〉之屬，純爲今賦之體而謂之頌，失之遠矣。〔註151〕

　　其辨體之用意甚明，並對馬融二作之失體也表達不滿。至南朝則對辨體更加重視，分析也更加細緻，如劉勰即是如此。《文心雕龍·頌讚》對著名作家之作品，不但所評更多，且對摯虞觀點之缺失也列入批評：

> 若夫子雲之表充國，孟堅之序戴侯，武仲之美顯宗，史岑之述熹后：或擬〈清廟〉，或範〈駉〉、〈那〉，雖淺深不同，詳略各異，其褒德顯容，典章一也。至於班傅之〈北征〉、〈西征〉，變爲序引，豈不褒過而謬體哉！馬融之〈廣成〉、〈上林〉，雅而似賦，何弄文而失質乎？又崔瑗〈文學〉，蔡邕〈樊渠〉，並致美於序，而簡約乎篇。摯虞品藻，頗爲精覈，至云雜以《風》、《雅》，而不變旨趣，徒張虛論，有似黃白之僞説矣。及魏晉雜頌，鮮有出轍。陳思所綴，以〈皇子〉爲標；陸機積篇，惟〈功臣〉最顯。其褒貶雜居，固末代之訛體也。〔註152〕

　　摯虞所評爲漢代諸名作，而劉勰則兼及魏晉，因而陸機〈漢高祖功臣頌〉之褒貶夾雜，也在劉勰的貶抑之列。此涉及摯、劉二人之時代，可勿論。就漢代之作而言，除〈出師頌〉外，凡摯虞所論及者皆爲劉勰所囊括，可見二人所承認的經典作品範圍大致相同，但劉勰則更加細緻地溯源至《詩經》之特定篇什。除此之外，鑑於著名作家爲後人習文時之主要仿效對象，因而劉勰對摯虞所未論之班固、崔瑗、蔡邕等名家作品之缺失，亦提出批評，這自然是減低了文體訛濫的可能，同時也就是更加明確了文體的「本采」。至於傅毅〈顯宗頌〉，劉勰認爲它在「褒德顯容」的功用上，足以與揚雄〈趙充國頌〉、

〔註151〕見郁沅、張明高編選《魏晉南北朝文論選》，頁179。
〔註152〕〔梁〕劉勰著；周振甫注《文心雕龍注釋》，頁161～162。

班固〈安豐戴侯頌〉、史岑〈和熹鄧后頌〉並列，俱爲符合典章所需之頌體代表，今四頌僅存揚雄之作而無以究其實，但〈顯宗頌〉既爲摯虞判定「雜以《風》、《雅》」，卻又認爲「不變旨趣」，則摯虞之批評便似「黃白之僞說」般自相矛盾。如此，則摯虞之批評內容，也成爲劉勰的批評對象，由此可見辨體意識在南朝之更趨嚴格。

因此文體之訛濫，自然是時人指責的對象，《文心雕龍》文體論諸篇，便處處可見其指出文體之瑕疵，如：

> 至於魏之三祖，……觀其北上眾引，秋風列篇，或述酣宴，或傷羈戍，志不出於滔蕩，辭不離於哀思。雖三調之正聲，實韶夏之鄭曲也。（〈樂府〉）

> 然逐末之儔，蔑棄其本，雖讀千賦，愈惑體要。遂使繁華損枝，膏腴害骨，無貴風軌，莫益勸戒：此揚子所以追悔於雕蟲，貽誚於霧縠者也。（〈詮賦〉）

> 朱穆之鼎，全成碑文，溺所長也。……崔駰品物，讚多戒少。（〈銘箴〉）

> 陳思叨名，而體實繁緩。文皇誄末，百言自陳，其乖甚矣。（〈誄碑〉）〔註153〕

其他如劉孝綽〈昭明太子集序〉：「孟堅之頌，尙有似贊之譏；士衡之碑，猶聞類賦之貶。〔註154〕」顏之推《顏氏家訓·文章》：「挽歌辭者，或云古者〈虞殯〉之歌，或云出自田橫之客，皆爲生者悼往告哀之意。陸平原多爲死人自嘆之言，詩格既無此例，又乖制作本意。」又云：「凡詩人之作，刺箴美頌，各有源流，未嘗混雜，善惡同篇也。陸機爲〈齊謳篇〉，前序山川物產風教之盛，後章忽鄙山川之情，殊失厥體。〔註155〕」在這種辨體風氣盛行之下，作者、評者自當重視文體之「正」，小心翼翼地避免違犯文體的規範。

於是南朝雖也有主張破體者，如張融便對「其文章之體，多爲世人所驚」

〔註153〕同上，頁 112、138～139、199、219～220。
〔註154〕見郁沅、張明高編選《魏晉南北朝文論選》，頁 345。
〔註155〕〔北齊〕顏之推著；王利器集解《顏氏家訓集解》，頁 264～265。又，據王利器先生所注，陸機前有繆襲，後有陶潛，「並爲死人自嘆之言，故不止一陸平原也」。（見本書頁 265，註五）。

頗有自覺，也頗自詡於其「文體英絕，變而屢奇」〔註156〕。然而對此「意制甚多」的張融，齊太祖「見融常笑曰：『此人不可無一，不可有二。』〔註157〕」認為可以容之，但不可為常態。文評家對於違背常體的態度也有較為寬容者，如鍾嶸《詩品》置張融於下品，評之為：「縱有乖文體，然亦捷疾豐饒，差不局促。〔註158〕」但這畢竟是少數，認為「體必資於故實」者仍是主流。因此南朝文體的穩定性十分明顯，時人對於文體，多是致力於各種文體的辨析、區分界線，於是文體的區分也就愈趨細密。如學者自劉宋時期范曄《後漢書》中統計，其中可見文體有三十餘種〔註159〕，但至齊、梁之時，劉勰《文心雕龍》已專篇討論了三十三體（併「騷」則為三十四體），若併計《文心雕龍》各篇所言及之小類，則全書所涉及之文體達一百二十餘種；任昉《文章緣起》則論列八十四種文體；蕭統《文選》則列三十九體，並於賦下分十五類、詩下分二十四類〔註160〕。由劉宋至齊梁，辨體之種類迅速擴增，可見「自漢末魏晉以來，文體辨析一直受到作家、批評家的注意，但從來沒有像南朝時期的要求迫切」〔註161〕。而南朝這種迫切需求，自然也推動了各種文體追源溯流知識的深化、細緻化，換言之，無論是品評或是創作，皆被要求有憑有據，而其憑據則在大量的經典文本、經典品評之中。於是一系列的經典有待揣摩、參照，如此，學問化、專業化自也成為文學發展所不可避免的趨勢。因此《顏氏家訓・文章》云：

> 但使不失體裁，辭意可觀，便稱才士；要須動俗蓋世，亦俟河之清乎！〔註162〕

〔註156〕《（新校本）南齊書》卷四十一〈張融傳〉，頁729。

〔註157〕同上，頁727。此處之「意制甚多」是指張融之「風止詭越，坐常危膝，行則曳步，翹身仰首，意制甚多」，然文章之刻意異於一般規範，當與此同出一意。

〔註158〕〔梁〕鍾嶸著；陳延傑注《詩品注》，頁40。

〔註159〕見傅剛《「昭明文選」研究》，頁55。又，范曄之前，曹丕《典論・論文》及〈答卞蘭教〉提及九種文體；摯虞〈文章流別論〉、李充〈翰林論〉二者殘文共得見十餘種；南朝分體文章總集共六十四部，涉及體裁近二十體。其具體文類名稱，見潘慧瓊〈南朝文學批評意識的兩個維度〉，浙江大學博士論文，2006，頁55～58。

〔註160〕《文選》之分類歷有不同說法，傅剛先生以版本為據並參酌學者說法，認為移、檄、難應三分，臨終應為詩下小類。說見傅剛《「昭明文選」研究》，頁185～192。

〔註161〕傅剛《「昭明文選」研究》，頁73。

〔註162〕〔北齊〕顏之推著；王利器集解《顏氏家訓集解》，頁239。

　　表情達意自是文章的主要目的，但在南朝追源溯流、連類的風氣下，文體及其所涉及的諸寫作要素已學問化，而學問化促使品評及寫作專業化，這自然使表情達意的艱難度大增，於是「不失體裁」成爲難能可貴之事，以致於顏之推甚至以「才士」稱之。凡此，皆可見南朝文學的學問化現象，而這自然也就使品評及寫作，成爲必須運用大量精神及時間方能具有的專業能力。

二、學問化的其他表現

　　南朝文學的學問化以囊括舊有文獻爲基礎，並以此成爲介入文學場域的正當途徑，此正如《文心雕龍・事類》所云：

　　　　然則明理引乎成辭，徵義舉乎人事，乃聖賢之鴻謨，經籍之通矩也。大畜之象，「君子以多識前言往行」，亦有包於文矣。〔註163〕

　　徵引成辭、人事成爲寫作的正當方式，既有「經籍之通矩」爲據，也有先秦、漢代文人自「引古事」至「取舊辭」的發展，而成爲「後人之範式」的過程〔註164〕。而南朝囊括舊有文獻的風氣既是由其時之思維方式所推動，因此自也不會只侷限在文學場域。可以說，凡是須取得言論權威性之處，追源溯流、囊括舊有文獻的方式皆不可或缺。於是，博學成爲發言的資格。

　　以「論」而言，劉勰爲之定義爲：「論也者，彌綸群言，而研精一理者也。〔註165〕」亦即作者透過「研精一理」以確立己論，然而立論之前，必須先掌握各家之所有言論，此即所謂的「彌綸群言」，這正反映了充分掌握文獻的博學，方具有立論、發言的基本條件。雖說如此，但是魏晉的玄學新論卻蜂擁而出，劉勰卻也不能對之視而不見，因此《文心雕龍・論說》也論列了當時的名家名作：

　　　　詳觀蘭石之才性，仲宣之去伐，叔夜之辨聲，太初之本無，輔嗣之兩例，平叔之二論，並師心獨見，鋒穎精密，蓋論之英也。〔註166〕

　　然而這些著名的玄學論著卻是「師心獨見」之作，亦即這些理論是前代

〔註163〕〔梁〕劉勰著：周振甫注《文心雕龍注釋》，頁705。

〔註164〕同上。

〔註165〕《文心雕龍・論說》語，同上，頁347。又，〈諸子〉認爲：「博明萬事爲子，適辨一理爲論。」（頁327）則「論」爲「子」的基礎，因此對於自敘觀點之著作以「論」爲觀察對象。

〔註166〕同上，頁347～348。

所無的新出議題，此便未必是「彌綸群言」之所得。於是諸作雖以其傑出成就，被劉勰稱作「論之英」，但「英」卻非「正」。此正如《文心雕龍・雜文》對「雜文」的矛盾態度一般：既認為「對問」、「七」、「連珠」是「智術之子，博雅之人，藻溢於辭，辯盈乎氣」之作，所展現的是作者的「學堅才飽」，可見劉勰對「雜文」之評價甚高。但是劉勰未將三體聯繫於五經，因此不具有「正」的地位，因而三體所突出的主要是作者個人之才學，故劉勰評價雖高，卻也認為三體是「文章之枝派，暇豫之末造」，僅具枝派的地位〔註167〕。同理，「師心獨見」的「論之英」，雖成就傑出，但劉勰並不就此視之為「論家之正體」，「正體」之所在，仍是匯聚眾說之「石渠論藝，白虎講聚」〔註168〕。「正體」不歸於諸名家，這不只是貶抑諸家為「聃周當路，與尼父爭涂」而已，也是因「正體」不能只是個別學者之獨見，而當是匯聚群言所得的結果。故而不依不傍的創見，雖然也能具有極高的地位，但仍不能是「正體」，「正體」仍在於「彌綸群言」及其背後的博學。這展現在蕭綱的文學觀念中，即是「又若為詩，則多須見意，或古或今，或雅或俗，皆須寓目，詳其去取，然後麗辭方吐，逸韻乃生〔註169〕」之博觀；在蕭繹的觀念中，即是「新意雖奇，無所倚約〔註170〕」之為病。唯有奠基在博學上的「新意」，才是最有價值的創造。

　　博學固然無可厚非，但是南朝之博學卻發展為對文獻的記憶能力，如玄學在南朝的發展即為其中顯例。王僧虔於劉宋時嘗有〈誡子書〉曰：

　　　　曼倩有云：「談何容易。」見諸玄，志為之逸，腸為之抽，專一書，轉誦數十家注，自少至老，手不釋卷，尚未敢輕言。汝開《老子》卷頭五尺許，未知輔嗣何所道，平叔何所說，馬、鄭何所異，《指例》何所明，而便盛於麈尾，自呼談士，此最險事。設令袁令命汝言《易》，謝中書挑汝言《莊》，張吳興叩汝言《老》，端可復言未嘗看邪？談故如射，前人得破，後人應解，不解即輸賭矣。且論注百氏，荊州《八帙》，又《才性四本》、《聲無哀樂》，皆言家口實，如客至之有設也。汝皆未經拂耳瞥目，豈有庖廚不脩，而欲延大賓者

〔註167〕〈雜文〉引文，同上，頁255～257。
〔註168〕同上，頁347。
〔註169〕蕭綱〈勸醫論〉，見〔清〕嚴可均輯：陳延嘉等校點《全上古三代秦漢三國六朝文・全梁文（第七冊）》卷十一，頁123。
〔註170〕蕭繹〈內典碑銘集林序〉，見郁沅、張明高編選《魏晉南北朝文論選》，頁370。

> 哉？……汝曾未窺其題目，未辨其指歸；六十四卦，未知何名；《莊
> 子》眾篇，何者內外；《八帙》所載，凡有幾家；《四本》之稱，以
> 何為長。而終日欺人，人亦不受汝欺也。〔註171〕

　　錢穆先生曾以王僧虔此書為據，佐證魏晉時代的玄學發展，是「時代苦悶中所逼迫而出之一套套思想上之新哲理與新出路，當時人確曾在此等問題上認真用心思」，但是時至南朝，「則僅膳下這幾個問題，用來考驗人知也不知，答應得敏速利落與否，僅成為門第中人高自標置之一項憑據」〔註172〕。余英時先生承繼此論，並以之修正陳寅恪先生劃分東晉時代為清談後期，而此期清談只為名士身份之裝飾品之說，認為「南朝以下才真正是後期……王僧虔擬清談於『客至之有設』才完全符合陳先生所謂『口中或紙上之玄言』和『名士身份之裝飾品』」〔註173〕。也就是說，南朝的玄學發生了新的變化，它成為「名士身份之裝飾品」、「用來考驗人知也不知」的工具，而這事實上正是要求對於以往所曾談論的經典議題、既有的經典著作、注釋的熟悉，此是進入「玄學」場域必須熟悉的經典系列。

　　然而此中所謂的熟悉，雖然不離「辨其指歸」，但卻尤須仰賴記憶，也就是說，必須對各種著作、各種說法、各種論題等等皆須熟記，此所以王僧虔「自少至老，手不釋卷，尚未敢輕言」之故。若與東晉的談風互相對照，則更可見南朝玄談對於文獻記憶的重視。

　　東晉固然也重視經典著作的閱讀，如《世說新語·文學》載：「殷仲堪云：『三日不讀《道德經》，便覺舌本間強。』〔註174〕」即是其例。但即便不重視熟記經典，亦不礙其人在玄談、悟理中的傑出，如：

> 諸葛玄年少不肯學問。始與王夷甫談，便已超詣。王嘆曰：「卿天才卓出，若復小加研尋，一無所愧。」玄後看《莊》、《老》，更與王語，便足相抗衡。

> 庾子嵩讀《莊子》，開卷一尺許便放去，曰：「了不異人意。」

〔註171〕《（新校本）南齊書》卷三十三〈王僧虔傳〉，頁598～599。
〔註172〕錢穆〈略論魏晉南北朝學術文化與當時門第之關係〉，《新亞學報》第5卷2期（1963.08），頁71。
〔註173〕余英時〈王僧虔「誡子書」與南朝清談考辨〉，《中國文哲研究集刊》第3期（1993.03），頁190～192。引文見頁192。
〔註174〕〔南朝宋〕劉義慶撰；余嘉錫箋疏《世說新語箋疏》（台北：華正書局，1984），頁242。

提婆初至，爲東亭第講《阿毗曇》。始發講，坐裁半，僧彌便
云：「都已曉。」即於坐分數四有意道人更就餘屋自講。提婆講竟，
東亭問法岡道人曰：「弟子都未解，阿彌那得已解？所得云何？」
曰：「大略全是，故當小未精覈耳。」〔註175〕

　　未能熟記經典者，在南朝即未有玄談的資格，王僧虔因此強調「端可復言未嘗看邪？」但在東晉，「不肯學問」者不妨「便已超詣」；開卷尺許便可以「了不異人意」的理由放去；「始發講」便能「都已曉」。南朝、東晉對於文獻的態度，可說有著天壤之別，因此即便是自視甚高的范曄，在南朝的風氣之下，也不得不承認不諳玄談，其〈獄中與諸甥姪書〉云：

爲性不尋注書，心氣惡，小苦思，便憒悶。口機又不調利，以
此無談功。至於所通解處，皆自得之於胸懷耳。〔註176〕

　　范曄「不尋注書」，據王僧虔〈誡子書〉中所述的南朝風氣，事實上已經無法談論，更遑論其「口機又不調利」。因此即便范曄有「自得之於胸懷」者，但也依然「無談功」、難以成爲玄談名士。由此可知，南朝前可以藉助「天才卓出」而「師心獨見」；南朝時「未經拂耳瞥目」則「人亦不受汝欺也」。或者以筌、魚之喻爲說：南朝前得魚可以忘筌，重要的是在得魚；南朝時強調無筌則無從得魚，先證明已充分掌握筌，否則不必談論魚。

　　在南朝這種文獻記憶的風氣下，背誦能力自然大行其道，史籍對此能力自也多所記錄：

《梁書‧文學下‧臧嚴傳》：嚴於學多所諳記，尤精《漢書》，
諷誦略皆上口。王嘗自執四部書目以試之，嚴自甲至丁卷中，各對
一事，並作者姓名，遂無遺失，其博洽如此。〔註177〕

《南史‧陸慧曉附陸倕傳》：倕字佐公，少勤學，善屬文。於宅
內起兩茅屋，杜絕往來，晝夜讀書，如此者數歲。所讀一遍，必誦
於口。嘗借人《漢書》，失《五行志》四卷，乃暗寫還之，略無遺脫。

〔註175〕同上，頁203、204、242。
〔註176〕范曄此書，多處自詡其識見之不凡，可見自視之高，如其自評所著《後漢書》有「至於〈循吏〉以下，及〈六夷〉諸序論，筆勢放縱，實天下之奇作。其中合者，往往不減〈過秦〉篇。嘗共比方班氏所作，非但不愧之而已」、「贊自是吾文之傑思，殆無一字空談，奇變不窮，同合異體，乃自不知所以稱之」、「自古體大而思精，未有此也」之語，見郁沅、張明高編選《魏晉南北朝文論選》，頁256～257。引文見頁256。
〔註177〕《（新校本）梁書》卷五十，頁719。

〔註178〕

《南史·梁宗室上·吳平侯蕭景附蕭勘傳》：勘……聚書至三萬
卷，披玩不倦，尤好《東觀漢記》，略皆誦憶。劉顯執卷策勘，酬應
如流，乃至卷次行數亦不差失。〔註179〕

其中「遂無遺失」、「略無遺脱」、「乃至卷次行數亦不差失」，顯然便是對
傳主記憶能力的推崇。其他有關博學強記之事跡甚多，無需贅錄。而因重視
文本的背誦記憶，這反映在文學上，也使割裂語句以成詞的現象十分普遍，
這種造詞方式之所以能傳情達意，其理易明，自然是作者已然設定「合格」
的讀者具備了熟記文本的能力。《顏氏家訓·文章》載：

《詩》云：「孔懷兄弟。」孔，甚也；懷，思也，言甚可思也。
陸機〈與長沙顧母書〉，述從祖弟士璜死，乃言：「痛心拔腦，有如
孔懷。」……觀其此意，當謂親兄弟爲孔懷。《詩》云：「父母孔邇。」
而呼二親爲孔邇，於義通乎？〔註180〕

顏之推以「呼二親爲孔邇」之非，駁斥陸機以「親兄弟爲孔懷」之誤，
顯然對此現象不滿；當代學者如王力先生，也對這種現象表示不以爲然之
意：「割裂語句就破壞了語法的規律了」、「割裂成語是嚴重脱離人民口語的，
是漢語文學語言史上的逆流」〔註181〕。雖說是「逆流」，但是這種「逆流」
現象卻在南朝十分普遍，如任昉〈王文憲集序〉有句云：「夷雅之體，無待
韋弦。」其中「韋弦」依李善注引《韓非子·觀行》：「西門豹之性急，故佩
韋以自緩；董安于之心緩，故佩弦以自急。〔註182〕」因此任昉此二句，是
讚美王文憲夷雅之體性由乎天成，因而無待於後天之矯正。由此可知，此句
真正的意義不在字面之「韋」（皮繩）、「弦」（弓弦），而在於典故出處的上
下文脈絡意義。如此，不能熟記其典故之來由，則無從確知其意。另外，學
者也曾論列六朝此類詞句多例，如以「友于」指「兄弟」；「民天」指「食」、
「糧食」；「貽厥」指「孫」或「孫謀」，又指「子孫」；「聖善」指「母親」；
「凡百」指「君子」；「莫大」指「罪」；「殆庶」指「顏淵」；「微管」指「管

〔註178〕《（新校本）南史》卷四十八，頁 1192～1193。
〔註179〕同上，卷五十一，頁 1263。
〔註180〕〔北齊〕顏之推著；王利器集解《顏氏家訓集解》，頁 266～267。
〔註181〕王力《漢語史稿（下冊）》（北京：中華書局，1980），頁 594。
〔註182〕〔梁〕蕭統編；〔唐〕李善注《昭明文選》，卷四十六，頁 653。

仲」;「蓋闕」指「闕如」;「云亡」指「亡」等等〔註183〕。這種造詞法固然有其時代追求新奇、滿足對偶等需要,但這種詞句之可以傳達情意,也在於作者、讀者有共同熟悉的文本,尤其是透過背誦以熟悉的文本,因此在文本中割裂文義的完整性,只取其文字字面,仍能喚起讀者對上下文脈絡的記憶,從而得知作者所欲傳達的情意。

這種學問化的影響,也擴展至日常生活之層面,《顏氏家訓·音辭》載:「云為品物,未考書記者,不敢輒名。〔註184〕」如此,則閱讀、記憶的負擔也就十分沈重,因而簡化的工作自然也就應運而生。而簡化表現在寫作上,便使類書扮演了十分重要的角色。王三慶老師指出:

> 類書編纂之初為了彌補聞見不足而設的一種具有科學性與有效率的檢尋材料書籍,自魏文帝之命臣下編纂《皇覽》,其後又有《華林遍略》、《修文殿御覽》,⋯⋯很多類書都是官方誥命臣下按照故事舊文,依類排比的集體工作成果。其編纂體式最初僅是為那上等聰明,又沒時間讀書者方便查考而設,尤其詩文在貴用新奇的風氣下,要求文章能夠做到詳贍而博,使事足以副力,豐腴而不褊枯,方稱勝境。因此博極群書,撮其機要,廣錄而儲用之類書,自然應運而生。所以「《流別》《文選》,專取其文;《皇覽》《遍略》直書其事」這兩種體裁,先後並出。〔註185〕

無論是「專取其文」或是「直書其事」,類書都具有省時省力的便利性,而這也是南朝類書編纂者的重要動機,如《文選·序》即自敘其編纂動機在此:「自姬漢以來,眇焉悠邈,時更七代,數逾千祀。詞人才子,則名溢於縹囊;飛文染翰,則卷盈乎緗帙。自非略其蕪穢,集其清英,蓋欲兼功,太半難矣。〔註186〕」精選優秀詩文以供閱讀、學習,自然省卻了習文者之勞。至於「直書其事」,「按照故事舊文,依類排比」者,更能在便利的要求下,使作者之「文章能夠做到詳贍而博」亦不待言。

但即便類書在學問化的推動下,已於齊梁形成大盛的局面〔註187〕,然而

〔註183〕李士彪《魏晉南北朝文體學》(上海:上海古籍出版社,2004),頁217～231。又,所舉例不僅限於南朝,但南朝無疑是運用得十分密集的時代。

〔註184〕〔北齊〕顏之推著;王利器集解《顏氏家訓集解》,頁474。

〔註185〕王三慶〈從文學標準化到文學程式化的發展探索〉,收入章培恒主編《中國中世文學研究論集》(上海:上海古籍出版社,2006),頁182～183。

〔註186〕見郁沅、張明高編選《魏晉南北朝文論選》,頁329。

〔註187〕類書之興盛期有三:齊梁、趙宋、清初。《隋志》所錄類書凡二千餘卷,其成

南朝仍有更求「便利」者，也因此造成「尋問莫知原由，施安時復失所」的弊端。《顏氏家訓·勉學》載：

> 談說製文，援引古昔，必須眼學，勿信耳受。江南閭里閒，士大夫或不學問，羞爲鄙朴，道聽塗說，強事飾辭：呼徵質爲周、鄭，謂霍亂爲博陸，上荊州必稱陝西，下揚都言去海郡，言食則餬口，道錢則孔方，問移則楚丘，論婚則宴爾，及王則無不仲宣，語劉則無不公幹。凡有一二百件，傳相祖述，尋問莫知原由，施安時復失所。……皆耳學之過也。〔註188〕

「耳學」之弊，正顯示學問化已成普遍現象，於是「談說製文」之間不「援引古昔」，便將被視爲「鄙朴」，因此即便是「道聽塗說」而來的學問，也得以之「強事飾辭」，以掩飾「不學問」的窘態。蕭繹《金樓子·立言》對其時以「便利」混充有學的現象也有類似的描述：

> 夫今之俗，搢紳稚齒，閭巷小生，學以浮動爲貴。用百家則多尚輕側，涉經紀則不通大旨，苟取成章，貴在悅目。〔註189〕

文士「學以浮動爲貴」，與顏之推所謂「士大夫或不學問」頗爲類似，皆有指斥其時文士缺乏深厚學問之意，然而文士卻仍然勉強在文中充塞百家、經籍的學問，蕭繹稱其目的在「苟取成章」、「貴在悅目」，換言之，學問爲「成章」、「悅目」的構成條件，這同時也反映了其時對篇章中學問因素之要求。

然而南朝士族在各領域強調學問化，更嚴重的問題在於加速士族的弱化。這弱化之由並非學問本身之弊，而在於士族耗費大量時間、精神所習得的學問，並不指向現實。《顏氏家訓·涉務》載：

> 吾見世中文學之士，品藻古今，若指諸掌，及有試用，多無所堪。居承平之世，不知有喪亂之禍；處廟堂之下，不知有戰陳之急；保俸祿之資，不知有耕稼之苦；肆吏民之上，不知有勞役之勤；故難可以應世經務也。〔註190〕

南朝士族之學問，以連類古代文獻並確立世界座標爲鮮明特徵，於是精

書多在齊梁之間，《隋志》未錄者猶有千餘卷，亦皆出自齊梁人之手。說見張滌華《類書流別》（上海：商務印書館，1958修訂本），頁24。

〔註188〕〔北齊〕顏之推著；王利器集解《顏氏家訓集解》，頁202。
〔註189〕見郁沅、張明高編選《魏晉南北朝文論選》，頁368。
〔註190〕同上，頁292。

神大量耗費於事物與過往文獻的連結，知識也因此陷入文獻間的自我參照、文獻間的互相指涉，但不指向現實，這自然形成「品藻古今，若指諸掌」的博學。然而這所謂的「今」，其意義在其與古代文獻的聯繫中產生，而不在其與當代現實的關係中，因此士族雖然博學，但仍是「及有試用，多無所堪」、「難可以應世經務」。此正如俗諺所諷刺的「博士買驢，書券三紙，未有驢字〔註191〕」一般，其中不免誇大了可笑之處，但也可由此略窺南朝學問化、專業化、文本化所形成的極端現象。可以說，南朝士族生存在一個由其群體所建構的、文獻互相指涉所形成的封閉世界，一個高貴、精緻，卻與現實世界所涉無多的世界。

第四節　小　結

　　博學在南朝具有十分重要的意義，此除前文所言，用典隸事已成篇體的構成因素之外，博學實爲士族自成一類別的重要特徵，而此類別特徵又爲建構世界之必備能力，亦即博學實際上是滲透至社會各場域，凡成爲一場域，其場域之「正當」形態，便有賴博學能力以爲支持。於是具有博學能力之士族，其得以佔有社會空間的頂層位置便不言可喻。依此而言，在文學場域中，無論是文學寫作或是品評，博學自也是不可或缺的基礎能力。

　　由博學成爲士族之類別特徵以觀，這適應了南朝用典隸事之文體往往與「雅」相關，並得以連類於「士大夫」、「國士」、「經綸文」等治國觀念的現象。於是士族、博學、雅、朝章大典相連類，從而成爲士族的屬性。但若考察士族的現實處境，也可發覺這與士族「門地二品」的優勢息息相關，其不求干進、甚至鄙視干進，因而與閑淡和緩之「雅」甚具親和性，但這與缺乏門資爲蔭的寒庶，便往往格格不入。再加上寒人普遍缺乏文化資源，而武功一途又可爲其取得富貴，因此寒人無需以文化資源與士族爭勝，這使寒人極易承認博學爲士族的專屬特徵，而這也就連帶承認了與博學相連類的士族的政治地位。如此，奠基在博學之上的廟堂文章，實際上有士庶處境差異及文化資源分配懸殊的背景，但這卻表現爲服膺文體「雅」的審美要求而已。

　　而博學也與南朝本根末葉、連類的思維方式密不可分，因此用典隸事也

〔註191〕此雖爲顏之推所記錄之鄴下諺語，但也頗適用於南朝士族。諺見〔北齊〕顏
　　　　之推著：王利器集解《顏氏家訓集解》，頁170。

就不只是一種修辭手段，它同時也是確定事物意義、價值的方式，於是，凡是涉及正當性論證之處，時人便往往以「連類」於前代的方式爲之，故而連類自然不僅止於朝章大典的範圍，而是擴及至各領域，連類在各領域皆被視爲是行事正當性的依據。而唯有博學才能在前代中求得「類同」之事物，換言之，以博學爲特徵的士族，實際上所具有的是建構世界的權力。

這種本根末葉、連類思維方式的展現，是以經典爲中心，而各種人文皆自經典流出，世界因而成爲一本根末葉式的樹狀圖。此圖式不但確立了事物的意義，事物價值的高下也因之而立，而世界秩序也就隨之而成立了。在本根末葉、連類思維的籠罩下，文學自然也形成了座標式的圖式，其中尤以鍾嶸之《詩品》最爲此世界觀之代表。其書在一百二十多位詩人中，追溯了三十七位（古詩以一人計）詩人的淵源，其餘詩人雖未明確標出其淵源所自，但原則上仍以此三十七人爲參照，從而《詩品》便透過此思維方式建構了一種座標式的圖式，詩人們原則上便是依此座標而佔有詩史的「位置」，而《詩品》也就由此塑造了一既爲詩人定性，也爲詩人定價的文學圖式。

但仍當注意，南朝對世界圖式的建構，無論其形式或內容，都是出於菁英共識，但菁英共識卻被掩蓋在經典、客觀眞理的面紗之下，換言之，實際上是人爲所建構的秩序，卻被轉化成了天理運行的秩序。

除此之外，博學與本根末葉、連類思維相呼應，以致於寫作及品評的正當性，皆有賴於博學，此自然造成文學學問化的現象，於是進入文學場域成爲十分困難的事，實際上文學已成爲難能可貴的專業能力。亦即進入文學場域，便有一系列的辨體知識、經典作家（作品）、經典風格、經典批評、經典論爭……等等必須熟悉，換言之，有一系列必須閱讀的文本、思考的問題，甚至感受的模式必須熟悉，而這必須投入大量精神、時間，於是想在「文學」上有所成就，就必須學問化、專業化，而無論是寫作或品評，皆需如此。以南朝文體的現象而言，便可清楚見出此中之學問化，故各種文體追源溯流的知識走向深化、細緻化，於是「不失體裁」便屬難得，以致於顏之推甚至以「才士」稱之。

博學固然無可厚非，但是南朝之博學卻發展成爲對文獻的記憶能力，並且更嚴重的是，學問並不指向現實世界。可以說，南朝士族生存在一個由其群體所建構的、文獻互相指涉所形成的封閉世界，一個高貴、精緻，卻與現實世界所涉無多的世界。於是，南朝士族在各領域強調學問化，只是使士族

之精神更多地消耗在與古典文獻連類，而其結果便是加速了士族的弱化。

第七章　菁英共識的形成及徐庾體的意義

第一節　士族的弱化與文化順從

　　由於南朝認知事物的意義、價值，不脫本根末葉、連類的思維方式，與此思維相適應的「類優先性」的意識，便在時人認知個別事物時，先以其「類」為之定性。因此士族不但是以「類」視人，同時也是以一「類」看待自己。

　　而自屬一「類」既是士族特權的根據，於是此「類」之性質便必須被突出，以成其名符其實之一「類」，這自然促使士族必須不斷強調其與「他類」性質之區別。因此士族除藉助譜牒之學、嚴別婚姻等手段，以血統界線維持士族「類」的純粹性外〔註1〕，也在順應政治環境的同時，突出其異於他者的類別特徵，而這也影響了士族心態的形成。亦即士族在南朝皇權擴張的時代，既然逐步遠離實權、世務，這自然強化了「不爭」的正當性，而與此「不爭」相伴隨而生的，便是士族日益突出的自我抑制心態。而當自我抑制成為備受士族尊崇的性格傾向，此性格也轉化成士族的類別特徵，於是士族的種種行為也以自我抑制為高，不僅僅侷限於對權勢的「不爭」而已。

　　雖然士族自限於其類別特徵，得以因此強化與「他類」之區別而鞏固特權，但是卻也因自限於自我抑制，從而在客觀上更弱化了影響力，導致士族

〔註1〕有關士族藉譜牒之學、嚴別婚姻以維持門第之說，學者所論已多，可參毛漢光《兩晉南北朝士族政治之研究》（臺北：中國學術著作獎助委員會，1966）第七章「從嚴守門第界限論士族保持政治地位」，頁 230～266。

無論就政治或經濟方面，對皇權的依附性皆不斷增強。就士族的經濟條件而言，自我抑制同時也抑制了經濟的擴張，士族資生之具便日益仰賴俸祿；就士族的政治環境而言，既無力於應對時局的變化，對自身的出處進退，也歸之於天命而無所作為。可以說，士族區分事物的類別以安置世界秩序，這確立了自身得以處在世界秩序中的高貴地位，從而獲得特權。但是卻也在純粹化自身類別的同時，使自身封閉在類別的特徵之中，而日益不干類別範圍之外的現實世事，其結果便是在自身所樹立的藩籬之內逐漸腐杇。

同時，隨著士族對皇權依附性的增強，士族對於皇權的指導性地位也隨之逐步降低，這使得皇權意志的展現，更能得到士族附從。尤其在侯景之亂後，士族益形衰落，士族即便對皇權的展現有所異議，也未必為皇權所接受，甚至得不到尊重。於是在士族附從皇權及梁陳帝室文化素養提升的情況下，這也就促進了皇權的文化自信，使得皇權更有信心於領導文學發展。

一、經濟地位的弱化

前文已言及，由於南朝士族遠離實權，因而在實際的政治影響力上日益衰落的現象，實則不單只是政治實權，南朝士族在經濟地位上也逐漸衰退。

一般認為，士族在南朝依然保有經濟特權，如劉宋孝武帝大明年間，由羊希所建議的「立制五條」，即廣為學者所注意：

> 今更刊革，立制五條。凡是山澤，先常爐爐種養竹木雜果為林，及陂湖江海魚梁鰍𩶷場，常加功修作者，聽不追奪。官品第一、第二，聽占山三頃；第三、第四品，二頃五十畝；第五、第六品，二頃；第七、第八品，一頃五十畝；第九品及百姓，一頃。皆依定格，條上貲簿。若先已占山，不得更占；先占闕少，依限占足。若非前條舊業，一不得禁。有犯者，水土一尺以上，並計贓，依常盜律論。
>
> 〔註2〕

這對於安流平進的士族而言，自然是經濟特權的保障。但仍應注意，此處占山封水的特權，所考量的是「官品」之高低，因此並非專屬於士族的利益。在南朝寒人崛起的時代，大量的寒人庶族也同樣獲得了占有土地的特權，而這也成為庶族地主迅速增加的重要原因〔註3〕。

〔註2〕《(新校本) 宋書》卷五十四〈羊玄保傳附羊希傳〉，頁1537。
〔註3〕學者指出，東晉南朝庶族地主迅速增加，導致庶族地主土地私有制的迅速發

　　雖然士族與崛起的寒庶有了政府保障的經濟特權，但仍然阻止不了士、庶擴大私有土地的佔有，因此禁止侵佔國有山林川澤的詔令一頒再頒，這表明了國有土地被侵佔的狀況不斷惡化〔註4〕。而這些汲汲於擴大私有土地者，自然也不乏高門大族，如謝靈運之作為：

　　　　會稽東郭有回踵湖，靈運求決以為田，太祖令州郡履行。此湖
　　去郭近，水物所出，百姓惜之，顗堅執不與。靈運既不得回踵，又
　　求始寧岯崲湖為田，顗又固執。〔註5〕

　　謝靈運家業之豐厚，見其〈山居賦〉可知，然而卻仍然要求擴大土地佔有，這反映了士族經濟擴張現象之一斑。謝靈運此事例雖然是事先徵求太祖（宋文帝）同意，但士族之佔田卻也未必皆尋求合法途徑：

　　　　（孔）靈符家本豐，產業甚廣，又於永興立墅，周回三十三里，
　　水陸地二百六十五頃，含帶二山，又有果園九處。為有司所糾，詔
　　原之，而靈符答對不實，坐以免官。〔註6〕

　　　　（顏延之）坐啟買人田，不肯還直。尚書左丞荀赤松奏之曰：
　　「……請以延之訟田不實，妄干天聽，以強凌弱，免所居官。」詔
　　可。〔註7〕

　　二人為有司所糾，其一「詔原之」；另一「免所居官」，則二人之所為顯然是非法佔有。

　　雖然士族不廢私有土地的擴大占有，但是士族在表達對待莊園的態度時，卻仍是以自我抑制為高。如謝靈運雖不滿足於巨富，一而再地要求決湖為田，但其〈山居賦〉則是強調「生何待於多資，理取足於滿腹」，並自注云：

　　　　許由云：「偃鼠飲河，不過滿腹。」謂人生食足，則歡有餘，何
　　待多須邪。工商衡牧，似多須者，若少私寡欲，充命則足。但非田

　　展，而其中一項主要的表現即是通過軍功、事功而上升為將領、官吏從而成為庶族地主。見高敏主編《中國經濟通史·魏晉南北朝經濟卷》（北京：經濟日報出版社，1998），第六章第四節「東晉南朝世族地主土地私有制的逐步衰落與庶族地主土地私有制的日趨興盛」，頁378～427。尤其頁399～405。
〔註4〕以南朝之禁令言，學者自史籍中勾稽出者頗多，如宋文帝元嘉十七年十一月；宋孝武帝甫即位之元嘉三十年七月、大明七年七月；齊高帝建元元年四月；梁武帝天監七年九月、大同七年十月、十二月等。同上，頁386～387。
〔註5〕《（新校本）宋書》卷六十七〈謝靈運傳〉，頁1776。
〔註6〕同上，卷五十四〈孔季恭傳附孔靈符傳〉，頁1533～1534。
〔註7〕同上，卷七十三〈顏延之傳〉，頁1902。

無以立耳。〔註8〕

以謝靈運之宣稱而言，莊園之目的僅在於維生而已。而強佔人田的顏延之，其《庭誥》也絲毫沒有聚斂之意：

務前公稅，以遠吏讓，無急傍費，以息流議，量時發斂，視歲
穰儉，省贍以奉己，損散以及人，此用天之善，御生之得也。〔註9〕

此中「省贍以奉己，損散以及人」顯然也是以止足爲貴。因此雖然顏延之之行與其人之言，有相當的矛盾，但《庭誥》用以教子，則在價值取向上，顏延之應也是以自給自足爲貴。當然，這種自給自足的態度，自然也不是士族的專利，如柳元景也不主張以莊園牟利：

（柳）元景起自將帥，及當朝理務，雖非所長，而有弘雅之美。
時在朝勳要，多事產業，唯元景獨無所營。南岸有數十畝菜園，守
園人賣得錢二萬送還宅，元景曰：「我立此園種菜，以供家中啖爾。
乃復賣菜以取錢，奪百姓之利邪！」以錢乞守園人。〔註10〕

柳元景不「奪百姓之利」，種菜僅「供家中啖爾」，此正一如士族所要求之自給自足。而其時「唯元景獨無所營」，則也反映出以莊園牟利風氣之盛，如有著大莊園的沈慶之，即是以莊園爲謀求錢財的工具：

又有園舍在婁湖，慶之一夜携子孫徙居之，以宅還官。悉移親
戚中表於婁湖，列門同開焉。廣開田園之業，每指地示人曰：「錢盡
在此中。」〔註11〕

但這種廣開田園以換取錢財的思想，在士族自視不同於一般庶民之「類別」意識下，自然不能成爲士族的主流，此正如《宋書·恩倖傳序》所言：「君子小人，類物之通稱。蹈道則爲君子，違之則爲小人。……凡厥衣冠，莫非二品，自此以還，遂成卑庶。周漢之道，以智役愚，台隸參差，用成等級。魏晉以來，以貴役賤，士庶之科，較然有辨。〔註12〕」士庶分屬不同的類別，二者應當「較然有辨」，士族的要求當然是「蹈道」以成君子，在憂道不憂貧的類別理想下，士族自然不能與小人爭利。這種觀念的極端表現，可見之於

〔註8〕〔南朝宋〕謝靈運著：顧紹柏校注《謝靈運集校注》（臺北：里仁書局，2004），頁455。

〔註9〕《（新校本）宋書》卷七十三〈顏延之傳〉，頁1896。

〔註10〕同上，卷七十七〈柳元景傳〉，頁1990。

〔註11〕同上，卷七十七〈沈慶之傳〉，頁2003。

〔註12〕同上，卷九十四，頁2301～2302。

王惠的言論：

> （王惠）兄鑒，頗好聚斂，廣營田業，惠意甚不同，謂鑒曰：「何用田爲？」鑒怒曰：「無田何由得食！」惠又曰：「亦復何用食爲。」其標寄如此。〔註13〕

當然，純粹的「謀道不謀食」過於極端，因此如王惠之「何用食爲」自不能爲人接受，而王鑒之「頗好聚斂」也難成士族的主要特徵，於是士族對莊園的主張，大多是家中足食以及於莊園中享受山林之趣。因此士族此類言論及作爲甚爲常見，如《梁書·徐勉傳》載其嘗爲書誡子曰：

> 吾家世清廉，故常居貧素，至於產業之事，所未嘗言，非直不經營而已。……顯貴以來，將三十載，門人故舊，亟薦便宜，或使創辟田園，或勸興立邸店，又欲舳艫運致，亦令貨殖聚斂。若此眾事，皆距而不納。……中年聊於東田間營小園者，非在播藝，以要利入，正欲穿池種樹，少寄情賞。……由吾經始歷年，粗已成立，桃李茂密，桐竹成陰，塍陌交通，渠畎相屬，華樓迴榭，頗有臨眺之美；孤峰叢薄，不無糾紛之興。瀆中並饒菇蔣，湖裏殊富芰蓮。……亦雅有情趣。……此吾所餘，今以分汝，營小田舍，親累既多，理亦須此。〔註14〕

對於莊園，自然是「無田何由得食」、「理亦須此」，但以「家世清廉」的士族而言，故當有別於小人之「貨殖聚斂」，因此辟田園、立邸店、轉貿他方這類聚斂之事，「皆距而不納」，此正如徐勉所說之「產業之事，所未嘗言，非直不經營而已」。因而經營莊園，「非在播藝，以要利入，正欲穿池種樹，少寄情賞」，亦即山林之趣的重要性更甚於牟利。而這種心態在士族的推崇下，自然也成爲人格價值的展現。《梁書·處士·庾詵傳》載詵「性托夷簡，特愛林泉。十畝之宅，山池居半。蔬食弊衣，不治產業」〔註15〕。蔬食弊衣亦無妨，因田宅不在於產業之用，更重要的是使田宅如山林泉壤，以托夷簡之性。

在士族這種抑制經濟力量擴張、不治產業的心態下，也難免使其經濟地位衰落，如謝莊之流的高門名族，在「貴戚競利，興貨廛肆」的時代，主張「大臣在祿位者，尤不宜與民爭利」，也不免陷入「家素貧弊，宅舍未立，兒

〔註13〕同上，卷五十八〈王惠傳〉，頁1590。
〔註14〕《（新校本）梁書》卷二十五，頁383～385。
〔註15〕同上，卷五十一，頁751。

息不免粗糲」的景況〔註16〕。然而在謝莊之父謝弘微時，尚因謝混所留下之資財甚豐，以致於謝弘微稱「不至有乏」〔註17〕，但一代之間，即衰落如此。另外，謝弘微之經營能力，亦可見士族經濟地位之衰落，實是因士族之自我抑制而非不能爲：

> 義熙八年，（謝）混以劉毅黨見誅，妻晉陵公主改適琅邪王練，
> 公主雖執意不行，而詔其與謝氏離絕，公主以混家事委之弘微。混
> 仍世宰輔，一門兩封，田業十餘處，僮僕千人，唯有二女，年數歲。
> 弘微經紀生業，事若在公，一錢尺帛出入，皆有文簿。……自混亡，
> 至是九載，而室宇修整，倉廩充盈，門徒業使，不異平日，田疇墾
> 辟，有加於舊。〔註18〕

在謝弘微忠人之事，代爲經營產業的情況下，即便不能大事擴張，但是「田疇墾辟，有加於舊」，則維持巨富應是毫無疑問的。而這也反映出謝莊一代之貧弊，正在於士族「不宜與民爭利」之自我抑制所致。

因此士族視莊園田宅的經濟價值，可說主要是在於自給自足。顏之推《顏氏家訓·治家》描述其莊園的生產內容：

> 生民之本，要當稼穡而食，桑麻以衣。蔬果之畜，園場之所產；
> 雞豚之善，塒圈之所生。爰及棟宇器械，樵蘇脂燭，莫非種殖之物
> 也。至能守其業者，閉門而爲生之具以足，但家無鹽井耳。〔註19〕

其莊園所生產的項目頗爲多樣，而多樣化的目的，則是在於「閉門而爲生之具以足」，顯然是爲了能自給自足。而正是爲了自給自足，因此顏之推也限制莊園規模的擴大，《顏氏家訓·止足》：

> 天地鬼神之道，皆惡滿盈。謙虛沖損，可以免害。人生衣趣以
> 覆寒露，食趣以塞饑乏耳。形骸之內，尚不得奢靡，己身之外，而
> 欲窮驕泰邪？周穆王、秦始皇、漢武帝，富有四海，貴爲天子，不
> 知紀極，猶自敗累，況士庶乎？常以二十口家，奴婢盛多，不可出
> 二十人，良田十頃，堂室纔蔽風雨，車馬僅代杖策，蓄財數萬，以
> 擬吉凶急速，不啻此者，以義散之；不至此者，勿非道求之。〔註20〕

〔註16〕《（新校本）宋書》卷八十五〈謝莊傳〉，頁 2169～2171。
〔註17〕同上，卷五十八〈謝弘微傳〉，頁 1593。
〔註18〕同上，頁 1591～1592。
〔註19〕〔北齊〕顏之推著；王利器集解《顏氏家訓集解》，頁 55。
〔註20〕同上，頁 317。

顏之推此段文字要求自我抑制甚明，在這種心態下也就限制了田地、奴婢、堂室、車馬、蓄財等的規模，而超過了所定的規模，則「以義散之」。這與「錢盡在此中」的經濟目的，有著十分明顯的差別。

既然士族在對待財貨的態度上以自給自足爲限，則其表現也不會僅止於限制莊園的經營，同樣也將擴展至士族在地方官任內的作爲。因此士族雖然也不乏聚斂者，但是與當時地方官的聚斂相比，還是屬於較清廉的。如學者於《梁書》中勾稽琅琊王氏爲地方官時的作爲，即可見其潔己的一面：王瞻「潔己爲政。妻子不免飢寒」；王志「清謹有恩惠」；王泰「和理得民心」。此外，也有民眾爲謝舉立碑之例。而這也反映出士族的聚斂能力並不強。於是，在士族的所有收入中，「較多而較爲安定的部分就是俸祿，而且俸祿所佔比重逐漸加大，成爲貴族們最爲重要的財源」〔註21〕。

由此可知，士族在莊園經濟的擴張、地方官任內的聚斂上，一般而言皆較爲節制，以致於俸祿漸爲最重要財源，而這自然使得士族對於皇權的依附程度越來越高。

二、精神的弱化

自我抑制的心態既爲士族所推崇的人格價值，則其表現也不會僅止於經濟生活，因此除作爲士族類別特徵的文義之事，爲士族所致力追求之外，在其他方面表現得積極進取，便往往遭來非議。這在政務方面自然如此，如《梁書・何敬容傳》所載：

> 敬容久處臺閣，詳悉舊事，且聰明識治，勤於簿領，詰朝理事，日旰不休。自晉、宋以來，宰相皆文義自逸，敬容獨勤庶務，爲世所嗤鄙。時蕭琛子巡者，頗有輕薄才，因制卦名離合等詩以嘲之。
>
> 〔註22〕

何敬容之所以爲世嗤鄙，甚且作詩以嘲，只不過「勤於簿領」、「獨勤庶務」而已。有關南朝士族遠離實權的現象已見前文，此處不贅，然而尚可注意的是，政治上的「不爲」，卻也逐漸轉化成爲謙退，同時也擴展成家風，換言之，成爲教誡子弟的人格價值標準。《南齊書・王寂傳》載：

〔註21〕 士族任地方官較爲清廉之説，見〔日〕川勝義雄著；徐谷梵、李濟滄譯《六朝貴族制社會研究》（上海：上海古籍出版社，2007），頁 297～298。引文見頁 298。

〔註22〕 《（新校本）梁書》卷三十七，頁 532。

寂，字子玄，性迅動，好文章，讀范滂傳，未常不嘆挹。王融
敗後，賓客多歸之。建武初，欲獻〈中興頌〉，兄志謂之曰：「汝膏
梁年少，何患不達，不鎮之以靜，將恐貽譏。」寂乃止。〔註23〕

「不鎮之以靜」則將遭來譏評，此自然是士族間的共同認知，因而王志
方有此說以教誡其弟。而王志家門亦以此寬恕謙和爲門風，並爲時人所讚譽。
《梁書·王志傳》載王志：「家世居建康禁中裏馬蕃巷，父僧虔以來，門風多
寬恕，志尤惇厚。所歷職，不以罪咎劾人。……賓客游其門者，專覆其過而
稱其善。兄弟子姪皆篤實謙和，時人號馬蕃諸王爲長者。〔註24〕」《梁書·周
捨傳》載周捨之父顒，臨終時告誡周捨：「汝不患不富貴，但當持之以道德。
〔註25〕」此中之「汝不患不富貴」一如王志所謂之「汝膏梁年少，何患不達」，
但「鎮之以靜」卻轉換成「道德」，成爲士族所當秉持的人格標準。至此，原
本爲士族與皇權在政治上妥協的作爲，已轉化成爲道德價值。

於是或有怨望、激切、狂放之類言行者，自然爲時人所難容。《南齊書·
謝超宗傳》載超宗：

爲人仗才使酒，多所陵忽。在直省常醉，上召見，語及北方事，
超宗曰：「虜動來二十年矣，佛出亦無如何！」以失儀出爲南郡王中
軍司馬。超宗怨望，謂人曰：「我今日政應爲司驢。」爲省司所奏，
以怨望免官，禁錮十年。司徒褚淵送湘州刺史王僧虔，閣道壞，墜
水；僕射王儉嘗牛驚，跣下車。超宗撫掌笑戲曰：「落水三公，墮車
僕射。」前後言誚，稍布朝野。〔註26〕

謝超宗出身第一流高門，但即便門第之華貴無庸置疑，仍是以出言不
遜、心懷怨望而仕途多蹇。此類事例在南朝甚多，其人之遭遇亦往往如謝超
宗之困頓偃蹇，如《南史·劉孝綽傳》載：「孝綽少有盛名，而仗氣負才，
多所陵忽。有不合意，極言詆訾。……由此多忤於物，前後五免。〔註27〕」
《梁書·劉峻傳》：「高祖招文學之士，有高才者，多被引進，擢以不次。峻
率性而動，不能隨世沉浮，高祖頗嫌之，故不任用。〔註28〕」

〔註23〕《（新校本）南齊書》卷三十三，頁598。
〔註24〕《（新校本）梁書》卷二十一，頁320。
〔註25〕同上，卷二十五，頁375。
〔註26〕《（新校本）南齊書》卷三十六，頁636。
〔註27〕《（新校本）南史》卷三十九，頁1012。
〔註28〕《（新校本）梁書》卷五十，頁702。

即便未干涉仕途窮通，其人也頗致非議，《梁書·謝幾卿傳》載幾卿「居宅在白楊石井，朝中交好者載酒從之，賓客滿坐。時左丞庾仲容亦免歸，二人意志相得，並肆情誕縱，或乘露車歷遊郊野，既醉則執鐸挽歌，不屑物議。〔註29〕」此中云「肆情誕縱」、「不屑物議」，可見當時已引起物議，然則所議者為何？不過與一交好之友於郊野飲酒，既醉執鐸挽歌而已。其他如：

> 《梁書·范雲傳》：性頗激厲，少威重，有所是非，形於造次，
> 士或以此少之。〔註30〕

> 《梁書·范縝傳》：性質直，好危言高論，不為士友所安。〔註31〕

> 《梁書·任孝恭傳》：性頗自伐，以才能尚人，於時輩中多有忽
> 略，世以此少之。〔註32〕

對人格之「激厲」、「自伐」的貶斥，也影響至審美領域，使時人更傾向於接受寬緩雍容的審美價值。《梁書·王訓傳》載「訓美容儀，善進止，文章之美，為後進領袖。〔註33〕」王訓能成後進領袖，除文章之美外，其容儀、進止俱在時人的品評項目之中。至於容儀、進止的形態應如何，則褚淵的事跡可為之說明。《南齊書·褚淵傳》載：

> 淵美儀貌，善容止，俯仰進退，咸有風則。每朝會，百僚遠國
> 使莫不延首目送之。宋明帝嘗歎曰：「褚淵能遲行緩步，便持此得宰
> 相矣。」〔註34〕

宋明帝「持此得宰相」之語，固然只是表示贊美而已，然而卻也表現出時人對「遲行緩步」的閑雅風姿的高度愛尚，甚至到了使「百僚遠國使莫不延首目送之」的地步。自然，這種審美傾向也擴及至文學，作品表現得激烈峻切、怨思抑揚便是缺點，如前文所舉嵇康之「過為峻切，訐直露才，傷淵雅之致」、王微怨思抑揚之作為袁淑評為「訴屈」、何遜之貧寒氣不如劉孝綽之雍容等等。即便是自命不凡，自認文章「為世人所驚」的張融，其文章所表現的情感內容也不敢違眾，其〈門律自序〉云：

〔註29〕同上，頁709。
〔註30〕同上，卷十三，頁232。
〔註31〕同上，卷四十八，頁664。
〔註32〕同上，卷五十，頁726。
〔註33〕同上，卷二十一，頁323。
〔註34〕《（新校本）南齊書》卷二十三，頁429。

> 吾文章之體，多為世人所驚……。吾之文章，體亦何異，何嘗
> 顛溫涼而錯寒暑，綜哀樂而橫歌哭哉？政以屬辭多出，比事不羈，
> 不阡不陌，非途非路耳。〔註35〕

其文既為「世人所驚」，則自然是與一般狀況不同，然其新變之處為何？以其自述而論，僅在於屬辭比事之方式不同而已，至於所表達的情感內容，則仍然是「何嘗顛溫涼而錯寒暑，綜哀樂而橫歌哭哉」，很難說張融對文章情感內容的主張，與士族之溫雅要求有何重大差異。

若僅止於謙退溫雅亦不為病，但士族自限於其類別，並以其類別而獲得政治特權，於是門第中人競相純粹化士族的類別特徵，以成為士族中之典型。在人人以此自勵、教誡子弟之下，謙退自抑一路發展，以致柔弱不堪。甚至自抑、不爭的表現，也發展至頗近於是非不分的地步，如：

> （謝）混女夫殷睿素好樗蒲，聞弘微不取財物，乃濫奪其妻妹
> 及伯母兩姑之分以還戲責，內人皆化弘微之讓，一無所爭。弘微舅
> 子領軍將軍劉湛性不堪其非，謂弘微曰：「天下事宜有裁衷。卿此不
> 治，何以治官。」弘微笑而不答。或有譏之曰：「謝氏累世財產，充
> 殷君一朝戲責，理之不允，莫此為大。卿親而不言，譬棄物江海以
> 為廉耳。設使立清名，而令家內不足，亦吾所不取也。」弘微曰：「親
> 戚爭財，為鄙之甚。今內人尚能無言，豈可導之使爭。……」〔註36〕

謝混女婿殷睿強佔謝弘微「妻妹及伯母兩姑」之財產以還賭債，於是劉湛要求謝弘微應當對此事有所裁斷，但弘微却不加干涉，以致於招來不公不允之譏。此事之是非曲直可勿論，但謝弘微之心態可知：既然諸人在謝弘微的人格感召之下「一無所爭」，也就不可「導之使爭」。總之，由於不爭的重要性，因而對是否不公可以視而不見。張率之所謂「寬恕」，亦頗不究是非：

> （張率）事事寬恕，於家務尤忘懷。在新安，遣家僮載米三千
> 石還吳宅，既至，遂耗太半。率問其故，答曰：「雀鼠耗也。」率笑
> 而言曰：「壯哉雀鼠。」竟不研問。〔註37〕

張率之言頗為詼諧，但也顯示出張率並不相信家僮之言，但即便如此也「不研問」。而庾詵之事亦為米糧遭人侵佔，此則顯係遭人誆騙但亦不爭，

〔註35〕同上，卷四十一〈張融傳〉，頁729。
〔註36〕《（新校本）宋書》卷五十八〈謝弘微傳〉，頁1593。
〔註37〕《（新校本）梁書》卷三十三〈張率傳〉，頁479。

《梁書‧處士‧庾詵傳》載庾詵：

> 嘗乘舟從田舍還，載米一百五十石，有人寄載三十石。既至宅，
> 寄載者曰：「君三十斛，我百五十石。」而詵默然不言，恣其取足。
> 〔註38〕

《梁書‧處士傳序》云：「斯乃道德可宗，學藝可範，故以備〈處士篇〉
云。〔註39〕」亦即記載庾詵此事，其目的正是爲彰顯庾詵之「道德可宗」。而
這所謂之「道德」，其自我抑制之嚴重不言可喻〔註40〕。

固然，崇尚寬緩、謙退、溫雅、克制等價值並不始自南朝，如廖蔚卿先
生對魏晉名士的評論，即認爲「從容閑雅之爲名士風貌的主要品質」，此品質
自與寬緩等價值有關。但除此之外，魏晉名士仍十分重視情性表達之眞率，
且成爲名士風流的重要構成因素：

> 人倫品鑑最爲推崇的，便是這情性之眞率，眞便是美，眞也即
> 是善，所以簡文道王懷祖（述）：「才既不長，於榮利又不淡；直以
> 眞率少許，便足以對人多多許。」（賞譽第九十一條）這樣的無長才，
> 不淡泊名利的人，可以說是無足稱道的，「直以眞率少許」，便勝人
> 多多。故而，名士風流，便由這樣的眞性情的言行構成。〔註41〕

然時至南朝，士族雖推尊「從容閑雅」之風依舊，但在自我抑制的心態
下，「從容閑雅」更成爲類別特徵，因而爲士族所純粹化、推至極端，於是眞
率性情之流露已明顯不爲時人所重，甚且成爲人格的缺陷。士族評價轉向的
原因固然多端〔註42〕，然而卻也與南朝士族不得不與皇權妥協的政治環境脫
離不了關係，於是在政治環境未變、類別特徵持續純粹化之下，士族由從容
閑雅轉成柔弱不堪，甚至墮落至腐朽的地步。《顏氏家訓‧涉務》便十分形象

〔註38〕同上，卷五十一，頁751。
〔註39〕同上，頁732。
〔註40〕庾詵此事，朱紹侯先生評論之爲：「由於其勢力有限，受人敲詐也無可如何。」
　　　見氏著《魏晉南北朝土地制度與階級關係》（鄭州：中州古籍出版社，1988），
　　　頁236。庾詵「受人敲詐」固無可疑，至於是否因其「勢力有限」則不得而知。
　　　但〈處士傳〉中記載此事，顯然是爲彰顯其德，故勢力大小之問題可勿論。
〔註41〕廖蔚卿〈論魏晉名士的雅量：世說新語雜論之一〉，《台大中文學報》第2期
　　　（1988.11），頁26。
〔註42〕如余英時先生認爲士族爲解決情與禮在現實生活中的協調問題，因而造成禮
　　　玄合流、以禮化情，從而使得放誕之風消退。見余先生〈名教危機與魏晉士
　　　風的演變〉，收入氏著《中國知識階層史論》（臺北：聯經出版事業公司，1980），
　　　頁329～372；尤其頁，358～372。

地描繪出其時士族腐朽的狀況：

> 梁世士大夫，皆尚褒衣博帶，大冠高履，出則車輿，入則扶侍，
> 郊郭之內，無乘馬者。周弘正為宣城王所愛，給一果下馬，常服御
> 之，舉朝以為放達。至乃尚書郎乘馬，則糾劾之。及侯景之亂，膚
> 脆骨柔，不堪行步，體羸氣弱，不耐寒暑，坐死倉猝者，往往而然。
> 建康令王復性既儒雅，未嘗乘騎，見馬嘶歕陸梁，莫不震懾，乃謂
> 人曰：「正是虎，何故名為馬乎？」其風俗至此。〔註43〕

周弘正騎果下馬〔註44〕，而「舉朝以為放達」，此所謂之「放達」，與《世說新語》所載名士之舉止相較，其間相去何止千里。而更重要的是，士族不斷柔弱化的結果，竟成「膚脆骨柔，不堪行步，體羸氣弱，不耐寒暑」，因此在侯景之亂時，「坐死倉猝者，往往而然」。由此可見士族的畸形發展，亦於此反襯出士族在身體、精神兩方面皆弱化的嚴重程度。

至此，士族僅能依靠其文化修養，成為更純粹的文義之士。《南史·謝僑傳》載：

> （謝）舉兄子僑字國美。父玄大，仕梁侍中。僑素貴，嘗一朝
> 無食，其子啟欲以班史質錢，答曰：「寧餓死，豈可以此充食乎？」
> 太清元年卒。〔註45〕

謝僑之作為固然可有種種的解讀，但將之置於南朝的背景以觀，則謝僑之作為便也能突出士族不得不堅持學問的意義。《顏氏家訓·涉務》云：

> 江南朝士，因晉中興，南渡江，卒為羈旅，至今八九世，未有
> 力田，悉資俸祿而食耳。假令有者，皆信僮僕為之，未嘗目觀起一
> 墢土，耘一株苗；不知幾月當下，幾月當收，安識世間餘務乎？故
> 治官則不了，營家則不辦，皆優閒之過也。〔註46〕

士族力田不能、治官不了、營家不辦，「悉資俸祿而食」便成為生存的主要依據。然而換取俸祿，便有賴於士族以學問參議朝章大典，此所以王筠教誡諸兒：「沈少傅約與人云：『吾少好百家之言，身為四代之史，自開闢已來，未有爵位蟬聯，文才相繼，如王氏之盛者也。』汝等仰觀堂構，思各努

〔註43〕〔北齊〕顏之推著：王利器集解《顏氏家訓集解》，頁295。
〔註44〕所謂「果下馬」，依王利器先生所注，即矮小之馬。同上，頁296。
〔註45〕《（新校本）南史》卷二十，頁565。
〔註46〕〔北齊〕顏之推著：王利器集解《顏氏家訓集解》，頁297。

力。〔註47〕」其中「爵位」、「文才」、「堂構」三者，是密切相連的，而「文才」在「豈有秉筆不訊，而能善詩〔註48〕」的觀念下，自然是奠基於深厚的學問基礎。換言之，學問是資生於俸祿、維持門第於不衰的必要條件。於是謝僑寧餓死也不以書為質，其意義便在於學問已成為士族的類別特徵，為士族之所以成為士族的根本。

然而士族的學問卻又是侷限在與現實無涉、文獻自我參照的封閉世界，豐厚的學問只連類至文獻紀錄，但卻無關於現實。如此無能於應世經務的士族，一旦遭逢時局動盪，自然是註定敗亡。侯景亂後，「膚脆骨柔，不堪行步，體羸氣弱，不耐寒暑」的士族遭受重大的打擊，學者於史籍中勾稽直接、間接死於此亂及因此而顛沛流離之著名士族，其中可見者已高達數十人之多，更遑論聲名未著而不入史冊者〔註49〕，由此也可推得士族在此難之後的一蹶不振。

雖然至陳朝士族仍享有任官特權，如徐陵於陳文帝天康元年（566）任吏部尚書，隨即宣示：「自古吏部尚書者，品藻人倫，簡其才能，尋其門胄，逐其大小，量其官爵。〔註50〕」且「詳練譜牒，雅鑑人倫」直至陳末仍為時人所重〔註51〕，亦即「門胄」、「譜牒」仍然在陳代保障了士族踵繼為官的特權。但士、庶的影響力，也已然在梁陳之際發生了重大的變化：

> 在南朝門閥勢力處於支配地位時，都是庶族地主投靠門閥士族，在梁陳之際，士庶地位發生了變化，有的士族投靠庶族。如蕭允率宗族百餘人，往依歐陽頠、謝嘏投靠陳寶應，蕭、謝是僑姓門閥中地位最高的士族，他們投靠地方豪強，反映了士、庶地主地位的變化。〔註52〕

可以說，士族至南朝後期，即便是高門大族，連自我防衛的能力也已喪

〔註47〕　《（新校本）梁書》卷三十三〈王筠傳〉，頁487。
〔註48〕　蕭綱〈勸醫論〉，見〔清〕嚴可均輯；陳延嘉等校點《全上古三代秦漢三國六朝文・全梁文（第七冊）》卷十一，頁123。
〔註49〕　蘇紹興〈侯景亂梁與南朝士族衰落的關係〉，收入氏著《兩晉南朝的士族》（台北：聯經出版事業公司，1987），頁33～48。受難士族表列，見頁43～47。
〔註50〕　《（新校本）陳書》卷二十六〈徐陵傳〉，頁332。
〔註51〕　同上，卷三十〈陸瓊傳〉：「瓊詳練譜牒，雅鑒人倫，先是，吏部尚書宗元饒卒，右僕射袁憲舉瓊，高宗未之用也，至是居之，號為稱職，後主甚委任焉。」（頁397）
〔註52〕　朱紹侯《魏晉南北朝土地制度與階級關係》，頁307。

失，甚至淪落至必須托庇於庶族的地步。

同時，士族引以爲傲的文義，在對於皇權實踐的超越性、指導性意義上，也漸失其權威，甚且爲皇權粗暴地對待，士族所通曉的文義愈益成爲皇權的裝飾品。《陳書・文學・蔡凝傳》載：

> 後主嘗置酒會，群臣歡甚，將移宴於弘範宮，眾人咸從，唯凝
> 與袁憲不行。後主曰：「卿何爲者？」凝對曰：「長樂尊嚴，非酒後
> 所過，臣不敢奉詔。」眾人失色。後主曰：「卿醉矣。」即令引出。
> 他日，後主謂吏部尚書蔡徵曰：「蔡凝負地矜才，無所用也。」尋遷
> 信威晉熙王府長史，鬱鬱不得志。〔註53〕

除非附從於皇權，否則士族之才、地，在後主眼中皆是「無所用」，一旦有違帝王意志，其下場便是「即令引出」、「鬱鬱不得志」。士族文義的指導性意義大幅喪失由此可見，則其裝飾性、遊樂性意義也就愈益突出了。

更有甚者，皇權對於士族的家族尊榮也已不甚措意，《陳書・始興王叔陵傳》載謝安墓爲陳叔陵所掘，並斫棺露骸之事：

> （陳宣帝太建）十一年，（陳叔陵）丁所生母彭氏憂去職。……
> 晉世王公貴人，多葬梅嶺，及彭卒，叔陵啓求於梅嶺葬之，乃發故
> 太傅謝安舊墓，棄去安柩，以葬其母。初喪之日，僞爲哀毀，自稱
> 刺血寫《涅槃經》，未及十日，乃令庖廚擊鮮，日進甘膳。又私召左
> 右妻女，與之奸合，所作尤不軌，侵淫上聞。……高宗素愛叔陵，
> 不繩之以法，但責讓而已。服闋，又爲侍中、中軍大將軍。〔註54〕

陳叔陵發謝安墓事，並未爲陳宣帝所深究，且宣帝所關注者，似更在叔陵僞爲哀毀之諸種不軌，即便發墓、僞爲哀毀並爲宣帝所懲，也不過是「不繩之以法，但責讓而已」。

謝氏家族在東晉南朝士族中自屬第一流高門，謝安象徵謝氏一門的尊榮也無庸置疑，而謝安墓在陳代竟遭強行發掘，發墓者至多也只是受口頭或文字的責讓而已，此事便甚能反映出陳代士族的衰敗。學者指出：

> 579 年，位在梅嶺的謝安墓遭始興王強行發掘，其中棺柩也被
> 抛掉。當時謝安的嫡系子孫謝貞尚在。……（謝家之後代子孫）謝
> 儼官至侍中太常卿，死於 588 年，謝伷在 585 年爲吏部尚書，兩人

〔註53〕《（新校本）陳書》卷三十四，頁 471。
〔註54〕同上，卷三十六，頁 494～495。

其時都還健在，而也就是這時，深以爲榮耀的祖先墳墓遭到了破壞。……如果是在梁末陳初的大混亂時期墳墓遭到破壞還可以說是不得已的話，但在社會秩序得到恢復的陳朝，而且在子孫還身處廟堂時，最爲崇敬的謝安墓卻遭到了破壞，這一點值得注意。……作爲南朝貴族象徵性存在的謝安墓在其子孫尚在，且是陳朝的極盛時期遭到了毀壞，而當謝安的嫡系子孫謝貞在聽到這一悲訊後於孤獨與貧困中寂寞地死去，以上事實在我看來，可以說象徵著南朝貴族的沒落。〔註55〕

　　在子孫身處廟堂、社會秩序得到恢復的時代，謝安墓卻遭到破壞，這確實駭人聽聞，更有甚者，謝氏子孫竟然對此無能爲力。東晉南朝第一流的高門淪落至此，的確可以說是象徵著士族的沒落。

　　雖然士族已衰敗至此，但南朝以類觀人、以類視己，從而透過連類以安置世界秩序的時代觀念未改，於是士族仍能因類別而得到皇權保障，因而即便在侯景之亂的巨變後，也只有少數士族如顏之推等反省本身腐朽的由來。換言之，士族始終自限於其類別特徵以換取特權。於是陳代士族弱化、腐朽的情況仍持續發展，其中尤以江總的心態最爲典型。《陳書‧江總傳》載有江總之〈自敍〉，此〈自敍〉以「時人謂之實錄」而言，應是頗近於實情，其云：

　　　　歷升清顯，備位朝列，不邀世利，不涉權幸。……官陳以來，未嘗逢迎一物，干預一事。悠悠風塵，流俗之士，頗致怨憎，榮枯寵辱，不以介意。太建之世，權移群小，諂嫉作威，屢被摧黜，奈何命也。〔註56〕

　　此中「不邀世利，不涉權幸」、「未嘗逢迎一物」、「榮枯寵辱，不以介意」等，看似淡泊名利，呈顯出高潔的人格，但實則未必然，故本傳又載：

　　　　後主之世，總當權宰，不持政務，但日與後主游宴後庭，共陳暄、孔範、王瑳等十餘人，當時謂之狎客。由是國政日頹，綱紀不立，有言之者，輒以罪斥之，君臣昏亂，以至於滅。〔註57〕

　　則江總亦阿從於後主之所好，不顧「國政日頹，綱紀不立」，參與「君臣昏亂」的「狎客」行列。雖然「當權宰」而「不持政務」的風氣由來已久，

〔註55〕〔日〕川勝義雄著；徐谷梵、李濟滄譯《六朝貴族制社會研究》，頁304。
〔註56〕《（新校本）陳書》卷二十七，頁346。
〔註57〕同上，頁347。

但「日與後主游宴後庭」、「有言之者，輒以罪斥之」的行徑，顯然已非前代宰相以「風流自逸」的優越感，這種優越感所具有的對皇權的超越性、對朝章大典的指導性，在江總的行徑中可以說是付之闕如的。因此江總之為「狎客」的動機便不難明白，在於依附皇權，甚至不惜諂事後主以保身固寵而已，而所謂的「屢被摧黜」，也不過就是與「群小」爭寵失利的另一種說法。於是江總貌似淡泊名利的作為，在喪失超越性、指導性之後，其未嘗「干預一事」便更加突出了士族屈從於皇權的意義。於是國家之敗亡、自身之榮枯寵辱，皆是無須干預，也干預不了的「命」所致。雖然將人生境遇歸之於命者所在多有，如左思有「馮公豈不偉，白首不見招」之詩句，但左思也於此詩中寄託「世胄躡高位，英俊沈下僚」的憤慨〔註58〕。鮑照以「瀉水置平地，各自東西南北流」描繪「人生亦有命」的無奈，但也抒發了「心非木石豈無感？吞聲躑躅不敢言」的悲嘆〔註59〕。二人詩中所流露的情感，自有其現實批判之意，這都是江總言及「命」時所無。尤其是范縝，雖以「墜茵席」、「落糞溷」分說人生際遇的命定，但卻是用此命定觀念反駁其時貴盛的蕭子良，以捍衛其神滅的主張，同時范縝更有拒絕賣論取官的堅持〔註60〕，對照於江總位當權宰卻參與於「君臣昏亂」之中，而於此感嘆「命」，更見其感嘆也不過就是邀寵不遂的自我安慰之詞。

由此可知，南朝後期的士族更加困限在自己所設定的類別之中，而推至極端的結果，便是身、心皆弱化至腐朽的地步，更無力關涉現實的變化。至此地步，士族便以「命」自我安慰。於是無須逢迎、無須干預，一切都是應坦然接受的「命」所致。而士族既然對其無能為力，找到了自我安慰的藉口，便更能安於自我封閉之中，也就更不需改變自己、改變現實。於是，南朝士族既跨不出自己所設計的類別框限，也就在框限之內繼續腐朽至退出歷史舞台。

三、皇權參與文化領導權

雖然隨著士族對皇權依附性的增強，使得皇權更勇於貫徹自身的主張，

〔註58〕 左思〈詠史詩八首〉之二。見逯欽立輯校《先秦漢魏晉南北朝詩》（台北：木鐸出版社，1988），頁733。

〔註59〕 鮑照〈擬行路難十八首〉之四。見〔南朝宋〕鮑照著；錢仲聯增補集說校《鮑參軍集注》（上海：上海古籍出版社，2008三刷），頁229。

〔註60〕 《（新校本）南史》卷五十七〈范縝傳〉，頁1421～1422。

但是純粹基於權力的為所欲為，則行為的正當性亦頗堪慮，因此南朝皇權也不斷提升本身的文化素養，以與士族所掌握的文化領導權相抗衡。因此如前文所述，南朝初期，宋文帝自承對佛教「不敢立異」，是因「卿輩時秀，率所敬信故也」，可見在文義之事上的高下由人。而由宋至齊，帝室的文化修養已有長足的進步，如齊高帝論「康樂放蕩，作體不辨有首尾，安仁、士衡深可宗尚，顏延之抑其次也」的眼光，顯然已能於經典作家中辨其特色、第其高下。而時至梁代，梁代帝室之文化素養更是大幅提升，尤其武帝蕭衍、昭明太子蕭統、簡文帝蕭綱、元帝蕭繹之文化素養、文學能力，皆堪與士族並駕齊驅，此已為學者所熟知，可不具論，而由此亦可知皇權正不斷接近士族的文化能力。

　　雖然皇權的文化能力提昇、士族的依附性增強，但是梁代皇族並不像陳後主一般粗暴，梁代皇族對於士族的文義能力仍十分尊重。如蕭統為太子時，士族在以文義指導皇權實踐上依然能彼此呼應，此便甚能顯示出士族對以文義指導皇權實踐，仍深具信心：

　　　　敕（王規）與陳郡殷鈞、琅邪王錫、范陽張緬同侍東宮，俱為
　　　　昭明太子所禮。湘東王時為京尹，與朝士宴集，屬規為酒令。規從
　　　　容對曰：「自江左以來，未有茲舉」。特進蕭琛、金紫傅昭在座，並
　　　　謂為知言。〔註61〕

　　王規以所熟知之故事慣例，從容拒絕蕭繹，並為在座「謂為知言」，可見士族之文義仍具有崇高地位。王規死後，時蕭綱已繼任皇太子，其〈與湘東王論王規令〉仍抒發對王規的思念：「其風韵遒正，神峰標映，千里絕迹，百尺無枝。文辯縱橫，才學優贍，跌宕之情彌遠，濠梁之氣特多，斯實俊民也。〔註62〕」對當時「屬規為酒令」被拒的湘東王蕭繹，亦不避其推崇備至之意。相對於上文蔡凝糾正陳後主，其時在場者的反應是「眾人失色」，而蔡凝的後果則是被驅逐、貶出，更可見王規之受尊重及士族對文義影響力之信心。梁代之前，齊文惠太子的作為也表示出對士族文義指導性的尊重，《南史・袁彖傳》載：

　　　　（袁廓之）為太子洗馬。於時何偃亦稱才人，為文惠太子作〈楊
　　　　畔歌〉，辭甚側麗，太子甚悅。廓之諫曰：「夫〈楊畔〉者，既非典

〔註61〕《（新校本）梁書》卷四十一〈王規傳〉，頁582。
〔註62〕見郁沅、張明高編選《魏晉南北朝文論選》，頁359。

雅，而聲甚哀思，殿下當降意〈簫〉、〈韶〉，奈何聽亡國之響。」太子改容謝之。〔註63〕

　　士族態度、觀點的影響力，由「太子改容謝之」明顯可見。

　　而皇權即便不順從士族之議，也當在文義上提出正當性的理由以與士族爭勝，一如前文所舉宋文帝憑藉徐爰「頗涉書傳，尤悉朝儀」的文義能力，以與士族對抗之例。梁代帝室對於文義的重視依然如此，但對於士族議政的不滿，卻非藉助他人，而是憑其文化素養親自與士族辯論。如梁武帝時，賀琛上奏陳四事以刺時政，武帝雖然「大怒」，但也只是「召主書於前，口受敕責琛」，使賀琛「但謝過而已，不敢復有指斥」〔註64〕。無論賀琛之「不敢」是基於畏懼或是基於理屈，由梁武帝親自口授咄咄逼人之長篇大論可知，梁武帝對於自身的議政能力，有著十足的自信，而其時之議政能力，正是與文化能力密不可分的。《南史・梁本紀中》載武帝：「及登寶位，躬制贊、序、詔誥、銘、誄、說、箴、頌、箋、奏諸文，又百二十卷。六藝備閑，棋登逸品，陰陽、緯候、卜筮、占決、草隸、尺牘、騎射，莫不稱妙。〔註65〕」武帝躬自撰著諸文達百二十卷，且備閑各種才藝，其文化能力於此可見。

　　深具文化自信之皇族，自非梁武帝一人而已，梁武帝諸子也表現得甚為突出，就其於文學領域的表現而言，不徒止於成為文學集團的主持人而已，而是在文化自信的推動下，自覺地競逐文學領袖的地位。蕭綱〈與湘東王書〉便隱含了這樣的自我期許，其云：

　　　　比見京師文體，懦鈍殊常，競學浮疎，爭為闡緩。……既殊比興，正背《風》《騷》。……但以當世之作，歷方古之才人，遠則揚馬曹王，近則潘陸顏謝，而觀其遣辭用心，了不相似。……又時有效謝康樂、裴鴻臚文者，亦頗有惑焉。……至如近世謝朓、沈約之詩，任昉、陸倕之筆，斯實文章之冠冕，述作之楷模。張士簡之賦，周升逸之辯，亦成佳手，難可復遇。文章未墜，必有英絕，領袖之者，非弟而誰？每欲論之，無可與語。吾之子建，一共商榷。……使夫懷鼠知慚，濫竽自恥。〔註66〕

〔註63〕《（新校本）南史》卷二十六，頁709。

〔註64〕賀琛、梁武往返之文及其事，見《（新校本）梁書》卷三十八〈賀琛傳〉，頁543～550。

〔註65〕《（新校本）南史》卷七，頁223。

〔註66〕郁沅、張明高編選《魏晉南北朝文論選》，頁351～352。

　　蕭綱在人文薈萃的京師，批評京師文士「儒鈍殊常，競學浮疎，爭爲闡緩」，這已經顯示出其非凡的自信，而這自信之由來，與其能掌握歷來的經典作家、作品的文學修養自然密不可分，故而能歷數「遠則揚馬曹王，近則潘陸顏謝」，並將之與當代文人進行比較，論斷其「遣辭用心，了不相似」。這種論斷方法，同時也反映了蕭綱對於其時批評方法的熟知，因而「京師文體」既背離風騷及其衍生的經典作家、作品系列，則其價值便頗堪質疑，蕭綱也能因此否定其地位。更重要的是，蕭綱不但於此書中確立「冠冕」、「楷模」作家，甚且對於效法謝靈運者，也認爲「頗有惑焉」，亦即蕭綱勇於將文學典範歸屬於尚有爭議的新體詩人謝朓、沈約，於是京師盛行的文風、裴子野之流無足論，甚且南朝早具經典地位的謝靈運也被排除在外，這正意味著蕭綱有意確立文學發展方向的雄心，由此可見蕭綱對自身文學批評能力的自信。因此蕭綱此書表面上是說「領袖之者，非弟而誰」，但其自爲領袖的雄心已然隱含在內。

　　至於蕭繹，則更是不惜透過殘殺的手段，以爭奪第一的地位。《南史・梁本紀下・元帝紀》載：

　　　　性好矯飾，多猜忌，於名無所假人。微有勝己者，必加毀害。……

　　忌劉之遴學，使人鴆之。如此者甚衆，雖骨肉亦遍被其禍。〔註67〕

　　蕭繹殘暴手段的用意清楚可知：無「微有勝己者」，方能成就其第一之地位。而其必欲成爲領袖的強烈意圖，亦於其暴行中揭露得十分明白。

　　除此之外，蕭梁帝室之文化自信及領袖文學之能力，也展現在其文學批評之質、量上。蕭氏皇族文學批評的著作甚多，且爲學者論述南朝文學時，屢屢徵引的重要文獻，如蕭統《文選・序》、〈陶淵明集序〉、〈答晉安王書〉、〈答湘東王求文集及詩苑英華書〉、〈與晉安王綱令〉、〈答玄圃園講頌啓令〉；蕭綱〈昭明太子集序〉、〈誡當陽公大心書〉、〈答新渝侯和詩書〉、〈答張纘謝示集書〉、〈與湘東王書〉、〈與湘東王論王規令〉、〈請尚書左丞賀琛奉述制旨毛詩義表〉；蕭繹除《金樓子》外，尚有〈內典碑銘集林序〉、〈與劉孝綽書〉等。至於蕭統的「文學進化觀」（《文選・序》）、蕭綱的「放蕩說」（〈誡當陽公大心書〉）、蕭繹在「文筆說」上的論述（《金樓子・立言》），俱爲南朝文論的重要觀點。可見蕭氏意圖成爲文學領袖，不只是單純的表達意願而已，也不只是憑藉其權勢而已，而是眞正奠基在能力之上。

〔註67〕《（新校本）南史》卷八，頁243。

然而，尤其能顯示士族之依附皇權、皇權之參與文化領導權者，應在於宮體詩之得名及盛行。

《梁書‧簡文帝紀》載簡文帝蕭綱：「雅好題詩，其序云：『余七歲有詩癖，長而不倦。』然傷於輕艷，當時號曰『宮體』。〔註68〕」則蕭綱自視宮體之命名，乃因其詩風所致。然《梁書‧徐摛傳》則云：「摛文體既別，春坊盡學之，『宮體』之號，自斯而起。〔註69〕」則又將宮體之得名，歸於徐摛引起「春坊盡學之」的新變詩風。兩種說法，各繫宮體之得名於不同作家，但似乎皆以爲宮體詩風由一人所倡，繼而吸引眾人追隨，終致成爲詩中之一體。然而，事實上梁前以女性形貌爲描寫對象之詩已然出現，甚且詩中也頗涉艷情，如：

> 王融〈少年子〉：聞有東方騎，遙見上頭人。待君送客返，桂釵當自陳。

> 謝朓〈贈王主簿詩二首〉之二：清吹要碧玉，調弦命綠珠。輕歌急綺帶，含笑解羅襦。餘曲詎幾許，高駕且踟躕。徘徊韶景暮，惟有洛城隅。

> 謝朓〈夜聽妓詩二首〉之二：上客光四座，佳麗直千金。掛釵報纓絕，墜珥答琴心。蛾眉已共笑，清香復入襟。歡樂夜方靜，翠帳垂沈沈。

> 陸厥〈邯鄲行〉：趙女撫鳴琴，邯鄲紛躧步。長袖曳三街，兼金輕一顧。有美獨臨風，佳人在遐路。相思欲褰裳，叢臺日已暮。
>
> 〔註70〕

諸人皆歿於梁前，而以上諸詩，卻很難說與梁中大通三年（531）蕭綱入主東宮之後的宮體詩有何重大差別。因此並無必要將宮體詩歸屬於某一特定的首倡者，重要的是以「東宮」命名的文化意義。

蕭綱繼蕭統而爲太子，但二者的東宮文化氣氛卻有相當大的差異。蕭統之東宮較爲嚴整，頗不好聲色，《梁書‧昭明太子傳》載蕭統：

> 性愛山水，於玄圃穿築，更立亭館，與朝士名素者游其中。嘗泛舟後池，番禺侯軌盛稱「此中宜奏女樂。」太子不答，咏左思〈招

〔註68〕《（新校本）梁書》卷四，頁109。
〔註69〕同上，卷三十，頁447。
〔註70〕四詩分見逯欽立輯校《先秦漢魏晉南北朝詩》，頁1392、1447、1451、1465。

隱詩〉曰：「何必絲與竹，山水有清音。」侯慚而止。出宮二十餘年，
不畜聲樂。少時，敕賜太樂女妓一部，略非所好。〔註71〕

因此蕭統與東宮僚佐的相處，主要便是在文義之事上，也由此使其東宮，
形成晉宋以來所未曾有的盛況：

　　性寬和容眾，喜慍不形於色。引納才學之士，賞愛無倦。恒自
　　討論篇籍，或與學士商榷古今；閒則繼以文章著述，率以為常。於
　　時東宮有書幾三萬卷，名才並集，文學之盛，晉、宋以來未之有也。
　　〔註72〕

由此可知蕭統之思想、行事，與南朝士族所推崇之價值一般無二，因此
士族自視超越於皇權、自居於皇權指導者的地位，甚受蕭統尊重。無怪乎蕭
繹屬王規為酒令以為戲樂，時為蕭統東宮屬官的王規，能從容以「自江左以
來，未有茲舉」為由拒絕，並得在座朝士之附和，則蕭統主持東宮期間亦當
「未有茲舉」。可以說，蕭統更能接受士族文義之指導，以東宮之整體皆為朝
章大典嚴肅性所及之範圍，因而士族之文義仍能主導蕭統東宮之風習。

但實際上士族對於皇權之依附性已日益增強，士族對於皇權的影響力，
唯有皇權願意接受方能發揮作用。因此梁武帝默許東宮得以宮體詩為戲樂
後，士族便也大量加入寫作，形成宮體詩大盛的局面。由蕭統東宮之嚴整，
在蕭綱繼任之後，迅速轉變成宮體之盛行，此事充分顯現出士族在文義之事
上，也隨皇權之意志而轉移。梁武帝影響蕭綱東宮文化的關鍵性態度見《梁
書・徐摛傳》：

　　高祖聞之（按：指「宮體」）怒，召摛加讓，及見，應對明敏，
　　辭義可觀，高祖意釋。因問五經大義，次問歷代史及百家雜說，末
　　論釋教。摛商較縱橫，應答如響，高祖甚加嘆異，更被親狎，寵遇
　　日隆。〔註73〕

梁武帝聞宮體之名，因此怒召徐摛加以責讓，但其結果卻是梁武帝對徐
摛「甚加嘆異」，此後「更被親狎，寵遇日隆」，則蕭綱及其僚屬大作宮體詩
以為戲樂，已然獲得了梁武帝的默許，於是士族眼前所形成的，是帝王及太
子皆接受、甚至提倡宮體詩的局面。面對文化自信大盛、領導意志擴張的皇

〔註71〕《（新校本）梁書》卷八，頁168。
〔註72〕同上，頁167。
〔註73〕同上，卷三十〈徐摛傳〉，頁447。

權，士族卻是依附性日增、指導性日失，在這種局面下，士族的無能爲力可以想見。因此士族選擇了附從，這也就形成了宮體詩在梁代極盛的局面，且流風及於陳末而未已。《隋書・經籍志四》：

> 梁簡文之在東宮，亦好篇什，清辭巧制，止乎衽席之間，雕琢
> 蔓藻，思極閨闥之內。後生好事，遞相放習，朝野紛紛，號爲宮體。
> 流宕不已，訖于喪亡。陳氏因之，未能全變。〔註74〕

這種「遞相放習，朝野紛紛」的盛況，一如《南史》「宮體所傳，且變朝野」的描述〔註75〕。齊文惠太子時，袁廓之「奈何聽亡國之響」的指責，以致於「太子改容謝之」；梁昭明太子時，王規「自江左以來，未有茲舉」的拒斥，以致於朝士「謂爲知言」。然而由蕭統至蕭綱，已是「宮體所傳，且變朝野」，宮廷風氣的轉變可謂十分迅速，而這同時也反映了士族由「懦鈍殊常」的文體，轉向寫作宮體之迅速。

士族轉變之得以迅速，固然是由於士族本身已蓄積深厚的文化修養，寫作本爲士族之能事，但也是由於士族區分的世界觀所致，因此這種轉變對士族並不困難。如前文所言，區分朝章大典之嚴肅性與宮廷遊宴之私人性，使之分屬不同的領域、適用不同的原則，便可兩不相妨地建構和諧的秩序。一如劉孝綽可在蕭統幕中，爲「摛擒閒情，示戒麗淫〔註76〕」的蕭統所重，也可在蕭綱入主東宮之後，輕易地成爲著名的宮體詩人。其時的世界觀已爲士族接受矛盾的局面做好了準備，士族的轉變不必經受劇烈的觀念衝擊。

但更重要的是，士族雖有寫作宮體的能力、免受劇烈衝擊的觀念準備，但仍需有投入寫作的動機，方能促成宮體大盛，若士族堅持東宮全面的嚴整性，則很難說宮體詩能吸引士族大量地投入創作。然而士族畢竟是投入了創作，拋棄了袁廓之、王規之流的堅持，東宮終究也確立了朝章大典的嚴肅性與私宴的遊樂性兩分的狀態。因而可以說，士族加入宮體寫作的動機，實是因士族對於皇權的依附性增強，以致於不得不隨皇權的擴張而變化所致。由此可見士族在文化上更趨於順從皇權，而這也使皇權取得了參與文化領導權的更大空間。

蕭綱入主東宮之前，宮體形態之詩作已然存在，然而「宮體」仍以東宮

〔註74〕《(新校本) 隋書》卷三十五，頁 1090。
〔註75〕《(新校本) 南史》卷八〈梁本紀論〉，頁 250。
〔註76〕張溥語，見 (明) 張溥撰；楊家駱主編《漢魏六朝百三家集題辭注・梁昭明集》(台北：世界書局，1979 再版)，頁 209。

而得名，這固然突出了蕭綱東宮相對於蕭統東宮的變革。但這種變革，由於有士族大量參與，才能形成「且變朝野」的大盛之局、才真正確立東宮的變革。就其所反映的文化意義而言，正是士族無力於堅持以其文義指導皇權的實踐方式，並且，也無力於保持距離而只能積極追隨。於是，士族對皇權的附從，至此也擴展至正式承認皇權參與建構文化秩序的領域。

第二節　菁英共識

　　士族雖然在依附皇權上日益顯著，但類別優先性乃南朝認知事物的思維定式，因此士族既自成一類別，則其類別的意義及價值，便是來源於客觀天理所形成的秩序，而非在某一政權中的地位。換言之，士族的意義及價值乃根源於天道之應然，而非現實政權之實然。這已隱含著皇權應當順應天道以安排士族的政治地位，如此方能成就正當的政治秩序的觀念。於是士族的自我價值認知並不在於權位，故而即便在實際上士族對皇權的依附性愈來愈高，但在士族的價值論述上，「隱」的價值仍不低於「仕」，甚至高於「仕」。換言之，政權舉措正當性的標誌之一，在於是否「正確」安置士族的政治地位，但士族的自我價值並不待於皇權承認，因此「士大夫故非天子所命〔註77〕」、「不藉殿下姻媾為門戶〔註78〕」的觀念所在多有。由此而來，政權的更迭自然無關於士族自我價值的認知，《南齊書・褚淵王儉傳論》云：

　　　　貴仕素資，皆由門慶，平流進取，坐至公卿，則知殉國之感無因，保家之念宜切。市朝亟革，寵貴方來，陵闕雖殊，顧眄如一。
〔註79〕

　　「陵闕雖殊，顧眄如一」，則政權之變革無妨士族之「平流進取，坐至公卿」，甚且變革正是士族「寵貴方來」的契機，士族對於政權的冷漠由此可見，更遑論「殉國之感」了。因此，毛漢光先生統計魏晉宋齊梁陳各代之貳臣數量，其結論便是：「貳臣的人數，有逐朝增加的趨向，尤以齊、梁、

〔註77〕　《（新校本）南史》卷三十六〈江夷附江斆傳〉，頁943。
〔註78〕　《（新校本）梁書》卷二十一〈王峻傳〉，頁321。又，雖高門頗傲視宗室，但實際上士族與宗室聯姻甚為頻繁，參毛漢光「晉南朝皇后出身統計表」、「晉南朝公主嫁尚統計表」，見氏著《兩晉南北朝士族政治之研究》（臺北：中國學術著作獎助委員會，1966），頁238～239。
〔註79〕　《（新校本）南齊書》卷二十三，頁438。

陳爲最。〔註80〕」

《南齊書》此段文字常爲學者所徵引，以突顯南朝士族的特權，此中所論固爲事實，但仍應注意，這並非士族一廂情願所致，而是士庶皆然的時代共識所形成的結果，亦即士族之意義、價值乃來源於天道而非皇權的觀念，即便在帝王心中也是「本應如此」。因此齊、梁禪代之際，顏見遠爲舊朝而死，引發的是梁武帝對顏見遠不明天道的一陣嗔怪。《梁書・文學下・顏協傳》載：

> （顏協）父見遠，博學有志行。初，齊和帝之鎮荊州也，以見遠爲錄事參軍，及即位於江陵，以爲治書侍御史，俄兼中丞。高祖受禪，見遠乃不食，發憤數日而卒。高祖聞之曰：「我自應天從人，何預天下士大夫事？而顏見遠乃至於此也。」〔註81〕

顏見遠爲舊朝發憤不食而死，與上文所謂之「殉國之感無因」有著天壤之別。然而梁武帝對此事的評論，卻是「何預天下士大夫事」，亦即在梁武帝的心中，士族的意義、價值並不在於與特定政權的聯繫之中，因此政權的更替與士族無關，顏見遠之殉國也就因此是毫無來由之舉。於是在這種時代心態下，即便是帝王也承認改朝換代不干士族之事，此自然使士族游離於皇權之外。

雖然在觀念上，即便是帝王也承認士族自成一相對獨立於皇權的類別，但如顏見遠之輩，對特定帝王效忠、甚至以身爲殉的行爲，很難說不對帝王具有吸引力，並且士族自外於皇權，也實非皇權所樂見，因此皇權有必要與士族形成更緊密的連結。於是，在士族不干實權的現實環境下，無涉於實權的文義之事，便成爲皇權與士族連結的重要方式。而南朝皇族也確實頗爲重視提升子弟的文化能力，如劉宋前廢帝（劉子業）雖倒行逆施，但「少好讀書，頗識古事，粗有文才，自造孝武帝誄及雜篇章，往往有辭采」〔註82〕，可見劉子業已有一定的文化能力，但是孝武帝依然不放鬆督促：「孝武西巡，（前廢）帝啓參承起居，書迹不謹，上（孝武帝）詰讓之曰：『書不長進，此是一條耳。聞汝比素業都懈，狷戾日甚，何以頑固乃爾！』〔註83〕」齊武帝也是聞諸子之好學則欣喜，學業不就則忿忿，因此蕭子懋「廉讓好學」，「啓

〔註80〕毛漢光《兩晉南北朝士族政治之研究》，頁300。
〔註81〕《（新校本）梁書》卷五十，頁727。
〔註82〕《（新校本）南史》卷二〈宋本紀中〉，頁71。
〔註83〕同上。

求所好書，武帝曰：『知汝常以書讀在心，足爲深欣。』賜以杜預手所定左傳及古今善言」〔註84〕。而蕭子卿荒廢學業，齊武帝則責備之曰：「汝比在都，讀學不就，年轉成長。吾日冀汝美，勿得欶如風過耳，使吾失氣。〔註85〕」由此可見其對子弟文化素養之關注。

　　皇族不斷提升文化素質，但直至梁代帝室，其文化能力方堪與士族相埒，這便使士族與皇權有了認同的基礎。但尤當注意，皇族提升文化素質的途徑，即是以士族的文義爲學習對象，因而皇族是在接受士族價值觀的前提下爲士族所認同，於是皇族以此成爲與士族同質的文化菁英，也以此參與了士族的文化領導權。亦即皇權以士族的價值爲價值標準，這實際上已悄悄地扮演了士族價值代言人的角色。而皇族以其所具有的政治權力，在與士族共成文化菁英的情況下，也將菁英的共識轉化成論述、建構世界秩序的根據。於是，就皇權一面言，既然打破了士族壟斷文化的局面，這可以說是皇權的勝利；然而，就士族一面言，既然皇權在價值觀上與士族同質，則皇權也就在「執行」士族的價值，這也可謂爲士族的勝利。

一、皇權與士族在文義上連結

　　謝靈運〈擬魏太子鄴中集八首序〉，假借曹丕懷人的口吻，描繪出南朝時人對於君臣相得的想像：

> 建安末，余時在鄴宮，朝遊夕讌，究歡愉之極，天下良辰、美景、賞心、樂事，四者難并；今昆弟友朋，二三諸彥，共盡之矣。古來此娛，書籍未見。何者？楚襄王時有宋玉、唐、景，梁孝王時有鄒、枚、嚴、馬，遊者美矣，而其主不文。漢武帝徐樂諸才，備應對之能，而雄猜多忌，豈獲晤言之適！不誣方將，庶必賢於今日爾。歲月如流，零落將盡，撰文懷人，感往增愴！〔註86〕

　　謝靈運對於楚襄王、梁孝王、漢武帝時不能「究歡愉之極」的缺憾，指出其關鍵在於「遊者美矣，而其主不文」、「雄猜多忌，豈獲晤言之適」。換言之，君臣文義能力相若、君臣無所猜疑，方能成就典範，「使後代以我今日爲賢」〔註87〕。

〔註84〕同上，卷四十四〈齊武帝諸子傳〉，頁1110。

〔註85〕《（新校本）南齊書》卷四十〈廬陵王子卿傳〉，頁703。

〔註86〕見〔南朝宋〕謝靈運著；顧紹柏校注《謝靈運集校注》（台北：里仁書局，2004），頁199。

〔註87〕顧紹柏引《文選》張銑注「不誣方將，庶必賢於今日爾」二句，以二句之意

　　雖宋、齊二代皇族之文義水準不斷提升，但仍與士族差距頗大，因而可謂是「遊者美矣，而其主不文」。況且宋、齊之時，士族不但往往展現出才幹，也頗積極於參政，如謝靈運即是「既自以名輩，才能應參時政，初被召，便以此自許」〔註88〕，而士族亦不時因介入政爭而死，直至齊代王融之後，士族愈益遠離權柄，方使「類似的事件不復發生。士族文人因爲參與政治活動而被殺的現象基本絕跡」〔註89〕。因此宋、齊時帝王對士族之「雄猜多忌」難免，君臣之間自然難有「晤言之適」。

　　但隨著士族依附性增強，士族不斷柔弱化，且自限於以文義爲類別特徵，面對這樣的士族，皇權自然不必再多所猜忌，而在皇族亦不斷提升自身文義能力的情況下，終至足與士族抗衡的地步。至此，謝靈運君臣相得的理想，才有了實現的基礎，而其時正是梁武帝及其諸子的時代。《梁書·文學傳論》云：「群士值文明之運，摛艷藻之辭，無鬱抑之虞，不遭向時之患，美矣。〔註90〕」此中對梁代文士「無鬱抑之虞，不遭向時之患」的描述，即是謝靈運君臣相得想像的實現。

　　而這種君臣相得的想像，事實上是奠基在私人情感的交流上的，亦即排除了公宴中所具有的尊卑等級的嚴肅性，方有「朝遊夕讌」中的「歡愉之極」。故而在謝靈運所想像的曹丕君臣之樂中，「昆弟友朋，二三諸彥」的共遊共宴、君臣在無猜忌下的「晤言之樂」，這種得自人際間的歡樂，其份量顯然更甚於良辰、美景。江淹〈雜體詩三十首〉中〈魏文帝曹丕遊宴〉，也同樣突出了文士共遊之樂，若與曹丕〈芙蓉池作詩〉相對照，更可見南朝文士對君臣共遊之中，情感交流部分之重視。

　　　　曹丕〈芙蓉池作〉：乘輦夜行遊，逍遙步西園。雙渠相灌溉，嘉木繞通川。卑枝拂羽蓋，脩條摩蒼天。驚風扶輪轂，飛鳥翔我前。丹霞夾明月，華星出雲間。上天垂光彩，五色一何鮮。壽命非松喬，誰能得神仙。遨遊快心意，保己終百年。

　　　　江淹〈魏文帝曹丕遊宴〉：置酒坐飛閣，逍遙臨華池。神飆自遠

爲「我所述不作詆誣，庶使後代以我今日爲賢矣」。見同上，頁203，注18。
〔註88〕《（新校本）宋書》卷六十七〈謝靈運傳〉，頁1772。
〔註89〕嚴采平《齊梁詩歌研究》（北京：北京大學出版社，1994），頁5。又，謝朓亦捲入政爭，但謝朓乃因免禍不得而死，並非有意參與，與王融不同。謝朓事之簡述，見嚴氏此書，頁4～5。
〔註90〕《（新校本）梁書》卷五十，頁728。

至，左右芙蓉披。綠竹夾清水，秋蘭被幽崖。月出照園中，冠珮相
追隨。客從南楚來，為我吹參差。淵魚猶伏浦，聽者未云罷。高文
一何綺，小儒安足為。蕭蕭廣殿陰，雀聲愁北林。眾賓還城邑，何
用慰我心。〔註91〕

曹丕之作，所寫多為所見之景物，同遊者與其「遨遊快心意」之關係，
在詩中並未得到表現。但江淹之擬作，自「冠珮相追隨」以下，同遊者便已
出場，過半的詩句皆在同遊者的背景下鋪陳，且末四句人去樓空之淒涼，正
因有眾人追隨之樂而更加凸顯。對照曹、江二人之作，可見江淹一如謝靈運，
更重視的是君臣相知相得之樂。

正是這種君臣相得的想像，與私人情感之交流關係密切，故南朝重視儀
式嚴肅性的公宴，與重視情感交流性的私宴，逐漸在宮廷中區分為兩領域，
而這也成為朝廷區分為「公」、「私」二領域的重要動力。《三國志·魏書·三
少帝紀》載：

> 帝幸辟雍，會命群臣賦詩。侍中和逌、尚書陳騫等作詩稽留，
> 有司奏免官。詔曰：「吾以暗昧，愛好文雅，廣延詩賦，以知得
> 失。……自今以後，群臣皆當玩習古義，修明經典，稱朕意焉。」
> 〔註92〕

作詩稽留，甚且為「有司奏免官」，引文中又提及「以知得失」、「玩習古
義」、「修明經典」，可見此中典型的儀式嚴肅性。

此風至劉宋雖未至「免官」之嚴重，但在劉宋時代仍視為國家儀式，故
參與者仍必須以制度意義為優先，此正如裴子野〈雕蟲論〉載：

> （宋明帝）每有禎祥及幸宴集，輒陳詩展義，且以命朝臣。其
> 戎士武夫，則託請不暇，困於課限，或買以應詔焉。〔註93〕

這固然顯出戎士武夫的窘態，但也顯示出劉宋時代帝王宴集之國家儀式
性，因而不能作詩也得作詩，以彰顯國家制度的權威。《宋書·沈慶之傳》
載「慶之手不知書，眼不識字」，但即便口授也得作詩：

> 上（宋孝武帝）嘗歡飲，普令群臣賦詩，慶之手不知書，眼不
> 識字，上逼令作詩，慶之曰：「臣不知書，請口授師伯。」上即令顏

〔註91〕二詩，分見逯欽立輯校《先秦漢魏晉南北朝詩》，頁400、1571。
〔註92〕〔晉〕陳壽撰；〔宋〕裴松之注；楊家駱主編《（新校本）三國志》（台北：鼎
　　　　文書局，1977），卷四，頁139。
〔註93〕見郁沅、張明高編選《魏晉南北朝文論選》，頁325。

> 師伯執筆,慶之口授之曰:「微命值多幸,得逢時運昌。朽老筋力盡,
> 徒步還南崗。辭榮此聖世,何愧張子房。」上甚悅,眾坐稱其辭意
> 之美。〔註94〕

宋孝武帝對於沈慶之十分重視,因此晏駕之時,「慶之與柳元景等並受顧命,遺詔若有大軍旅及征討,悉使委慶之」〔註95〕。對如此重視之人,明知其不識字,也被「逼令作詩」,即便此時是在「歡飲」的場合亦然。對帝王宴集中儀式性意義的重視,於此可見一斑,於是便出現了「敕代」之事,如前文所言,鮑照〈侍宴覆舟山〉二首即「敕爲柳元景作」。也就是說,基於國家制度之權威,因而無論能與不能,皆須參與賦詩,即便「買以應詔」、「敕代」亦無妨,總之當以服膺國家制度的要求爲優先。

但至梁代,公宴中可再區分出「私」宴性質的領域,已基本上爲皇權、士族所承認,於是武人不作詩亦無妨。《南史·曹景宗傳》載:

> 景宗振旅凱入,帝於華光殿宴飲連句,令僕射沈約賦韻。景宗
> 不得韻,意色不平,啓求賦詩。帝曰:「卿伎能甚多,人才英拔,何
> 必止在一詩。」景宗已醉,求作不已,詔令(沈)約賦韻。時韻已
> 盡,唯餘競、病二字。景宗操筆,斯須而成,其辭曰:「去時兒女悲,
> 歸來笳鼓競。借問行路人,何如霍去病。」帝嘆不已。約及朝賢驚
> 嗟竟日,詔令上左史。〔註96〕

由「宴飲連句」以觀,可知亦爲「歡飲」的場合,但梁武帝對待武人的態度,已不似前代之強令賦詩,而是以人各有才的觀念勸慰曹景宗不必作詩。這雖然反映出分類的世界觀已成常態,因此武人既然與文士爲不同的類別,故而作詩之事武人可免。但以梁武帝對待朝廷宴集的態度而言,也可以見出公宴的朝章大典嚴肅性,不再是朝廷宴集中的唯一意義,因此武人不作詩亦不爲過。相較於前代逼令武人作詩,梁代朝廷之宴集,更明顯承認可區分出「私」的性質。更顯著的事例,即是遊戲性質之宮體詩的「且變朝野」,可見在朝廷宴集中區分公、私二性質之領域,已普遍爲皇權、士族所承認。

既然朝廷之中「私」的領域被承認,君臣交往中「私」的性質也就隨之更加明顯,亦即君臣排除了制度性的身份尊卑而交往,因而更見平等的、朋輩之間的親愛之情。《南史·到溉傳》載:

〔註94〕《(新校本)宋書》卷七十七,頁2003。
〔註95〕同上,頁2004。
〔註96〕《(新校本)南史》卷五十五,頁1356。

　　（到溉）特被武帝賞接，每與對棋，從夕達旦。或復失寢，加
　以低睡，帝詩嘲之曰：「狀若喪家狗，又似懸風槌。」當時以爲笑樂。
　溉第居近淮水，齋前山池有奇礓石，長一丈六尺，帝戲與賭之，並
　禮記一部，溉並輸焉……帝大笑，其見親愛如此。〔註97〕

　　除對到溉以嘲戲爲笑樂，並因此顯現其親愛之外，梁武帝對劉孺、張率
等人亦如此，《南史・劉孺傳》：

　　（劉孺）侍宴壽光殿，詔群臣賦詩。時孺與張率並醉，未及成。
　帝取孺手板題戲之曰：「張率東南美，劉孺洛陽才。攬筆便應就，何
　事久遲回。」其見親愛如此。〔註98〕

　　調笑、嘲謔在謝靈運的想像中，這也是鄴下君臣親愛的重要表現方式，
〈擬魏太子鄴中集八首〉中擬應瑒即有「調笑輒酬答，嘲謔無慚沮〔註99〕」
的描寫。由此可見梁武帝對諸人之嘲、之戲，正是因其親愛，而以嘲戲爲笑
樂，也襯映出其間排除制度嚴肅性的私人情誼。

　　這種私人性的情感交流，在梁陳君臣間的交往中多見。如蕭統〈與張緬
弟纘書〉言己與張緬：「義惟僚屬，情實親友，文筵講席，朝遊夕宴，何曾不
同茲勝賞，共此言寄。〔註100〕」《梁書・王筠傳》載：「（昭明）太子獨執筠袖
撫孝綽肩而言曰：『所謂左把浮丘袖，右拍洪崖肩。』其見重如此。〔註101〕」
蕭綱〈與劉孝儀令悼劉遵〉：「吾昔在漢南，連翩書記；及忝朱方，從容坐首。
良辰美景，清風月夜，鷁舟乍動，朱鷺徐鳴，未嘗一日而不追隨，一時而不
會遇，酒闌耳熱，言志賦詩，校覆忠賢，権揚文史。〔註102〕」而蕭繹則「與
裴子野、劉顯、蕭子雲、張纘及當時才秀爲布衣交」〔註103〕，其《金樓子・
序》則稱「裴幾原、劉嗣芳、蕭光侯、張簡憲，余之知己也」〔註104〕。至於
陳後主之〈與詹事江總書〉，則更集中地將以上遊宴、賦詩、講論、談笑、嘲

〔註97〕　《（新校本）南史》卷二十五，頁 679。
〔註98〕　同上，卷三十九，頁 1006～1007。，
〔註99〕　詩見〔南朝宋〕謝靈運著；顧紹柏校注《謝靈運集校注》，頁 223。
〔註100〕　見〔清〕嚴可均輯；陳延嘉等校點《全上古三代秦漢三國六朝文・全梁文（第
　　　　　七冊）》卷二十，頁 212。
〔註101〕　《（新校本）梁書》卷三十三，頁 490。
〔註102〕　見〔清〕嚴可均輯；陳延嘉等校點《全上古三代秦漢三國六朝文・全梁文（第
　　　　　七冊）》卷九，頁 95～96。
〔註103〕　《（新校本）南史》卷八〈梁本紀下・元帝紀〉，頁 243
〔註104〕　見郁沅、張明高編選《魏晉南北朝文論選》，頁 363。

譴、布衣之交等方面匯聚一文，更集中地顯示了君臣之間私誼性質的情感交流：

> 論其（陸瑜）博綜子史，諳究儒墨，經耳無遺，觸目成誦。一褒一貶，一激一揚，語玄析理，披文摘句，未嘗不聞者心伏，聽者解頤，會意相得，自以爲布衣之賞。吾監撫之暇，事隙之辰，頗用譚笑娛情，琴樽間作，雅篇豔什，迭互鋒起。每清風朗月，美景良辰，對群山之參差，望巨波之混瀁，或玩新花，時觀落葉，既聽春鳥，又聆秋雁，未嘗不促膝舉觴，連情發藻，且代琢磨，間以嘲譴，俱怡耳目，並留情致。〔註105〕

總觀以上諸人之事例，可知君臣間親愛之情所具有的私誼性質，尤其「談笑娛情」、「促膝舉觴」、「間以嘲譴」之類的交往形態，更需放下君臣之節的尊卑嚴肅性，突出其「情實親友」、「布衣交」的平等性。

然而君臣之親愛，不徒建立在宴飲玩樂而已，其間的要件，是得以彼此認同的文義能力。而所謂的文義能力，也並非只在於以詩文爲戲的功夫，而是如梁武帝之考校徐摛一般，具有深厚的文化素養，方有遊戲的「資格」。換言之，士族以學問參議朝章大典的格局未變，但是卻也在此文義領域，再區分出皇權與士族以私人情感連結的「私」領域。於是這所謂的「私」，便具有了君臣相得想像的實現的意味，而此想像得以實現的基礎，除士族已弱化至不爲君主「雄猜多忌」之外，也在於皇權大幅改善「其主不文」的文化劣勢。因此這種親愛，不只是傳達了君臣間私人情感的交流，同時也傳達了皇權與士族在文義能力上彼此認同的意義。甚至可以說，正是因皇權與士族在文義上得以連結，才有「酒闌耳熱，言志賦詩」、「談笑娛情」、「間以嘲譴」的親愛之情。〔註106〕

〔註105〕同上，頁389～390。

〔註106〕君臣以私人情誼連結，其中也涉及君臣之間恩義關係的建立，而恩義關係也使效忠關係甚爲固結，此學者所論已詳，參錢穆《國史大綱》（台北：台灣商務印書館，1984修訂十一版）之「二重的君主觀念」，頁163～165；〔日〕川勝義雄著：徐谷梵、李濟滄譯《六朝貴族制社會研究》（上海：上海古籍出版社，2007）之第五章「門生故吏關係」，頁187～220；甘懷眞〈中國中古時期的君臣關係〉，收入氏著《皇權、禮儀與經典詮釋：中國古代政治史研究》（上海：華東師範大學出版社，2008），頁188～224。就梁末侯景之亂中士族的表現而言，徐摛因蕭綱被囚憂憤而死，也可以見出由私人情誼轉化成恩義關係的效忠行爲，事見《梁書》卷三十〈徐摛傳〉。（有關蕭綱與徐摛關係的簡述，可參曹

二、皇權向士族價值認同

　　《晉書·閻纘傳》載有閻纘屢屢上表陳述太子教育之事，而閻氏認爲東宮官屬的選擇標準應是：

> 置游談文學，皆選寒門孤宦以學行自立者，及取服勤更事、涉履艱難、事君事親、名行素聞者，使與共處。
>
> 至於旦夕訓誨，輔導出入，動靜劬勞，宜選寒苦之士，忠貞清正，老而不衰，……以爲師傅。其侍臣以下文武將史，且勿復取盛戚豪門子弟，……皆可擇寒門篤行、學問素士、更履險易、節義足稱者，以備群臣……。〔註107〕

　　而閻纘之所以特重寒門在太子教育中的作用，其中一項重要理由，即在於「欲令知先賤然後乃貴」，當然，基於相同的原則，「非但東宮」，閻纘對於「諸王師友文學」，也反對「豪族力能得者」擔任〔註108〕。亦即閻纘希望透過耳濡目染、潛移默化的方式，使傑出寒門的人格特質轉化成皇族子弟的人格。

　　以此與南朝相較，更可見士族所代表的價值，爲其時最高的、最當學習的價值，因而是士族，而非閻纘所設想的寒門，乃成爲皇族子弟師保的首要人選。《宋書·王敬弘傳》載：

> 元嘉三年，爲尚書僕射。關署文案，初不省讀。嘗豫聽訟，上問以疑獄，敬弘不對。上變色，問左右：「何故不以訊牒副僕射？」
>
> 敬弘曰：「臣乃得訊牒讀之，政自不解。」上甚不悦。〔註109〕

　　對於不省文案的王敬弘，雖然使宋文帝「甚不悦」，但是仍於元嘉「十二年，徵爲太子少傅」〔註110〕，由此可見士族所代表的價值在皇權心目中的地位。因此南朝士族中之高門有才望者，自然成爲皇族子弟遊處的重要對象，且歷代因之而成爲南朝慣例。《梁書·文學上·庾於陵傳》載：

> 舊事，東宮官屬，通爲清選，洗馬掌文翰，尤其清者。近世用

道衡《蘭陵蕭氏與南朝文學》（北京：中華書局，2004），頁 191～193。）然而梁末士族大量覆滅於侯景之亂，且繼起之陳，又以恢復社會秩序之姿態出現，因而不易於禪代之際見出梁代君臣恩義關係的詳情，姑略之。

〔註107〕《（新校本）晉書》卷四十八，頁 1351、1354、1355。
〔註108〕同上，1350。
〔註109〕《（新校本）宋書》卷六十六，頁 1730。
〔註110〕同上。

人，皆取甲族有才望。〔註111〕

此中「皆取甲族有才望」的目的不難理解，在南朝士族不操權柄的政治環境下，正是希望子弟具有最爲優秀的文化能力。雖然在帝室的教育中，對於藩王的教育往往不如太子之嚴格，但也不至於浮濫，因此梁武帝選任徐摛爲當時年僅七歲的晉安王蕭綱侍讀時，其條件便是「文學俱長兼有行者」〔註112〕。教育皇族子弟使之「有行」，此自然不在話下，除此之外，便是著重在其「文學」。

但皇權畢竟是政權的中心，自然不可能與此時不干實權的士族完全一致，因而理事能力仍是甚受強調，如《南齊書・武十七王・晉安王子懋傳》載齊武帝告誡蕭子懋：「及文章詩筆，乃是佳事，然世務彌爲根本，可常憶之。〔註113〕」對於「世務」作爲政權的根本，皇權有著清醒的認知。及至蕭梁，皇族的文化能力更有高度的提升，但對於皇族的庶務能力也依然強調，如蕭統「明於庶事，纖毫必曉，每所奏有謬誤及巧妄，皆即就辯析，示其可否，徐令改正」〔註114〕。蕭綱「自年十一，便能親庶務，歷試蕃政，所在有稱。……在襄陽拜表北伐，……拓地千餘里。及居監撫，多所弘宥，文案簿領，纖毫不可欺」〔註115〕。對庶事、文案簿領「纖毫必曉」、「纖毫不可欺」的強調，正突出其與士族「政自不解」的差異，甚且對於軍務也能相當熟悉，以致於能建立「拓地千餘里」之勳，然而兵革卻爲士族所鄙視之事〔註116〕。

雖然皇權的實踐，在對軍事、庶務的重視上不可能與士族一致，但是選任士族以爲皇族子弟的導師，甚且在成長、學習的過程中，身邊充斥同質性甚高的士族〔註117〕，這對於皇權迅速士族化的影響是十分巨大的，在長期的

〔註111〕《（新校本）梁書》卷四十九，頁700。

〔註112〕同上，卷三十〈徐摛傳〉，頁446。

〔註113〕《（新校本）南齊書》卷四十，頁710。

〔註114〕《（新校本）梁書》卷八〈昭明太子傳〉，頁167。

〔註115〕同上，卷四〈簡文帝紀〉，頁109。

〔註116〕文與武在南朝形成相當的對立之勢，士族自限於文事，對於武事則頗爲鄙視。因而顏之推以「孔子力翹門關，不以力聞，此聖證也」力主「誡兵」，並云：「習五兵，便乘騎，正可稱武夫爾。今世士大夫，但不讀書，即稱武夫兒，乃飯囊酒甕也。」以「不讀書」之士大夫爲「飯囊酒甕」之「武夫兒」，其以「讀書」爲重，並以之對立於「武夫」之意顯然。見〔北齊〕顏之推著；王利器集解《顏氏家訓集解》，頁321、326。

〔註117〕士族之家風家學自然有所差異，但總體而言，其生活規範、行爲舉止等，在

薰陶之下，使得皇權的價值意識向士族靠攏，於是士族的價值取向，也成爲
皇權價值意識根深柢固的一部份。故皇族子弟身邊雖亦不乏吏治之才，但士
族所推崇的「隱」的價值依然爲皇族所嚮往，且視之爲連類於聖賢的最高價
值。以吏治之才受重視而言，殷不害即是其中明顯事例，《南史‧孝義下‧殷
不害傳》載：

> 大同五年，（殷不害）兼東宮通事舍人。時朝政多委東宮，不害
> 與舍人庾肩吾直日奏事，梁武帝嘗謂肩吾曰：「卿是文學之士，吏事
> 非卿所長，何不使殷不害來邪？」其見知如此。簡文以不害善事親，
> 賜其母蔡氏錦裙襦氈席被褥，單複畢備。〔註118〕

梁武帝將「文學」與「吏事」分別看待，此顯示了以類觀人的時代意識，
就皇權爲安置世界秩序的中心以觀，各類人皆能得其所，此自是皇權正當性
的表現。因此由梁武帝之「見知」、簡文帝賜其母衣物之周備可知，殷不害之
吏能甚受蕭衍父子重視。但就價值等級之認知而言，「隱」仍是居於絕高的地
位。故蕭統〈陶淵明集序〉云：

> 是以聖人韜光，賢人遁世，其故何也？含德之至，莫踰於道；
> 親己之切，無重於身。……豈能戚戚勞於憂畏，汲汲役於人間？
> 〔註119〕

此雖不言吏事，但反對「勞」、「役」，且透過「聖人韜光，賢人遁世」之
論斷，以連類於聖、賢爲「隱」的價值定位，則「隱」之價值不言可喻。

蕭綱亦如是，對於南朝視爲「古今隱逸詩人之宗〔註120〕」的陶淵明，也
是推崇備至。《顏氏家訓‧文章》載：

> 劉孝綽當時既有重名，無所與讓；唯服謝朓，常以謝詩置几案
> 間，動靜輒諷味。簡文愛陶淵明文，亦復如此。〔註121〕

可見士族「隱」的價值，或說脫離皇權以認知自我價值，已深入皇族心
中。雖然吏能並不被忽視，但在價值等級上，「隱」依然是最高級的價值。

時人眼中仍屬相近，因此《顏氏家訓‧風操》云：「而家門頗有不同，所見互
稱長短；然其阡陌，亦自可知。」加以彼此之間互相慕習，故士族以其同質
性，而得以爲時人總稱爲「士大夫風操」。同上，頁69。
〔註118〕《（新校本）南史》卷七十四，頁1848。
〔註119〕見郁沅、張明高編選《魏晉南北朝文論選》，頁334。
〔註120〕〔梁〕鍾嶸撰；陳延傑注《詩品注》，頁25。
〔註121〕〔北齊〕顏之推著：王利器集解《顏氏家訓集解》，頁276。

故而即便是論述「吏隱」（「朝隱」），其觀念、論述方式也與士族無別，可以說其觀念、論述方式皆是士族的翻版。蕭繹〈全德志論〉：

> 物我俱忘，無貶廊廟之器；動寂同遣，何累經綸之才。雖坐三槐，不妨家有三徑；接五侯，不妨門垂五柳。但使良園廣宅，面山帶水，饒甘果而足花卉，葆筠篁而玩魚鳥。九月肅霜，時飧田畯；三春捧蠶，乍酬蠶妾。酌升酒而歌南山，烹羔豚而擊西缶。或出或處，並以全身爲貴；優之遊之，咸以忘懷自逸。若此，眾君子可謂得之矣。〔註122〕

由蕭繹此論所表達的價值觀可知，所謂「德志」之「全」，其內容與士族之「吏隱」（「朝隱」）觀可謂一般無二。無論蕭繹是否言不由衷，只是爲了作文而作如此表述，但也可知，在蕭繹的設想之中，士族的價值取向才是真正「全德志」的表現，而這正反映出皇權對於價值等級的認知與士族趨近。由身爲帝室成員之蕭氏兄弟對「隱」的認知而言，可見皇權與士族價值已成合流之勢。

除此之外，士族自限於以文義爲類別特徵，這不但使皇權捍衛文義價值，且認同於自身的文士身份。蕭綱〈答張纘謝示集書〉認爲：

> 不爲壯夫，揚雄實小言破道；非謂君子，曹植亦小辯破言。論之科刑，罪在不赦。〔註123〕

將否定文學價值之言論，比之於「罪在不赦」，這實際上正是不容士族的文義價值受挑戰。而蕭繹的觀點也同於乃兄，甚且直接標明自己的文士身份，《南史‧梁本紀下‧元帝紀》載蕭繹常常自稱：「我韜於文士，愧於武夫。」並且對於其自稱，當時「論者以爲得言」〔註124〕。對於士族文義價值之認同，二蕭表現得十分明顯。尤其蕭繹，以「文士」對比於「武夫」，便不僅在於認同，同時也是標明其價值等級。齊宗室蕭遙光曾云：「文義之事，士大夫以爲伎藝欲求官耳。〔註125〕」其中對文義所含有的鄙視之意不難窺見，然而時至梁代，皇權對於士族文義價值之認同，可謂已無庸置疑，尤其與蕭齊時代對士族文義之鄙視相較，皇權與士族之價值趨同更是明顯可見。

〔註122〕見〔清〕嚴可均輯；陳延嘉等校點《全上古三代秦漢三國六朝文‧全梁文（第七冊）》卷十七，頁183。
〔註123〕見郁沅、張明高編選《魏晉南北朝文論選》，頁353。
〔註124〕《（新校本）南史》卷八，頁243。
〔註125〕同上，卷四十一〈始安王遙光傳〉，頁1040。

　　皇族子弟對於士族價值如此推崇，因而有利於士族特權的觀念，也往往成爲皇權實踐的標準。《金樓子·戒子》云：

　　　　凡讀書必以五經爲本，……此外眾書，自可泛觀耳。正史既見得失成敗，此經國之所急。五經之外，宜以正史爲先。譜牒所以別貴賤，明是非，尤宜留意。或復中表親疏，或復通塞升降，百世衣冠，不可不悉。

　　對於子弟所當學習的知識，蕭綱認爲緊接於五經、正史之下者即是譜牒。而譜牒在政治上的作用，正是爲「別貴賤」以「正確」安置士族之地位。蕭繹不但是捍衛了士族的文義，甚且是直接捍衛了士族的身份。

　　《文心雕龍·體性》云：「夫才由天資，學愼始習，斲梓染絲，功在初化，器成綵定，難可翻移。〔註126〕」此雖是論文，但也十分清晰地顯示了學習的巨大效果。在長期的潛移默化之下，皇權不但接受了士族價值，甚且自認即是「士」，蕭綱臨終前題壁自序云：

　　　　有梁正士蘭陵蕭世纘，立身行道，終始如一，風雨如晦，鷄鳴不已。弗欺暗室，豈况三光，數至於此，命也如何！〔註127〕

　　蕭綱其時已貴爲帝王，然其臨終前之自序，仍是以「士」自稱。換言之，除其「立身行道」之德，蕭綱正是希冀以「士」的身份爲人認知。皇權對於士族價值的認同，可以說是極其深切的。

三、菁英共識成秩序根源

　　如前所述，南朝文論常見的作爲，是運用本根末葉、連類思維方式，以及與此密切相關的熟知經典作家、作品系列。當然，諸文論家如此的作爲，自然是認爲由此可避免「各滯所迷」、「好丹而非素」的主觀任意性，從而爲自己的論述建立客觀性，也由此取得論述的權威〔註128〕。

〔註126〕〔梁〕劉勰著；周振甫注《文心雕龍注釋》，頁536。
〔註127〕《(新校本)梁書》卷四〈簡文帝紀〉，頁108。
〔註128〕當然，論述權威的取得，自然不只此途，南朝尚可見其他途徑，如江淹〈雜體詩三十首〉以其維妙維肖之擬作能力，證明自己對其時混亂的文壇現象有評論的「資格」，這與曹植〈與楊德祖書〉中所謂：「蓋有南威之容，乃可論於淑媛；有龍淵之利，乃可議於割斷。」(見郁沅、張明高編選《魏晉南北朝文論選》，頁24) 是同一路的思想。亦即以卓越的寫作能力，爲言論取得權威性。此外，藉助於文論外的權威，則以劉勰、鍾嶸干譽於沈約之事最爲人所熟知。甚且，學者也指出，劉勰於《文心雕龍·序志》中述其攀彩雲、隨孔子南行二夢，暗示其與文學、儒學之宿緣，也有以神異支持其論述正當性

　　雖然諸人亟欲建立論述的客觀權威性，然而事實上仍免不了所謂的「客觀」與菁英共識的密切關係，如經典作家、作品系列的建立，與菁英的集體主觀性便極易形成互爲因果的關係。但這種互爲因果的關係卻往往被隱蔽，而表現爲無私的客觀中立性。如《文心雕龍・體性》要求「童子雕琢，必先雅製」，而「器成綵定」之後便「難可翻移」〔註129〕。姑無論所謂「雅製」的內容爲何，但顯然是經過挑選之後的內容，而此挑選的內容，在「器成綵定」之後也將成爲「難可翻移」的標準，此中所蘊含著的價值高下標準也就隨之「難可翻移」，轉而成爲無庸置疑的「當然」。

　　因而經典作家、作品系列，也就代表著經過時人挑選之後的內容，而以熟悉經典系列所磨練出來的直感，便具有十分重要的地位。徐復觀先生指出：

> 直感能力，只能得之於實物經驗的積累；理論僅能處於補助的
> 地位。因爲實物經驗，雖然中間也有分析過程，但它是始於統一，
> 終於統一地經驗；只有這種統一地經驗，才會培養出必須由統一感
> 覺而出的直感。〔註130〕

　　由「童子雕琢，必先雅製」之說可知，在博觀泛覽之前，便已然在選定的、具有特定審美價值的作品範圍中建立直感，故而價值及其表現方式統一成無法分割的直感，形成價值及其表現方式相互證明的情況。而這也使得時人的文學論述，不只是理論文字的表達，而是以「實物經驗」作爲基礎的溝通。故而如《文心雕龍・總術》中所謂「精者要約，匱者亦鮮；博者該贍，蕪者亦繁；辯者昭晰，淺者亦露；奧者複隱，詭者亦曲」〔註131〕，其中「精、匱、博、蕪、辯、淺、奧、詭」自然是爲某種特定的直感命名，然則何謂「精」及其所呈顯的「要約」、何謂「匱」及其所呈顯的「鮮」……等等，實有待於實際的作品閱讀經驗，以形成可以溝通的直感。南朝作家、文論家在範圍大致類似的經典系列中建立直感，於是「正確」的直感，由其所學而定，一旦形成直感，又反過來證成經典系列之無庸置疑，如此循環不已，經典系列與

　　之意。說見周勛初〈劉勰的兩個夢〉，收入氏著《魏晉南北朝文學論叢》（南
　　京：江蘇古籍出版社，1999），頁164～170。
〔註129〕〔梁〕劉勰著：周振甫注《文心雕龍注釋》，頁536。
〔註130〕徐復觀〈文心雕龍淺論之五——知音篇釋略〉，收入氏著《中國文學論集》（台
　　北：台灣學生書局，1974再版），頁417。
〔註131〕〔梁〕劉勰著：周振甫注《文心雕龍注釋》，頁801。

直感也由此形成互相證明、牢固的連結。而這正是使時人文學論述得以彼此溝通的重要條件。

當然，這並不否定經驗逐步擴大的重要性，亦即「操千曲」、「觀千劍」之博觀，依然是提升鑑賞能力的重要途徑。《文心雕龍・知音》云：

> 凡操千曲而後曉聲，觀千劍而後識器。故圓照之象，務先博觀。閱喬岳以形培塿，酌滄波以喻畎澮。無私於輕重，不偏於憎愛，然後能平理若衡，照辭如鏡矣。〔註132〕

在逐步擴大閱讀範圍的過程中，先前所建立的直感經驗，扮演著新經驗參照、比較對象的角色，也就是說，已然有參照的對象，才能判定新經驗是「喬岳」、是「培塿」。這在《詩品》的評論方法中也有十分典型的表現，如前文所舉「（陸機）氣少於公幹，文劣於仲宣」、「（潘岳）猶淺於陸機」、「（張協）雄於潘岳，靡於太仲」等，而品第高下也不脫此種參照、比較方式，如「（張華）今置之中品疑弱，處之下科恨少，在季、孟之間矣」。換言之，新、舊經驗建立起彼此之間的關係，從而形成關係網絡，爲將來更進一步擴大的閱讀經驗，形成更爲細密的參照系統。如此不斷地累積經驗，建構日益精細的參照系統，鑑賞能力也隨之更爲深入、精緻。於是在配合「六觀〔註133〕」的分析能力下，劉勰以其博觀的成就，對其自身的鑑賞能力十分自信：

> 夫綴文者情動而辭發，觀文者披文以入情，沿波討源，雖幽必顯。世遠莫見其面，覘文輒見其心。豈成篇之足深，患識照之自淺耳。夫志在山水，琴表其情，況形之筆端，理將焉匿？故心之照理，譬目之照形，目了則形無不分，心敏則理無不達。〔註134〕

劉勰在此段文字中，充分地展現了自信，尤其由此中「豈成篇之足深，患識照之自淺耳」一語可知，劉勰自認可以完全客觀地掌握作者之用心，劉勰對其鑑賞能力之信心於焉可見。可以說，分析能力及由大量閱讀而來的直感能力，正是劉勰得以建立信心的所在。

然而，仍當注意，劉勰要求「無私於輕重，不偏於憎愛」，實際上是透過學習而來之「私」、「偏」，已被視爲「當然」，從而成爲自認的「無私」、「不偏」而已。也就是說，所謂的「平理若衡」的標準早已悄悄建立，但因標準

〔註132〕同上，頁888。
〔註133〕劉勰云：「是以將閱文情，先標六觀：一觀位體，二觀置辭，三觀通變，四觀奇正，五觀事義，六觀宮商。斯術既行，則優劣見矣。」見同上，頁888。
〔註134〕同上。

已被視爲「當然」，便彷彿與個人的偏好無關，於是無論判定對象爲「喬岳」、爲「培塿」、爲「滄波」、爲「畎澮」，皆自認爲是「無私」的結果。而以「無私」自我認知，也就隱蔽了在學習過程中，所學內容是已然經過挑選的事實。

總之，由於大致類似的經典作家、作品，有助於時人建立類似的直感，因此「合格」的讀者，在鑑別作品的風格、特徵上也得以大致類似，如江淹〈雜體詩三十首〉之所以具有崇高的地位，時人具有類似的直感，厥爲其中不可或缺的原因。亦即在時人的認知中，原作與擬作極其類似，方能使江淹此作享有重名，而時人普遍如此判定，正反映出時人直感之類似。

如此，對於作品的感知，並不成爲時人溝通的障礙，但是對於作品的評價，仍是問題的所在。尤其在南朝「若無新變，不能代雄〔註135〕」的主張下，變異成爲刻意的作爲，這對於時人應如何評價新變作品而言，自然是一大挑戰。

對於評價採取較爲保守之立場者，其評價之根據，往往是以已被承認爲經典系列及由其中所建立的直感爲權威，背離經典系列較多之新變作品，則其地位便頗堪慮。如《詩品》與《文選》相較，兩書在謝靈運之前代表詩人的認定上基本一致，但二書對當代（齊、梁）作家的評價則相距甚遠。在《詩品》所讚揚的作品中，包括《詩品·序》中所論及之警句、名篇，無一爲齊、梁詩人之作，但《文選》則甚爲重視沈約、謝朓。雖然《文選》所收錄之詩作，最多者仍是魏、西晉、劉宋，而非齊、梁，但其重視程度仍與《詩品》有著顯著的差別〔註136〕。可見在詩人及其詩作的評價上，鍾嶸更傾向於接受已被承認的經典系列的權威，而蕭統則更勇於接受新變的成就。然而新變作品既相對遠離於經典系列，此自然難以藉助經典系列之權威作爲評價標準，則蕭統評價之信心何來，此便不得不歸之於「我覺得」，亦即歸之於評價者的主觀感受。

除五言詩之外，蕭統對於其他文體，也表現出其趨新的一面，如《文選》對於頌贊的觀點，便與《文心雕龍》有極大的差異。以陸機〈漢高祖功臣頌〉而言，劉勰對此作頗有微詞，認爲此作乃「褒貶雜居，固末代之訛體也」，但此篇卻入《文選》。可以說，劉勰更重視「原始以表末，釋名以章義」，更偏

〔註135〕《南齊書·文學傳論》，見郁沅、張明高編選《魏晉南北朝文論選》，頁340。
〔註136〕傅剛先生對《詩品》及《文選》二書所收詩作列有統計數字，以此得出二書
　　　　對各代詩人重視程度的差別。見氏著《「昭明文選」研究》，頁206～208。

重於依據自身主觀性之外的權威以論文，因而對於新變、尚未被普遍承認爲經典者，往往以「末代之訛體」貶抑之。對比於蕭統，則更可見蕭統對於主觀感受的自信，傅剛先生比較《文選》、《文心雕龍》之後指出：

> 從《文選》各文體所選的文章看，蕭統不僅選錄了許多與文體本義有異的文章，而且大量選錄文體體制規格、風格都有很大變化的齊梁作品，這更是劉勰所不敢想像的。尤其甚者，在一些文體類目中，蕭統只取齊梁人作品，如令、文、啓、彈事、墓志、行狀等，這表明蕭統在這些文體中是以齊梁作品爲典範的。〔註137〕

由此可見出，蕭統更能承認、接受新變，而新變既然與來自經典系列之權威有相當距離，則其價值地位尚未爲時人普遍承認。而能承認之，則其所依據的判斷標準，便主要是自身的感受，而能以自身感受的主觀性確立作品的價值，其中所具有的文化自信不言可喻。〔註138〕

當然，僅憑主觀感受並不足爲據，因而仍當有所論述，如當時之論述即大量以「所有因素恰如其份」爲論據，其例已見前文。這雖然彷彿是爲自身的文論主張作說明，但是實際上只是將問題多衍生一層，只是推遲問題的回答而已，因爲問題仍將歸結於如何可謂「恰如其份」。而其根源仍是在於主觀感受、在於被隱蔽的「我覺得」。

實際上蕭氏兄弟之前的文論論述，也免不了論者的主觀感受、個人偏好成分，尤其在涉及讀者接受的部分更是如此，如《文心雕龍・物色》所謂之「使味飄飄而輕舉，情曄曄而更新」〔註139〕、《詩品・序》所謂之「五言居文詞之要，是眾作之有滋味者也。……文已盡而意有餘，興也。……使味之者無極，聞之者動心，是詩之至也〔註140〕」等等，此中所表達的觀點，明顯是以讀者的主觀感受爲言。換言之，雖然在論述中已察覺主觀感受在文學批評上的重要地位，但卻未必即敢於以自身的主觀感受，作爲安置價值秩序的根據。可以說，《文心雕龍》及《詩品》，相對而言，更偏向於在已成共識的經典作家、作品中，求得評價的權威標準，並在此權威之下安置當代作品的地

〔註137〕同上，頁306～307。
〔註138〕但仍當指出，趨新與保守，或說新變與通變只是相對而言，如鍾嶸亦反對與謝靈運並稱「江左第一」的顏延之，這顯然也是勇於變革的表現。因而趨新與保守只是相對的比較結果，無法視之爲絕對地涇渭分明。
〔註139〕〔梁〕劉勰著：周振甫注《文心雕龍注釋》，頁846。
〔註140〕〔梁〕鍾嶸撰：陳延傑注《詩品注》，頁4。

位。

但蕭梁的皇權，尤其蕭統兄弟，在其文化能力、領袖意圖、士族的依附性等條件下，正大幅張揚這種文化自信。因此相對於劉勰、鍾嶸等文論家，蕭氏兄弟可謂更是傾向於在肯定自身主觀感受之後，方於古典中尋求「同道」。如蕭統《文選·序》以《易》中所蘊含之「理」，為其文學進化觀尋求理論根據：

> 《易》曰：「觀乎天文，以察時變；觀乎人文，以化成天下。」文之時義，遠矣哉！若夫椎輪為大輅之始，大輅寧有椎輪之質？增冰為積水所成，積水曾微增冰之凜。何哉？蓋踵其事而增華，變其本而加厲。物既有之，文亦宜然。〔註141〕

表面上看，蕭統似乎是在《易》「觀乎天文」、「觀乎人文」的教導下，觀察人造物、自然物的變化，因而得出「物既有之，文亦宜然」的結論，故文學之追求形式美，亦屬聖人經典所教導之天理。其中，蕭統將其觀念連結至儒家經典，在本根末葉式的思維下，自然有為其主張取得權威性的目的。但仔細考量蕭統的思維便可知，蕭統事實上是已然接納了當代之作，方才於儒家經典、事物現象中尋求支持。因此，若椎輪至大輅之發展尚有可說，但增冰與積水之喻便顯得頗為不倫，亦即增冰、積水二者為可逆轉的過程，積水可為增冰，但增冰亦可化為積水。此物理現象蕭統不容不知，但蕭統獨取其一面以為說，顯然蕭統的結論，並非基於觀察所得的事實。而這正反映蕭統以主觀意願為優先，因而隱蔽足以反證其主張的事實或對之視而不見。所以，與其說蕭統是在儒家經典、事物現象中求得踵事增華的道理，無寧說蕭統已然偏愛華藻，才於經典、事象中尋求「證據」。

而蕭綱「文章且須放蕩〔註142〕」之主張，其強調擺脫拘忌與束縛之意，自然包含了不以經典作家、作品系列為依歸之旨趣，而這也就同時強調了不依傍於經典系列的主觀感受的價值。至於《玉臺新詠》之「大其體」，則更是典型地顯現出，在已然肯定當代主觀感受優先性的情況下，再尋求與古代經典作家之作品的聯繫。劉肅《大唐新語》卷三載：

> 先是，梁簡文帝為太子，好作艷詩，境內化之，浸以成俗，謂之宮體。晚年改作，追之不及，乃令徐陵撰《玉臺集》，以大其體。

〔註141〕見郁沅、張明高編選《魏晉南北朝文論選》，頁328。
〔註142〕蕭綱〈誡當陽公大心書〉，同上，頁354。

〔註143〕

　　此記載認爲《玉臺新詠》編纂的時代是在蕭綱「晚年」，此雖尚有爭議，但「大其體」的動機則頗爲可信〔註144〕。學者指出：

　　　　（《玉臺新詠》）把史有定評的詩人如三曹、嵇、阮、潘、陸等
　　盡量闌入。既有借重這些作家爲宮體詩增加份量的用意，又表示宮
　　體詩是延續這一路傳統而來，從某種意義而言，也可以把宮體詩看
　　做是正統詩歌的一支，這就爲宮體詩的合法性找到了根據。〔註145〕

　　《玉臺新詠》這種接續經典作家、作品的作爲，正是以本根末葉的思維，爲宮體詩求得源流根據。而宮體詩既然有本有源，這在時人的觀念中，自然是宮體詩合法存在的理由，引文中所謂的「某種意義」，其意義當即在此。而由宮體詩「且變朝野」之後才「大其體」的作爲可知，蕭綱更是在肯定自身主觀感受之後，方於古典中尋求「同道」的典型。

　　而蕭繹的文筆觀念，其突出於前人之處，也正可顯示主觀感受的大受張揚。《文心雕龍·總術》載：「今之常言，有文有筆，以爲無韻者筆也，有韻者文也。〔註146〕」由其中「今之常言」以觀，以有韻、無韻作爲文、筆區分的依據，應是其時甚爲普遍的觀念。然而，蕭繹的文筆觀，顯然不以這種有韻與否、人皆可驗的客觀形式爲據，其《金樓子·立言》云：

　　　　至如不便爲詩如閻纂，善爲章奏如伯松，若此之流，汎謂之筆。
　　吟詠風謠，流連哀思者，謂之文。……筆退則非謂成篇，進則不云
　　取義，神其巧惠，筆端而已。至如文者，惟須綺縠紛披，宮徵靡曼，
　　脣吻遒會，情靈搖蕩。〔註147〕

　　其中「綺縠紛披，宮徵靡曼，脣吻遒會」等要求，顯示了蕭繹並不廢辭藻、聲律等文學的形式因素，但是徒具形式也不能爲典型之文，尚須有「流連哀思」、「情靈搖蕩」等的關鍵部分。且蕭繹的主張，是建立在其清楚的自覺之上的，今所見之《金樓子·立言》中，有一段文字與《文心雕龍·指瑕》

〔註143〕〔唐〕劉肅《大唐新語》（台北：新宇出版社，1985），頁42。
〔註144〕有關《玉臺新詠》編纂的時代，學者亦有主張編纂於陳代者，但因未有確證故學界仍頗有疑。有關其質疑，見歸青《南朝宮體詩研究》（上海：上海古籍出版社，2006），第九章第一節《玉臺新詠》作年考」，頁302～311。
〔註145〕同上，頁314。
〔註146〕〔梁〕劉勰著：周振甫注《文心雕龍注釋》，頁801。
〔註147〕見郁沅、張明高選編《魏晉南北朝文論選》，頁368。

幾乎雷同〔註148〕，可見蕭繹對《文心雕龍》是熟悉的，因而對其時之「常言」、普遍的觀念也應不陌生，由此可知，蕭繹「流連哀思」、「情靈搖蕩」之主張，其與時人觀念差異之處，蕭繹也應是自覺的。

而這種與「常言」自覺的差異之處，恰可以顯示蕭繹充分的文化自信，正如學者所指出：「應該說這種區分並不科學，因爲什麼作品可以稱『綺縠紛披，宮徵靡曼』呢？又哪些作品叫做『情靈搖蕩』呢？這並沒有一個客觀標準。〔註149〕」確實，蕭繹的分法並沒有客觀標準，但也正因沒有客觀標準，適足以突出其標準在於主觀的感受上。而以主觀的感受確立事物存在的形態、決定事物「是」什麼，這隱含的意義乃是世界秩序得以由主觀感受建構，其間所具有的文化自信是十分顯然的。

當然，這種自信的由來，並非純然的自以爲是，而是以壟斷文義之士族群體的附從爲背景。正如蕭統、蕭綱東宮之差異一般，若無士族之附從，很難說宮體能成爲合理存在的詩體。

雖然皇族所學，實際上與士族之文義無二，其所建立的直感也當類似，但是在對主觀感受的評價上，士族的傾向於保守卻與皇權有相當大的差異。這與士族以學問作爲子弟踵繼任官的途徑密切相關：士族之文義是其得以爲皇權所需的重要條件，透過博通古今的能力爲事物追源溯流，正是其確立世界秩序的根據，而這使士族取得了參議朝章大典的資格、成爲家門不墜的憑藉，因而士族更易傾向於尊重經典系列的權威。然而面對當代的新變，以其相對遠離經典系列的權威而成爲新變，因此新變之價值的確立，更多地仰賴態度而非經典系列的權威，這使得士族博古的學問無用武之地，士族對新變的態度，便往往顯得瞻前顧後、猶疑不定。因而《詩品·序》中載有時人「謂

〔註148〕二篇雷同之處，即《金樓子·立言》：「管仲有言，無翼而飛者聲也，無根而固者情也。然則聲不假翼，其飛甚易；情不待根，其固非難。以之垂文，可不慎歟！……〈武帝誄〉云：『尊靈永蟄。』〈明帝頌〉云：『聖體浮輕。』浮輕有似於蝴蝶，永蟄可擬於昆蟲，施之尊極，不其嗤乎！」（見郁沅、張明高編選《魏晉南北朝文論選》，頁 366～367。）《文心雕龍·指瑕》：「管仲有言：『無翼而飛者聲也，無根而固者情也。』然則聲不假翼，其飛甚易；情不待根，其固匪難：以之垂文，可不慎歟？……《武帝誄》云『尊靈永蟄』，《明帝頌》云『聖體浮輕』。浮輕有似於蝴蝶，永蟄頗疑於昆蟲，施之尊極，豈其當乎？」（見〔梁〕劉勰著；周振甫注《文心雕龍注釋》，頁 759。）二篇雷同之處極其明顯。

〔註149〕傅剛〈漢魏六朝文體辨析觀念的產生與發展〉，《文學遺產》1996 年第 6 期，頁 31。

鮑照義皇上人，謝朓古今獨步〔註150〕」的盛讚之辭；《南齊書‧文學傳論》載淵源於鮑照「發唱驚挺，操調險急，雕藻淫艷，傾炫心魂〔註151〕」之體爲其時一大派別，可見對於新變已有一定的接受程度。但是蕭綱入主東宮時，所見「京師文體」主要仍是「懦鈍殊常」之體，而對所謂的「懦鈍」，其較爲具體之批評則是：

> 若夫六典三禮，所施則有地；吉凶嘉賓，用之則有所。未聞吟詠情性，反擬〈內則〉之篇；操筆寫志，更摹〈酒誥〉之作；遲遲春日，翻學《歸藏》；湛湛江水，遂同《大傳》。……又時有效謝康樂、裴鴻臚文者，亦頗惑焉。〔註152〕

可見此時京師所盛行者，主要仍是連類於儒家經典的典重之體，雖亦間有「效謝康樂、裴鴻臚文者」，然也皆非鮑照、沈約、謝朓等人的新變體。

但在士族瞻前顧後之時，皇權卻勇於推進。然而這種推進，卻也並非樹立新典範，而是在士族頗爲猶疑的態度中，確立新變的價值地位。而由於士族的附從，尤其是東宮「甲族有才望」之士族的附從，這也使得新變體（在梁代則以宮體最爲顯著），成爲當代文化、文學菁英共同承認的詩體，成爲現實中合理存在的一項事物。因此，自此角度而言，宮體也另外突出了一項意義，象徵著不依傍於傳統權威，菁英群體基於集體主觀性即可確立的事物。而這使得菁英群體的共識，更凸顯出其不凡的意義，亦即：即便排除經典的權威性、優先性，菁英共識也足以成爲建構世界秩序的根據。

可以說，由於皇權與士族在文義上相連結，在長期的潛移默化之下，二者在觀念上、在主觀感受上皆形成類似的狀態。南朝發展至蕭梁時代，二者形成同質性甚高的群體，隨著士族依附性的增強，皇權表現爲士族價值的積極面，而士族則爲其保守面，二者並未有難以相容之處、並未有「質」上的不同。於是皇權積極實踐其意志，但卻是實踐著與士族同質的意志。由此以論皇權與士族的關係，便可見其中一種特殊的現象：皇權參與了士族領導文義、文學的權力，打破士族壟斷文化的局面，這可以說是皇權的勝利；然而，就士族一面言，皇權在觀念、主觀感受上皆與士族同質，於是皇權承認自己的價值，同時也就已然承認了士族的價值，而這也就保障了士族不可動搖的

〔註150〕〔梁〕鍾嶸撰：陳延傑注《詩品注》，頁5。
〔註151〕見郁沅、張明高選編《魏晉南北朝文論選》，頁341。
〔註152〕同上，頁351。

地位，這也可謂爲士族的勝利。

第三節　徐庾體的意義

　　如上所述，新變以其相對遠離經典系列的權威，因此新變的價值更多地是仰賴態度而來，換言之，事物得以存在之理由，歸因於經典系列權威的重要性降低，而這也將使得士族博古的學問無用武之地。然而由宮體之大盛可知，士族畢竟接受了新體詩，於是這便隱含了士族文化上的困境，亦即作爲士族類別特徵之博學，在論述事物「是什麼」、世界「應當如何」之地位上，也當隨之降低。更有甚者，在南朝時人的觀念中，吟詠性情而不貴於用事之「詩」的地位高於「筆」，士族既由蕭綱口中之「京師文體」，大量轉向參與宮體詩寫作，形成「且變朝野」的局面，這就意味著士族在行動上支持第一流的文學（詩）、第一流的人才，不必仰賴學問的觀念。於是，因「筆」不逮於「文（詩）」，使學問也連帶處於次等地位，而這同時也意味著士族之能事，乃作爲第一流人才的次要能力。並且宮體以「東宮」爲名，形成皇權領導、士族附和的局面，而這也同時意味著士族在文學上，已淪爲皇權追隨者的地位。

　　由此以觀徐庾體，便可發覺徐庾體在南朝文學發展中的重大意義：「筆」不但取得了不下於「文（詩）」的地位，也使博學在文學場域中絕非次要。同時，士族也藉之贏回了文學領導者的地位。

　　所謂的徐庾體，其名首見於《周書・庾信傳》：

　　　　時肩吾爲梁太子中庶子，掌管記。東海徐摛爲左衛率。摛子陵
　　及信，並爲抄撰學士。父子在東宮，出入禁闥，恩禮莫與比隆。既
　　有盛才，文並綺艷，故世號爲徐、庾體焉。當時後進，競相模範。
　　每有一文，京都莫不傳誦。〔註153〕

　　而徐庾體具體之所指，則早已有學者的研究，由王瑤先生對歷代有關徐陵、庾信並稱的大量紀錄之分析可知，歷代學者對徐庾之推重，主要在二人之駢文所具有的重要地位和影響，「所以傳統所謂『徐庾體』，主要是指『文』說的；是指他們對於駢文的形式的貢獻和示範」。此外，王先生再以二人之詩爲分析，認爲除了庾信後期詩作加入「鄉關之思」外，二人在南朝之詩都

〔註153〕《（新校本）周書》卷四十一，頁747。

是屬於宮體的，尤其在徐陵集中，詩賦並不佔重要位置，且「內容都是宮體，有多首即題明是奉和簡文帝的，並無特殊之處」。因此，二人在南朝之詩作，可謂並無特秀於時代的特徵，且歷代學者對二人之接受，俱集中於二人之駢文，由此可見二人駢文成就之突出，此更可證徐庾體當是指駢文。〔註154〕

　　王瑤先生在其論述中舉出了大量例證，因而使其說頗具說服力，然而駢文屬於「筆」的範圍，在「文」的地位高於「筆」的南朝時代，駢文竟能形成「當時後進，競相模範。每有一文，京都莫不傳誦」的盛況，顯見「筆」的地位已大幅提升。甚且更為明確屬於公家之事的「筆」，也能「傳寫成誦」，如《陳書・徐陵傳》所載：

> 自有陳創業，文檄軍書及禪授詔策，皆陵所制，而〈九錫〉尤美。為一代文宗，亦不以此矜物，未嘗詆呵作者。其于後進之徒，接引無倦。世祖、高宗之世，國家有大手筆，皆陵草之。其文頗變舊體，緝裁巧密，多有新意。每一文出手，好事者已傳寫成誦，遂被之華夷，家藏其本。〔註155〕

　　依此紀錄之上下文以觀，所述主要便是應用於朝章大典之「筆」，如此，則更仰賴博學之「筆」，顯然也為領袖文壇的現象。

　　由此可知，徐庾體之大盛，意味著士族參與朝章大典之文義能力，依然為成就第一流文學之必備條件，而士族自然也是依然佔有文學領導者的地位。以下即就此意再作說明。

一、文與筆的地位

　　雖然主觀感受的重要性受到張揚，但並非所有人的感受皆等價，而是皇權及士族所形成之菁英群體的共識，才能真正具有權威，在二者學習背景類似的情況之下，卻也極易形成所謂的共識。於是主觀感受雖然蘊含著擺脫傳統權威的可能性，但是士族長久以來所強化的「區分的世界觀」，既然得到皇權追隨，也就因此使得主觀感受的新變性，只被侷限在一範圍之內，不易據之以挑戰既有的世界觀。亦即不僅是士族，皇權面對新變也有相同的作為：區分出一場域以容納新變。如前文所舉，大作宮體詩之蕭綱，亦發「詩以言

〔註154〕以上有關王瑤先生對徐庾體的解說，見氏著《中古文學史論・中古文學風貌・徐庾與駢體》（台北：長安出版社，1986三版），頁123～161。引文見頁126、149。

〔註155〕《（新校本）陳書》卷二十六，頁335。

志，政教之基」之論；同為宮體詩支持者的蕭繹，則以為文集「其美者足以
敘情志，敦風俗」，反對將學問文章「假茲以為伎術」、「狎之以為戲笑」。這
種貌似矛盾的現象在南朝甚為常見，非僅蕭氏兄弟二人之作為而已，但在時
人眼中這並不足為怪，因為類別不同其特性自然各異，重要的是能依萬物之
類別，「正確」安置萬物以形成和諧的秩序。

於是南朝的菁英共識，不僅表現為對事物類別的確立，如宮體之「且變
朝野」，使宮體在南朝成為無庸置疑的一類。同時也表現在對事物價值的調整
上，於是「筆」由於其中的博學因素已成為士族的類別特徵，因此自不可為
士族所忽視，「筆」之價值地位勢必也當為士族所堅持，這也就使南朝「筆」
不如「文（詩）」的狀況，始終潛隱著改變的動力，而至徐庾體之大興，也可
見「筆」之地位確實獲得了大幅的提升。當然，「筆」由不逮於「文」的地位，
提升至徐庾體之「傳寫成誦」、「家藏其本」，必須是順應其時之世界觀、匯聚
諸多已被菁英承認為具有高價值的因素，更重要的是，符合菁英共識的「所
有因素恰如其份」所致，絕不能只是任意的高下由之。

南朝「筆」不逮於「文」之觀念十分普遍，因此其紀錄也甚為常見，如
《南史·任昉傳》載：

> 既以文才見知，時人云「任筆沈詩」。昉聞甚以為病。晚節轉好
> 著詩，欲以傾沈，用事過多，屬辭不得流便，自爾都下士子慕之，
> 轉為穿鑿，於是有才盡之談矣。〔註156〕

任昉對時人所稱之「任筆沈詩」「甚以為病」，可見「筆」之地位不如「文
（詩）」。因此即便在時人盛讚「筆」之地位時，實際上仍是以「文（詩）」
為貴，如蕭綱〈與湘東王書〉對當世「詩」、「筆」之代表作家皆甚為推崇：
「至如近世謝朓沈約之詩，任昉陸倕之筆，斯實文章之冠冕，述作之楷模。
〔註157〕」但實際上，在蕭綱心目中，「文（詩）」之地位仍是高於「筆」，故
其〈勸醫論〉云：「豈有秉筆不訊，而能善詩？〔註158〕」這顯然是將「文（詩）」
作為善於「筆」之後方能具有的才能，「文（詩）」之優於「筆」於此可見。

而「文」高於「筆」之原因何在？此可由范曄〈獄中與諸甥姪書〉一窺
其中的消息，其文云：

〔註156〕《（新校本）南史》卷五十九，頁 1455。
〔註157〕見郁沅、張明高編選《魏晉南北朝文論選》，頁 352。
〔註158〕見〔清〕嚴可均輯；陳延嘉等校點《全上古三代秦漢三國六朝文·全梁文（第
　　　　七冊）》卷十一，頁 123。

　　　　手筆差易，文不拘韻故也。吾思乃無定方，特能濟難，適輕重，

　　所秉之分猶當未盡。但多公家之言，少於事外遠致，以此爲恨。亦

　　由無意於文名故也。〔註159〕

　　此中「拘韻」、「事外遠致」，可以成爲理解文高於筆的線索。亦即范曄認
爲由於受限於聲律，故而使「文」之難度高於「筆」，因而可以由此推得難度
較高之「文」，優於較易之「筆」；而「事外遠致」則不以文學之形式爲言，
表明更有價值之作品，在於表現「遠離人間庶務的高邈的情趣意態」〔註160〕，
因而旨在處理庶務的「公家之言」自然落於下乘。

　　以前者而言，因聲律之難易所造成的文筆高下，此在永明聲律說盛行之
前，或可爲文筆高下之據，但隨聲律說之盛行，以難易論文筆高下，卻也並
非理所當然。《文心雕龍·聲律》即表達了即便是「筆」，其調聲律也是「至
難」之意：

　　　　異音相從謂之和，同聲相應謂之韻。韻氣一定，則餘聲易遣；

　　和體抑揚，故遺響難契。屬筆易巧，選和至難，綴文難精，而作韻

　　甚易。〔註161〕

　　此段文字指出了「作韻」與「選和」的難易問題，也由此可知在聲律說
興起之後，「作韻」相對於「選和至難」，已成「甚易」之事。於是對以聲律
難易論高下者而言，「作韻」的重要性自然不再引人高度關注，反倒是「選和」
之地位更爲醒目。南朝在「筆」亦重「選和」的發展中，「筆」與「文」的高
下，也難以再依聲律爲說。換言之，范曄「筆」不押韻故而較易創作的論斷，
在聲律說興盛之後，很難說能仍能符合時人的經驗。然而「文」高於「筆」
的觀念依然繼續，如任昉「晚節」已入梁，其時距永明時代沈約等人倡聲病
之說已頗有時日，然而任昉依然以「任筆沈詩」爲病，可見「文」高於「筆」
之主因並不在聲律之難易。

　　於是「事外遠致」，便提供了另一條理解文筆高下的途徑。

　　以「文」、「筆」分指兩類不同的文體而言，劉宋時代顏延之所謂之「竣
得臣筆，測得臣文」〔註162〕，「這是今日所見文、筆分指兩類文章的最早的資

〔註159〕見郁沅、張明高編選《魏晉南北朝文論選》，頁256。
〔註160〕說見王運熙、楊明《魏晉南北朝文學批評史》（上海：上海古籍出版社，1989），
　　　　頁199。
〔註161〕〔梁〕劉勰著；周振甫注《文心雕龍注釋》，頁630。
〔註162〕《（新校本）宋書》卷七十五〈顏峻傳〉，頁1959。

料」〔註163〕，然而「文」、「筆」二分的觀念，早在劉宋之前已具。劉宋以前，史家著錄傳主的製作，雖未明言「文」、「筆」，但分類之意已時時可見，因此學者指出：

> 在用「筆」指稱文章的長期過程中，人們還較多地用「筆」或「手筆」等語指章表奏疏書記一類實用文章，而這類文章大多是不押韻的。於是當文筆分目的説法提出時，自然而然地以「筆」指無韻之文，而以「文」指有韻之文了。〔註164〕

由此可知，雖然南朝以有韻、無韻分「文」、「筆」，但「章表奏疏書記一類實用文章」則爲「筆」實際指涉的文體，此所以范曄以「公家之言」泛稱之。

由此以觀「文」、「筆」之分，除其有韻、無韻之別外，可以說，個人情性與公家庶務也是其中重要的分類依據。而這種分類，與南朝士族不干實權，甚至以遠離權位論斷人物價值的風氣相適應，於是「事外遠致」之「文」，被視爲高於「公家之言」的「筆」，也就是意料中事了。故而「情性」與「公家」的概念，大致上處於對立的兩方，而其對立也呈顯爲「文」、「筆」之兩方，並且也表現爲兩方的高下之別。

於是時人在泛論文章時，如前文所言，固不免以「情」、「情性」、「情志」、「性靈」等爲根源，但在有意辨明「文（詩）」時，「情性」便往往與「筆」相對。《詩品·序》云：「若乃經國文符，應資博古；撰德駁奏，宜窮往烈。至乎吟詠性情，亦何貴於用事？」鍾嶸此段文字乃是論詩，用以強調詩在於「吟詠性情」，因此當重「直尋」，並因此反對顏延之、謝莊、任昉、王融等「貴於用事」之風習。但其中尚可注意：鍾嶸將「吟詠性情」與「貴於用事」相對立，視之爲兩大類別，而「應」、「宜」大量用事之類別，在鍾嶸的觀念中，爲「經國文符」、「撰德駁奏」的特徵，而這正是「筆」的範圍。換言之，「文（詩）」、直尋、吟詠性情，連類成爲一類；而「筆」、博學、應用公文，則爲與之相對的另一類。

這種觀念的影響是巨大的，「文（詩）」、「筆」既二分，且不必於詩中呈顯出博學，因而用典雖爲篇體因素之一，但鑑賞詩作卻是以情性爲優先，詩中學問之地位自然降低。更有甚者，「文（詩）」之地位既然高於「筆」，不必

〔註163〕説見王運熙、楊明《魏晉南北朝文學批評史》，頁192。
〔註164〕同上，頁191。又，劉宋前史籍著錄傳主著作，已隱含有韻、無韻兩大類，本書亦舉出大量例證，參本書頁189～191。

刻苦勵學也能凸顯情性之優異，因此形成了一條迅速博取名聲的捷徑，使得「閭里童昏，貴遊總丱，未窺六甲，先制五言」〔註165〕。展現在詩中，因學問已淪爲次要，於是詩中的學問因素，也就往往只是爲了滿足篇體因素的要求，從而淪爲只具「苟取成章，貴在悅目」的裝飾性目的，此正如蕭繹《金樓子‧立言》所述之時風：

　　　　夫今之俗，搢紳稚齒，閭巷小生，學以浮動爲貴。用百家則多尚輕側，涉經紀則不通大旨，苟取成章，貴在悅目。〔註166〕

　　勉強充塞學問以「成章」、「悅目」，這自然是反映了其時篇體構成因素對學問的要求，但同時也反映了堅實的學問，爲其時第一流的文學（詩）之次要才能的風氣。《顏氏家訓‧勉學》也描述了梁代的這種惡劣影響：

　　　　梁朝全盛之時，貴遊子弟，多無學術，至於諺云：「上車不落則著作，體中何如則秘書。」……明經求第，則顧人答策；三九公讌，則假手賦詩。〔註167〕

　　答策、公宴之作，以其嚴肅性、制度性，因此必須「資博古」、「窮往烈」，這種博學的要求，也就使得求便利、求速成者力有未逮，如此，假手他人自然也就蔚然成風。但既然第一流之文學（詩）無需仰賴學問，則無深厚堅實之學問又何妨？無堅實之學問，並不礙於以第一流之文學（詩）成爲第一流之人才。

　　「文」、「筆」類別特徵及其價值高下之劃定，實際上對士族是利弊兩見的。雖然在南朝士族不干實權的現實環境下，突出吟詠性情的地位，得以彰顯士族獨立於皇權的價值，但士族既以其文義能力爲皇權所需，而優於「筆」之「文（詩）」卻不以博學爲高，作爲士族能事之博學，也就因連類於「筆」而淪爲次要。《顏氏家訓‧文章》云：

　　　　學問有利鈍，文章有巧拙。鈍學累功，不妨精熟；拙文研思，終歸蚩鄙。但成學士，自足爲人。必乏天才，勿強操筆。〔註168〕

　　學問可以因「鈍學累功」而有成就，但文學乃天才之事，若「必乏天才」，則無論如何研思也「終歸蚩鄙」。鍾嶸在諷刺大量用典隸事之詩時，也是用

〔註165〕李諤〈上隋高帝革文華書〉，見郭紹虞主編《中國歷代文論選（上冊）》，頁326。
〔註166〕見郁沅、張明高編選《魏晉南北朝文論選》，頁368。
〔註167〕〔北齊〕顏之推著；王利器集解《顏氏家訓集解》，頁145。
〔註168〕同上，頁237。

同樣的觀念:「詞既失高,則宜加事義。雖謝天才,且表學問,亦一理乎!〔註169〕」天才與學問,隱然成爲對立的項目,且天才顯然更爲稀有、更爲詩所需。學問在「文」高於「筆」的時代觀念中,其次要性亦由此可見,而這也就意味著士族的能事——博學,在文筆觀念中是次等能力的意義。

於是蕭繹以所謂的「綺縠紛披,宮徵靡曼,脣吻遒會,情靈搖蕩」標舉「文」的典型特徵,這對於士族的博學而言,便具有十分重要的意義:文、筆在「常言」中,雖仍是以形式上的有韻、無韻爲分,但如上所述,在聲律說興起後,這種形式上的劃分已漸失價值評斷的意義,價值高下的判斷標準,已逐漸讓位於篇體因素之是否適切調配,意即「所有因素恰如其份」方能構成第一流文學的觀念益形重要,而這卻必須是仰賴於菁英群體主觀感受的共識。而即便是「公家之言」,在「區分的世界觀」籠罩下,作品之高下,也是因是否能符合此場合所要求的「恰如其份」,博學在這種觀念之下,便有了脫離與次等之「筆」僵固連結,從而回歸第一流文學的契機。亦即文學作品價值之高下,乃基於菁英集體的共識,用事與否並非文章價值高下之所據。

雖說審美標準轉向「所有因素恰如其份」,因此學問以其爲重要的篇體因素,不能因其被連類爲「筆」的特徵,便被排除在更高級的「文」的地位之外。但在觀念上爲博學爭取地位,同時也當有具體的作品實踐爲之支持。換句話說,「筆」依然能維持其博學因素,但要眞能提高其地位,便必須以具有時人所承認的審美價值之作品來支持,當然,這自然有待於南朝士族致力於「筆」的革新,而這也就促成了駢文的變化。

二、駢文的變化

廖蔚卿先生指出:「若從文學承傳發展觀察,可以發現連珠體在漢魏六朝文學中的重要性實在不下於詩賦。〔註170〕」因此廖先生舉出詔策令教、檄移、章表、奏啓、牋(書)、論(議)、序贊、弔祭(行狀、墓誌銘、碑)、賦(七)等各種文體中連珠體式的大量例證,以證成其說〔註171〕。在分析此大量例證之藝術特色後,廖先生指出徐庾駢文所受到的諸種影響:

〔註169〕〔梁〕鍾嶸著:陳延傑注《詩品注》,頁7。
〔註170〕廖蔚卿〈論連珠體的形成〉,收入氏著《漢魏六朝文學論集》(台北:大安出版社,1997),頁388。
〔註171〕其例見廖蔚卿〈漢魏六朝連珠體的藝術及其影響〉,收入同上書,頁508~528。

　　我們可以如此斷言：魏晉六朝文學的種種題材內容，直接影響

著連珠體的內容，如言志抒情的賦及宮體艷詩之促成連珠的變化；

而連珠的技巧，配合著六朝重用典、排偶、聲律的語言之藝術化，

彼此互相激盪，構成了梁代徐庾四六駢文的成熟。〔註172〕

　　文體間的交互影響在所難免，駢文自然是受著時代文學風氣的影響，其

時大興的宮體詩自也是駢文吸收養分的來源，但是：

　　不須認為齊梁宮體詩促成了駢文的發展與定型，因為宮體詩與

駢文是同時進行其活動，可以完成彼此推波助瀾之勢，卻並無傳承

的因果關係，何況詩的句式，究竟不能以四六的形式排列。故要真

正探視駢文或四六的形式，由連珠體可以窺見其大要，因為連珠之

成為文體究竟較早，運用亦較廣。〔註173〕

　　的確，時代文風確實是「彼此推波助瀾」，南朝所重視的用典、排偶、聲

律等篇體因素，廣泛地影響著當時各體的文章寫作，與其說駢文的發展與定

型是籠罩在宮體詩的影響之下，無寧說駢體的發展，是在時人所重視的各種

寫作要素中，尋求「所有因素恰如其份」的結果。

　　因此在南朝所重視的篇體因素上，駢文都有著重大的變化。以排偶而言，

雖其早為南朝文人所重視，如《南齊書·文學傳論》已將「非對不發」視為

文章之一體。但表現在駢文上，徐庾駢文的排偶則有進一步的發展，較之宋

齊駢文，更可見徐庾駢文中對句比重的增加。學者指出：

　　宋齊駢文，對句固然是主流，但許多作品，散句還是佔一定的

量。並且全篇裁對之作，也很少見。到了徐庾則不同，不但每一篇

中，對句所佔比重增加了，而且在短文中出現了許多全篇無一散句，

均為聯語之作。〔註174〕

　　然而更重要的是，四六隔句對在徐庾的駢文中，不但數量增加，且連續

運用的情況也出現〔註175〕。對於四六隔句對的關注，正反映了徐庾在時人

〔註172〕同上，頁528～529。

〔註173〕同上，頁534～535。

〔註174〕鍾濤《六朝駢文形式及其文化意蘊》（北京：東方出版社，1997），頁102。
　　　　又，本書列舉了大量的統計數字，以為駢文的發展作說明，舉凡魏晉南北朝
　　　　文之對句數、用典句數、四六隔對句數、協律句數等，皆列有統計表。見此
　　　　書第二章「六朝駢文形式的定型過程」，頁54～115。本節相關的統計數字多
　　　　參此書。

〔註175〕同上，頁106。

所關注的句式上的發揚光大。《文心雕龍‧章句》云:「若夫筆句無常,而字有常數,四字密而不促,六字格而非緩。或變之以三五,蓋應機之權節也。〔註176〕」這已說明了在時人觀念中,四字、六字句所具有的優越性,徐庾駢文的發展正證實了這種看法。而這也就反映出在融入時人認爲具有高價值的文學因素上,徐庾所付出的努力。

而與「非對不發」共成文體特徵的是「緝事比類」,因而在徐庾駢文中用典亦十分綿密,以《玉臺新詠‧序》而言,其「用典故約九十餘處,出自經史子集的典故約五十多處,出自筆記雜著的典故三十多處,⋯⋯大約是先秦十多個,漢代四十多個,魏晉共約二十多個。可見,確有用典數量大,時間跨度長,包羅典籍多的特點」〔註177〕。

至於聲律部分,因其最初之發展首重五言詩〔註178〕,這自然不能以同樣原則運用於駢文,因此駢文之聲律轉成強調節奏點之和諧。而徐庾之作,也是達到了聲律的高度和諧,以《玉臺新詠‧序》爲例,學者指出:

> 全文49聯對偶精工的對句中,節奏點上末字諧平仄的,僅有13聯。而且,這些不協平仄的對句,多數都是個別平仄不諧調,全句總體上還是平仄諧調的。聯與聯句腳相黏,也很普遍。最多達四聯相黏,共有五處之多。還有二處三聯相黏,三處二聯相黏。再排除由散句銜接,無須相黏之處,全文只有十來處不相黏。這麼長的文章,在聲律上能達到如此諧調,實在是作者費盡心力之作了。〔註179〕

以其高度的和諧,可見這是徐陵刻意調整聲律的結果。

以上駢文之形式因素學者所論已多,無須贅述,於是可轉向觀察情志因素的表現。情志自然是南朝所重的篇體因素,雖然在朝章大典上,駢文的情志表達受到極大的限制,但是駢文也並不只侷限於此,而是在持續發揮其形式美之下,擴展了應用範圍,以致於也擴大了抒情志、寫景物的功能。上舉徐陵《玉臺新詠‧序》,其傑出之成就已爲學者所常及,如尹恭弘先生評其

〔註176〕〔梁〕劉勰著;周振甫注《文心雕龍注釋》,頁647~648。
〔註177〕鍾濤《六朝駢文形式及其文化意蘊》,頁149。
〔註178〕《(新校本)南史》卷四十八〈陸厥傳〉載:「(沈)約等文皆用宮商,將平上去入四聲,以此制韵,有平頭、上尾、蜂腰、鶴膝。五字之中,音韵悉異,兩句之內,角徵不同,不可增減。世呼爲『永明體』。」(頁1195)強調其爲「五字之中」,則聲律說首先以詩爲試驗無疑。
〔註179〕鍾濤《六朝駢文形式及其文化意蘊》,頁113~114。

「纖腰無力，怯南陽之擣衣；生長深宮，笑扶風之織錦」句，認爲：「徐陵用一『怯』字、一『笑』字，彷彿給這些典故以血肉、生氣，使它們立即活了起來，前者突出了這些婦女詩人的嬌態，後者說明了這些婦女詩人的才情。〔註180〕」徐陵以典故寫「物」（女性），而能富有「血肉、生氣」，則其成就之高顯然。他如庾信〈梁東宮行雨山銘〉：

> 山名行雨，地異陽台。佳人無數，神女看來。翠縵朝開，新妝旦起。樹入床頭，花來鏡裡。草綠衫同，花紅面似。開年寒盡，正月遊春。俱除錦帔，並脫紅綸。天絲劇藕，蝶粉生塵。橫藤礙路，弱柳低人。誰言洛浦，一個河神？〔註181〕

其寫景之清新可見。再如徐陵〈報尹尚義書〉之「白溝浼浼，春流已清；紫陌依依，長楊稍合」；蕭綱〈與蕭臨川書〉之「零雨送秋，輕寒迎節。江楓曉落，林葉初黃」；蕭綱〈與劉孝綽書〉之「曉何未落，拂桂櫂而先征；夕鳥歸林，懸孤颿而未息」；陳後主〈與詹事江總書〉之「每清風朗月，美景良辰，對群山之參差，望巨波之溰瀁，或玩新花，時觀落葉，既聽春鳥，又聆秋雁」等亦皆如是。至於陶宏景〈答謝中書書〉、吳均〈與宋元思書〉等，則以其寫景之清麗，早爲學者所讚賞之名篇。而依沈約「易見事」的主張，將熟典化用於駢文中的作法也頗爲常見，如徐陵〈與齊尚書楊遵彥書〉之「山梁飲啄，非有意於籠樊；江海飛浮，本無情于鐘鼓」、徐陵《玉臺新詠・序》之「琵琶新曲，無待石崇；箜篌雜引，非因曹植」等。這種「易見事」的寫法，自然也是駢文清新流麗風格的緣由。由以上諸例可知，駢文擺脫由「筆」而來之典重印象十分明顯，可以說，南朝所推崇的「易」、「直尋」、「雜以風謠」等，雖構成「文（詩）」所擅之「不雅不俗」的清新風格，但在「筆」中同樣也得到張揚。

除此之外，駢賦〔註182〕則多吸收五、七言詩句，呈顯出明顯的詩化傾向。據學者統計，庾信的駢賦之作，其五、七言雜用的現象，在全篇的比例

〔註180〕尹恭弘《駢文》（北京：人民文學出版社，1994），頁 84～85。

〔註181〕〔清〕許槤選：曹明綱撰《六朝文絜譯注》（上海：上海古籍出版社，1999），頁 232。又，銘原屬有韻之「文」，然許槤此駢文選本收錄之，可見視之爲駢文亦無妨，而這也側面反映出駢文的書寫形式，正逐步提高其影響力，因而得以擴展至各體，下文所言及之賦亦爲其例。也由此可知，以有韻無韻的客觀形式區分文筆及其高下，正逐步讓位於「所有因素恰如其份」的菁英共識。

〔註182〕駢賦亦可視爲駢文，《六朝文絜》卷一即收錄十餘篇駢賦，其視之爲駢文顯見。見同上，頁 1～61。

十分明顯，如〈春賦〉佔 42%、〈對燭賦〉佔 63%、〈蕩子賦〉佔 57%，且這些駢賦中的五、七言句大多富有詩情畫意〔註 183〕，而這也使文、筆之界線益形模糊。

再以朝章大典之應用公文而言，這雖限制個人情志之表達，但在「所有因素恰如其份」的審美要求下，時人也對之推崇備至，如上文引《陳書‧徐陵傳》所言及之「大手筆」即是其證。以徐陵被稱爲「尤美」之〈冊陳公九錫文〉，對比於潘勗、任昉同類作品，更可見徐陵文之「尤美」。三文皆甚長，任文尤長於潘，而徐文又長於任，此可見華茂之增長。茲舉三文之首段爲例，以見其工麗程度之發展。

潘勗〈冊魏公九錫文〉作於建安十八年（213），屬六朝初期之作，其文雖愼重其事，但平樸實也難免：

> 制詔：使持節、丞相、領冀州牧武平侯。朕以不德，少遭閔凶，越在西土，遷於唐、衛。當此之時，若墜流然，宗廟乏祀，社稷無位；群凶觊觎，分裂諸夏。一人尺土，朕無獲焉。即我高祖之命，將墜於地。朕用夙興假寐，震悼於厥心，曰，「惟祖惟父，股肱先正，其孰恤朕躬？」乃誘天衷，誕育丞相，保乂我皇家，弘濟於艱難，朕實賴之。今將授君典禮，其敬聽朕命。〔註 184〕

至南朝被蕭綱盛讚爲「文章之冠冕，述作之楷模」之任昉，其〈策梁公九錫文〉工麗自然甚於潘文：

> 二儀寂寞，由寒暑而代行；三才並用，資立人以爲寶。故能流形品物，仰代天工。允茲元輔，應期挺秀，裁成天地之功，幽協神明之德。撥亂反正，濟俗寧民，盛烈光於有道，大勳振於無外，雖伊陟之保乂王家，姬公之有此丕訓，方之蔑如也。今將授公典策，其敬聽朕命。〔註 185〕

徐陵〈冊陳公九錫文〉，其篇制較前作更爲宏偉固不待言，且其工麗程度，也更有甚於任昉之制：

> 大哉乾元，資日月以貞觀；至哉坤元，憑山川以載物。故惟天

〔註 183〕見陳鵬《六朝駢文研究》（成都：巴蜀書社，2009），第六章第一節之「一、駢文的詩化」部分，頁 293～298。

〔註 184〕〔清〕嚴可均輯；陳延嘉等校點《全上古三代秦漢三國六朝文‧全後漢文（第二冊）》卷八十七，頁 817。

〔註 185〕同上，《全梁文（第七冊）》卷四十一，頁 416。

爲大，陟配者欽明；惟王建國，翼輔者齊聖。是以文、武之佐，磻
溪蘊其玉璜；堯、舜之臣，榮河鏤其金版。况乎體得一之鴻姿，寧
陽九之危厄，援橫流於碣石，撲燎火於昆岑，驅馭於韋、彭，跨碾
於齊、晉，神功行而靡用，聖道運而無名者乎？今將授公典策，其
敬聽朕命。〔註186〕

　　透過三文之比較可知，潘勗之作多四言之句，其以「四言正體」爲文，
目的顯然是在塑造「雅潤」之風〔註187〕。若與任昉之作相比，二文在對偶之
工麗程度上，顯然任昉之作更爲精巧，無怪乎蕭綱稱之爲「述作之楷模」。然
而任昉之作與徐陵相較，便不免稍見遜色，以其中之對句而言，即可見徐陵
隔句對運用得更爲廣泛，也由此益形徐作工巧之美。

　　由以上所述，可概知駢文在南朝的發展趨向，可以說，舉凡時人所重視
的篇體因素：情志、對偶、用典、聲律，皆在駢文中獲得了進一步的發展，
因此「筆」在匯聚諸因素的優點下，也能符合「綺縠紛披，宮徵靡曼，脣吻
遒會，情靈搖蕩」的審美要求。由此而言，「筆」雖爲無韻，但此形式因素顯
然已不能規限「筆」之價值，於是朝章大典之作，雖在抒發個人性情上有其
限制，但形式之轉趨工巧則無庸置疑，其他駢文之作，如徐陵之《玉臺新詠·
序》則更無愧於「綺縠紛披，宮徵靡曼，脣吻遒會，情靈搖蕩」，如此，即便
「筆」不能超越「文」，至少其價值也不必然下於「文」。於是與「筆」連類
以觀的博學，其於文學價值中之地位，也隨「筆」地位之提升而更形重要。

三、士族贏回文學領導權

　　梁、陳善於文學之皇族帝室，對於「筆」並不鄙視，如蕭綱之讚美任昉、
陸倕，視其「筆」爲「文章之冠冕，述作之楷模」。蕭繹也讚美任昉「才長筆
翰，善輯流略，遂有龍門之名」。而陳叔寶也對善於「筆」之姚察十分敬重，
認爲「姚察達學洽聞，手筆典裁，求之於古，猶難輩匹，在於今世，足爲師
範。且訪對甚詳明，聽之使人忘倦。」

　　基於南朝後期皇族文義能力的提升，對於「筆」之推重，自然是甚能接
受「筆」中之學問因素。因此對於「筆」之所憾，主要並不在其中之用典、
博學，而是在於喪失了「篇什之美」。如蕭綱在〈與湘東王書〉中對裴子野的

〔註186〕同上，《全陳文（第八冊）》卷六，頁58。
〔註187〕《文心雕龍·明詩》：「若夫四言正體，則雅潤爲本，五言流調，則清麗居宗。」
　　　　見〔梁〕劉勰著；周振甫注《文心雕龍注釋》，頁85。

批評：「裴氏乃是良史之才，了無篇什之美。」以裴子野享有重名之〈喻虜檄文〉而言，在南朝的文學風氣下，的確顯得過於質直：

> 天生蒸民，樹之以君，所以對越三才，司牧黔首，蹋其苛慝，
> 除其患難。肇自遂古，以迄皇王，經世字民，咸由此作。朕撥亂反
> 正，君臨億兆，休牛放馬，載戢干戈，思與一世之民，躋之仁壽之
> 域。……〔註188〕

此段節錄之文字，已可見裴子野之文章，與上文所引之潘勗〈冊魏公九錫文〉之風格頗爲類似，因此《梁書・裴子野傳》對其文風之批評爲「不尚麗靡之詞」、「其製作多法古，與今文體異」〔註189〕，這確實指出了裴子野此文的特徵。然而裴子野在梁代也具有一定的影響力，《梁書・裴子野傳》載：

> 普通七年，王師北伐，敕子野爲喻魏文，受詔立成，高祖以其
> 事體大，召尚書僕射徐勉、太子詹事周舍、鴻臚卿劉之遴、中書侍
> 郎朱异，集壽光殿以觀之，時並嘆服。高祖目子野而言曰：「其形雖
> 弱，其文甚壯。」……自是凡諸符檄，皆令草創。〔註190〕

裴子野此作能使諸人嘆服，主要應是在於其文之內容，而其文能引來時人的效法，恐怕與其能得梁武帝賞識脫離不了關係。但這種「與今文體異」的文風，很難說能受到其時文士眞心擁戴，尤其以當時南、北使臣互訪之表現，即可知文采爲南、北才士考校人才優劣、國力高下的重要項目：談吐中大量引經據典，並能賦予新意；語言典雅化，甚至爲四六駢句；宴會應酬，則往往需賦詩應答〔註191〕。裴子野之檄文，與其時南、北往來之競采風習大相逕庭，僅能說符合了一時之需要。因此蕭綱入主東宮，隨即對裴子野的文風大力抨擊，而此後盛行於梁代後期及陳代者，即是恢復「篇什之美」的徐庾體。

總觀上文所述駢文的發展可知，以徐庾體爲代表的駢文，可以說突破了「筆」與應用公文連類的僵固印象，成爲不但符合「綺縠紛披，宮徵靡曼，脣吻遒會，情靈搖蕩」之標準，且在抒情、寫景、說理直至廟堂文章皆宜的

〔註188〕見〔清〕嚴可均輯：陳延嘉等校點《全上古三代秦漢三國六朝文・全梁文（第七冊）》卷五十三，頁534。
〔註189〕《（新校本）梁書》卷三十，頁443。
〔註190〕同上。
〔註191〕南北使臣互訪之意義及其表現方式的描述，見吳先寧《北朝文化特質與文學進程》（北京：東方出版社，1997），頁49～51。

文體，徐庾體也因此象徵著「文（詩）」與「筆」所形成的兩個對等系列：「文（詩）」自吟詠性情直至顏延之式的公宴詩，形成由書寫個人情性至廟堂文章的一系列作品；而「筆」也同樣形成如此一個系列。故而所謂的「吟詠性情」，不能再固定地與「文（詩）」連類，視為是「文（詩）」的專屬特徵，「吟詠性情」同樣也連類至「筆」的領域。換言之，兩系列皆能達到「綺縠紛披，宮徵靡曼，脣吻遒會，情靈搖蕩」，很難說「文（詩）」的審美價值必然在「筆」之上。故而無論文、筆，作品價值之判斷標準，更清晰地歸於「區分的世界觀」及「所有因素恰如其份」，也就是說，歸於菁英共識。於是在「區分的世界觀」籠罩之下，世界區分為適用不同原則的各場域，而文體則應當符合各場域的原則要求；同時，在符合各場域的原則要求下，調整各因素的表現形態，形成「所有因素恰如其份」的審美價值。而這是「文（詩）」、「筆」一體適用的原則，無論是「文（詩）」、是「筆」，只有能符合此原則者方可稱為傑作，而這已不再是「筆」不如「文（詩）」的觀念了。於是在這種觀念的推動下，徐庾體也確實促成了「當時後進，競相模範。每有一文，京都莫不傳誦」、「每一文出手，好事者已傳寫成誦，遂被之華夷，家藏其本」。可以說，徐庾體確立了「筆」在實質上並不下於「文（詩）」的地位。

由此可知，基於集體主觀性而來的菁英共識，既已成為確立事物意義、價值的基礎，因此文筆之高下，也由此並不基於人皆可驗的、有韻無韻的客觀形式，而是繫於菁英對場合、文體性質的約定，以及「所有因素恰如其份」的感受。於是博學作為篇體的構成因素，成為必不可少的文學才能，只是在「區分的世界觀」之下，當隨場合、文體之不同，「恰如其份」地表現而已。此中尤當注意的是，這不只是針對「筆」而已，在「文（詩）」亦是相同的要求，兩者不再被視為是「吟詠性情」對立於「朝章大典」的類別，而是地位對等、平行的兩文體系列。於是徐庾體所代表的意義便十分突出：博學贏回了在第一流文學中的地位，而士族也能以其博學之能事，再度贏回文學領導者的地位。

第四節 小 結

由於南朝「類優先性」的意識，因此時人認知個別事物時，先以其「類」為之定性，於是士族不但是以「類」視人，同時也是以一「類」看待自己。

而自屬一「類」既是士族特權的根據，於是此「類」之性質便必須被突出，以成其名符其實之一「類」，這自然促使士族必須不斷強調其與「他類」性質之區別。在順應士族不干實權的現實政治環境之下，士族強化了「不爭」的正當性，而與此「不爭」相伴隨而生的，便是士族日益突出的自我抑制心態。而當自我抑制成爲備受士族尊崇的性格傾向，此性格也轉化成士族的類別特徵，於是士族的種種行爲也以自我抑制爲高，不僅僅侷限於對權勢的「不爭」而已。這導致士族無論在政治方面或是經濟方面，對皇權的依附性皆不斷增強。

同時，隨著士族對皇權依附性的增強，士族對於皇權的指導性地位也隨之逐步降低，這使得皇權意志的展現，更能得到士族附從。尤其在侯景之亂後，士族益形衰落，士族即便對皇權的展現有所異議，也未必爲皇權所接受，甚至得不到尊重。於是在士族附從皇權及梁陳帝室文化素養提升的情況下，這也就促進了皇權的文化自信，使得皇權更有信心於領導文學發展。而此中尤其能顯示士族之依附皇權、皇權之參與文化領導權者，應在於宮體詩之得名及盛行。

蕭綱入主東宮之前，宮體形態之詩作已然存在，然而宮體仍以東宮而得名，這固然突出了蕭綱東宮相對於蕭統東宮的變革，但這種變革，由於有士族大量參與，才能形成「且變朝野」的大盛之局、才眞正確立東宮的變革。就其所反映的文化意義而言，正是士族無力於堅持以其文義指導皇權的實踐方式，並且，也無力於與皇權保持距離，而只能積極追隨。於是，士族對皇權的附從，至此也擴展至正式承認皇權參與建構文化秩序的領域。

雖說皇權參與了文化領導權，但這是皇族的文化素質與士族類同所致，換言之，南朝皇族提升文化素質的方式，是以士族的文義爲學習對象，因而皇族是在接受士族價值觀的前提下爲士族所認同，於是皇族以此成爲與士族同質的文化菁英，也以此參與了士族的文化領導權。既然皇權以士族的價值爲價值標準，這實際上已悄悄地扮演了士族價值代言人的角色。而皇族以其所具有的政治權力，在與士族共成文化菁英的情況下，也將菁英的共識轉化成論述、建構世界秩序的根據。於是，就皇權一面言，既然打破了士族壟斷文化的局面，這可以說是皇權的勝利；然而，就士族一面言，既然皇權在價值觀上與士族同質，則皇權也就在「執行」士族的價值，這也可謂爲士族的勝利。

　　由於皇族所學，實際上與士族之文義無二，因此二者所建立的直感也當類似，但是在對主觀感受的評價上，士族的傾向於保守卻與皇權有相當大的差異。這差異之所由，與士族以學問作爲子弟踵繼任官的途徑密切相關：士族之文義是其得以爲皇權所需的重要條件，透過博通古今的能力爲事物追源溯流，正是其確立世界秩序的根據，而這使士族取得了參議朝章大典的資格，也成爲士族家門不墜的憑藉，因而士族更易傾向於尊重經典系列的權威。然而面對當代的新變，以其相對遠離經典系列的權威，因此新變之價值的確立，更多地仰賴態度而非經典系列的權威，這使得士族博古的學問無用武之地，因此士族對新變的態度，便往往顯得瞻前顧後、猶疑不定。但由宮體之大盛可知，士族畢竟接受了新體詩，於是這便隱含了士族文化上的困境，亦即作爲士族類別特徵之博學，在論述事物「是什麼」、世界「應當如何」之地位上，也當隨之降低。更有甚者，士族大量參與宮體詩寫作，形成「且變朝野」的局面，這也就意味著士族在行動上支持第一流的文學（詩）、第一流的人才，不必仰賴學問的觀念。於是，因「筆」不逮於「文（詩）」，使學問也連帶處於次等地位，而這同時也意味著士族之能事，乃作爲第一流人才的次要能力。並且宮體以「東宮」爲名，形成皇權領導、士族附和的局面，而這也同時意味著士族在文學上，已淪爲皇權追隨者的地位。

　　於是「所有因素恰如其份」、「區分的世界觀」的觀念，又再度發揮其建構世界的作用，博學也由此得以重新回復在第一流文學中的地位，亦即審美標準回歸由菁英群體主觀感受的「所有因素恰如其份」，即便是「公家之言」，在「區分的世界觀」籠罩下，作品之高下，也是因是否能符合此場合所要求的「恰如其份」作爲判斷標準，而不再因歸屬於「筆」即落於下乘。博學在這種觀念之下，便有了脫離與次等之「筆」僵固連結，從而回歸第一流文學的契機。亦即文學作品價值之高下，乃基於菁英集體的共識，用事與否並非文章價值高下之所據。

　　在這樣的觀念之下，促成了駢文在南朝的發展趨向，可以說，舉凡時人所重視的篇體因素：情志、對偶、用典、聲律，皆在駢文中獲得了進一步的發展，因此「筆」在匯聚諸因素的優點下，也能符合「綺縠紛披，宮徵靡曼，脣吻遒會，情靈搖蕩」的審美要求。由此而言，「筆」雖爲無韻，但此形式因素顯然已不能規限「筆」之價值，於是朝章大典之作，雖在抒發個人性情上有其限制，但仍是在其場合中，發揮著「所有因素恰如其份」的審美價值，

其他駢文之作，無論抒情、寫景則更無愧於「綺縠紛披，宮徵靡曼，脣吻遒會，情靈搖蕩」，如此，即便「筆」不能超越「文」，至少其價值也不必然下於「文」。於是與「筆」連類以觀的博學，其於文學價值中之地位，也隨「筆」地位之提升而更形重要。

由此可知，以徐庾體爲代表的駢文，可以說是突破了「筆」與應用公文連類的僵固印象，徐庾體也因此象徵著「文（詩）」與「筆」所形成的兩個對等系列：「文（詩）」自吟詠性情直至顏延之式的公宴詩，形成由書寫個人情性至廟堂文章的一系列作品；而「筆」也同樣形成如此一個系列。故而所謂的「吟詠性情」，不能再固定地與「文（詩）」連類，視爲是「文（詩）」的專屬特徵，「吟詠性情」同樣也連類至「筆」的領域。故而無論文、筆，作品價值之判斷標準，更清晰地歸於「區分的世界觀」及「所有因素恰如其份」，也就是說，歸於菁英共識。於是在「區分的世界觀」籠罩之下，世界區分爲適用不同原則的各場域，而文體則應當符合各場域的原則要求；同時，在符合各場域的原則要求下，調整各因素的表現形態，形成「所有因素恰如其份」的審美價值。而這是「文（詩）」、「筆」一體適用的原則，無論是「文（詩）」、是「筆」，只有能符合此原則者方可稱爲傑作，而這已不再是「筆」不如「文（詩）」的觀念了。

由此可知，南朝後期對於「文（詩）」、「筆」的論述，緊密地連繫於菁英對場合、文體性質的約定性認知，以及「所有因素恰如其份」的感受。於是博學作爲篇體的構成因素，成爲必不可少的文學才能，只是在「區分的世界觀」之下，當隨場合、文體之不同，「恰如其份」地表現而已。「文（詩）」、「筆」也就在符合士族的需求下，重新被建構，兩者不再被視爲是「吟詠性情」對立於「朝章大典」的類別，而是地位對等、平行的兩文體系列。以此角度觀察徐庾體，則徐庾體所代表的意義便十分突出：博學贏回了在第一流文學中的地位，而士族也能以其博學之能事，再度贏回文學領導者的地位。而此正反映出，基於集體主觀性而來的菁英共識，是爲確立事物意義、價值的基礎。

第八章　結　論

　　南朝士族在其政治處境中，逐漸走向不干實權之路，然而士族雖不干實權，卻必須踵繼為官以維持門第不墜，於是透過其所具有的文化能力，尤其是參議朝章大典的議禮能力，便成為士族參政的顯著途徑，而禮所具有的「法之大分，類之綱紀」的區分精神，也成為南朝士族所張揚的文化精神。士族的這種心態，對南朝文化有著巨大的影響，在士族面對其現實處境時，轉化成為解決矛盾的「區分世界觀」。同時，因這種世界觀深入人心、為士庶所共尊，以致於類別優先性的觀念，成為南朝顯著且固著的心態，亦即南朝士庶同具類似的世界觀：世界的和諧，首先在萬物各異的類別能各安其位，於是確立事物的類別、性質，從而正確地安置其世界位置，世界便能因此而和諧。於是，依類別的不同，正確地安置各類人於社會空間中的位置，便也是完美社會必當有的措施。

　　由於士族的文化能力具有論證世界秩序的作用，而這種能力正是皇權的實踐是否具有正當性的理由，甚且皇權本身即有賴於士族的承認，這當然也就使士族佔有社會空間頂端的位置。然而隨著皇權本身文義能力的提升，皇權仰賴士族的程度因而減低，士族對於皇權實踐的指導性當然也就隨之日益式微。但士族依然有待於皇權的護持，以維持搢紳不替、門第華貴，於是士族雖然持續以文義為其類別特徵，但士族依附於皇權的現象，也在南朝後期愈益顯著。

　　雖然皇權文義能力提升，使士族在政治上日益阿附皇權，但是皇權文義能力的提升，乃因學習士族的文義所致，亦即皇權透過逐步與士族接近而取得文義地位，但這也同時促使皇權與士族的同質化，而同質化的結果，也就

使得皇權以士族的價值爲價值。換言之，皇權與士族以同樣的方式思維、感受世界，這雖使皇權獲得了士族的認同，在文化上參與了領導權，但這卻也是由於皇權接受了士族世界觀的結果，皇權因而成爲士族價值的代言人。

南朝文學的發展，無法脫離上述士族門第維持、皇權意志擴張及其交互作用的背景，也就是說，由於文學場域與其所在之社會空間同構，這就使得南朝文學的發展，在士族的文化資源、士族維持門第華貴、士族與皇權（及其他寒人）的矛盾妥協間，呈顯出種種樣貌。茲總述南朝詩諸種變遷的意義如下：

一、新變的幻覺

南朝推崇文章的「新變」，甚至一路發展至明確提出文章「且須放蕩」的主張。但觀南朝文學的發展，其時文體卻正急遽律化，即便是主張「放蕩」的蕭綱，其詩之律化程度，也使之成爲南朝詩歌律化過程的代表之一。這種一方面要求「律化」，一方面要求「放蕩」的作爲，與錢穆先生所謂「一面謹守儒家舊傳統，一面又競慕文學新流」的「極難剖析盡致」之處極其類似，而這正與其時「所有因素恰如其份」、「和而不同」思維的強大力量密不可分。亦即世界必然區分爲不同之領域，各領域適用之原則自然各異，但重要的使各領域歸於「和」。於是在「新變」勢不可遏之時，透過區分的手段，使「新變」的結果侷限在一領域之中，於是既成之秩序不遭質疑，但卻接納「新變」成爲構成秩序之一環，於是「新變」僅能成秩序中的一部份。因此，雖然蕭綱、蕭繹兄弟一標「放蕩」、一標「情靈搖蕩」，但其文學觀念依然是籠罩在「所有因素恰如其份」之下，所謂的「新變」只被侷限在新區分而出的場域，或在「恰如其份」的菁英集體主觀性下，推動篇體因素的律化。

除此之外，題材亦如是。

題材的更替，表面上看是南朝詩歌顯著的變化，但是這種變化，其實是持續在「情感正確規範」、「事物正確定位」觀念中的世界秩序再生產。因此山水、詠物、宮體之在南朝代興，便從未有對事物秩序及情感反應的重新認識，所以雖然「新變」的要求成爲普遍自覺，但總歸是同質性事物的不斷增生，南朝詩人對「物」的描寫及思考，始終未曾觸及「質」的變化，因而大致集中於對偶、辭藻、用典、聲律等形式部分。可以說，南朝對「物」的反省，大致只集中於「如印之印泥」方面。以宮體詩而言，其「新變」傾向似

乎與「放蕩說」甚爲契合，其中所具有的「自由」氣息，彷彿具有濃厚的反叛傳統意味，但宮體實際所表現出來的現象，正是「同質性事物不斷增生」的代表：就形式部分而言，是「所有因素恰如其份」的一貫思維，因此呈顯爲律化程度不斷提高的現象；就內容部分而言，雖其以女性題材爲其「新變」的特徵，但宮體詩所表現出來的女性，正是對女性的「定性」。因而宮體詩有其進步的一面，亦即對女性及其相關事物所「興」之情，得以因女性被預認爲同質，從而改善了「躓」的隱晦不明。但這種詩歌的「進步」，卻是基於女性的類別意義已成爲共識所致，亦即女性的「定性」已爲詩人普遍承認，因而詩中的情感基調得以因女性的「定性」而明確，詩作因此得以不「躓」、得以「進步」。

　　這適足以凸顯觀念轉化成感受的形態，亦即各種社會現象得以區分爲各種類別，而社會的理想——和諧——正在於各類別的各安其位，這與文學思維中的「所有因素恰如其份」適爲同構關係。由此可知文學不只是「文學內部」之事，它同時指向文學之外的現實世界。如同宮體詩所顯示的意義：詩歌之得以不「躓」，其前提必須是女性的意義維持一致，而這也就有效地限定女性（或其他事物）的類別意義，但是，這同時也是時人對世界得以穩定、和諧的想像。由此可見感受與觀念的同構性，感受之不諧自然是詩作的缺失，然而這卻也隱含著重要的社會意義：事物當謹守其被設定的類別意義、應當安於其類別而恰如其份地表現。感受的和諧、完美，正是與完美世界的想像同構。

　　在各類人應當被「正確地」安置於其恰當社會位置的想像下，士族也就穩定地佔居社會空間的頂端位置，而這與南朝時人思維、感受的形式密不可分，亦即社會秩序的井然與詩歌的和諧形成同構關係，而皆統一在感受——審美的價值之中。美的感受因而隱蔽了人爲建構的社會秩序，甚至因爲追求美，從而要求既成秩序的穩定，如同要求女性的「定性」一般。此正彰顯了南朝「新變」之實質意義：僅是「色新」而非「質變」。

二、文學對社會批判的無能爲力

　　南朝文論往往以張揚人的情性爲言，這種觀念表面上看似重視人的感受，因而似乎得以擺脫既定的、傳統的面對事物的認知方式，但以南朝文學發展的總體趨勢而言，事實上卻是無以建立、甚至無以挑戰既有的世界觀。

其中的緣由，在理解時人對謝朓評價的變化及南朝文學的發展上，有十分重要的意義。

謝朓與謝靈運俱爲南朝山水詩名家，以謝靈運的山水詩而言，雖其所刻畫的景物絕美，但所興之「情」卻過於「定式」地指向悟理、隱逸。這對以追求新變著稱的蕭綱而言，謝靈運之詩並不符其審美要求，因此即便謝靈運享有重名，不得不讚美之爲「巧不可階」，但「文章之冠冕，述作之楷模」並不歸於大謝，反倒是歸於有「躓」之評的謝朓。

小謝的山水詩將諸多不同之「情」與山水相連結，此使山水與隱逸、玄理連結的閱讀定式失效，於是山水所興之情爲何，便往往隱晦難明，也由此小謝詩在時人眼中難免有「躓」。但以蕭綱而言，謝朓詩既被之視爲「冠冕」、「楷模」，在如此高的評價下，顯然不認爲謝朓詩有「躓」之病。這種評價的改變，反映了時人感知外物方式的改變，其中最顯著的改變，即是排除了既有的「約定」性質之介入，亦即反對「遲遲春日，翻學歸藏」、「湛湛江水，遂同大傳」等傳統閱讀方式，這明確地排除了事物與固定的經典意義相連，要求讀者直面外物、以詩中形象所引發的「情」以感知外在事物。正是這種排除了「定式」性質以連結情景的主張，使詩中情景之結合方式更爲自由、更具創造性，小謝由此而取得了絕高的地位。

但是，蕭綱等人的詩作，畢竟是將時代風氣導向宮體，這實際上是反映了時人預認的事物秩序的作用。換言之，在理論自覺上要求解放、自由，但是實際上事物（女性）卻已然被「定性」，這其實是將當代的既成秩序，預認爲不證自明的眞理。

由此可知，南朝詩解放了一種事物的「約定意義」（與經典系列、傳統相連的事物意義），但卻是以另一種「約定意義」——既成的當代事物秩序替代之。而這既成秩序實際上是依士族價值觀念建構完成的，依此觀念以思維、創作，這同時也就是承認當代事物的意義及價值已然「正確」、無須變革。同時，因事物之意義及價值已有一定內涵，故而這也就是規定了感受的「應有」狀態。於是，這實際上是一種不挑戰士族價值意識的作爲，但卻更深入至以感受的「正當」看待事物，這同時就是以更隱蔽、更不證自明的方式，論證了既成秩序的正當。因而看似「新變」，但實際上只是以另一種不同的方式捍衛士族的價值。也就是說，看似「變」實際上並「不變」，南朝文學因此無力於喚起社會批判意識。

　　詳細言之，原本秩序論述依附於經典詮釋，或者以經典系列爲當下秩序的合理性作說明，而這皆統一在感受之中。於是秩序、事物意義及價值、經典系列、感受的連結程度相當高，可以說是相互論證的。就蕭綱所批評的「湛湛江水，遂同大傳」之類思維而言，這種思維明顯是偏重於以經典的權威確立事物之意義及價值，如此便難免使個人感受的重要性受壓抑。蕭綱及其時之菁英群體，則突出了主觀感受的重要性，這使小謝不再爲「躓」，反倒成爲文章之楷模，這也就意味著事物的意義及價值，與經典系列的連結性降低。但就宮體詩實際的作爲而言（看待女性的方式），其時之文化（文學）菁英，事實上是以既成秩序爲無庸置疑的背景，因此事物與經典系列連結性降低，但卻轉而與既成秩序緊密相連，並且依然統一在感受之中。在這種意義下的「情」，乃是「感知」外物的中介，並非「抒情」意義下的「情」。因此南朝詩雖不乏「情」，但更多的卻是無關於作者個人情志之「物情」。於是南朝詩之所以「性情漸隱」，其中之一重要原因即在於感受與既成秩序互相論證，既成秩序論證了感受的「正確」，而感受則支持了既成秩序的「正當」。這自然使時人的眼光，遠離了社會批判，文學所強調的性情，也不具有社會變革的力量。

三、寒人困境

　　感受正當性的作用，自然不只表現在對小謝詩評價的轉變上，除鮑照的「險俗」之評，已然可見時人的貶抑之外，何遜、劉孝綽之比較，也是其中明顯的例子。時人認爲何遜詩「饒貧寒氣」，因此不及劉孝綽之「雍容」，這同樣也是以風格感受，評價了何遜詩的次人一等。

　　然而，所謂的「雍容」，表現在「不爭」、「寬緩」、「隨遇而安」等等的意義上，這卻也將造成「寒人困境」。在類優先性的觀念下，南朝官人的思維首先爲辨明人之類別，因此依人物之身分，出現了「門地二品」的現象。而東宮取人，亦以「甲族有才望」爲原則，亦即先是選擇「甲族」之類別，再於其中選擇「才望」。如此，便自然出現「膏粱少年，何患不達」的士族觀點。但是，以士庶之處境相較，則寒庶欲「達」，便必須積極進取，如鮑照之類寒庶不避「輕忤大王」之舉。於是抒其怨望之眞情、積極於仕途者，便難免「躁進」之譏，此正如何遜之難免「貧寒氣」，只有「雍容」者才爲正當的情感。換言之，欲取得第一流的詩名，便必須得到當時最主要的創作及讀者群——

士族——的承認，而這只有接近士族面對世界的態度方有可能。然而就寒人不公平的處境而言，放棄自抒其不平，轉而表達「不爭」、「寬緩」、「隨遇而安」等士族面對世界的態度，則又成爲在行動上屈從、甚至護衛士族價值，而這也就是在客觀上接受了既成制度的持續存在。以南朝詩「性情漸隱」的總體表現而言，時人採取的正是接受士族主流價值的態度。

若更深入地理解「性情漸隱」的現象，可知這一方面描述了南朝詩歌在連結情景關係方式上的變化；另一方面，則是指南朝以眞情實感表現詩人所思、所感的作品越來越少。而這同時也表示詩人更重視事物「應當如何」，超過「我覺得如何」。可以說，對南朝詩人而言，外在事物秩序的感性顯現，重於個人情志的表達，亦即社會已然建立的價值秩序及其應有的感受狀態，更重於個人的眞實感受。以鮑照之詩爲例，作爲積極奮進於仕途的詩人，其與高門士族王僧綽之和詩，則是邀王氏同隱，表達其人生價值的選擇在於隱逸。但是，無寧說在思維上的不得出路、情感上「人生亦有命」的悲嘆，才是南朝之寒士如鮑照者的眞實處境。南朝寒人的文學創作，便是處在這種困境之中。

此外，南朝以本根末葉式思維建構世界秩序，而這種建構世界序的方式非博學不可，而博學能力卻又非寒人所易得，於是博學也就具有了排他性，成爲寒人難以介入的項目。正因寒人難以介入，文義從而更加強化成士族的類別特徵，亦即文義成爲一項士族得以區別於寒人、且爲士族所壟斷的文化資本。而寒人所難以具有的博學，也就使士族擁有論述場域正當表現方式、調整場域結構因素重要性的能力，亦即一旦寒人創作與士族不同質的作品，透過士族的文化（文學）論述能力，也得以使這類不同質的作品淪爲「次要」。

四、世界文體化

不同文體各有其不同的情志及表現原則，因此一文體實際上即意味著人們區分世界所成的一領域。此領域所要求的情志及表現原則，從而就是要求人們在此領域的「應當」表現，於是各領域就有其各自「應當」的表現。此雖看似僅是文學場域內，文體與情志及表現原則互相限定的文學問題，但基於場域的同構關係，事實上這卻也是對世界秩序的建構，故而對各文體及對應於各文體之情志及表現原則的要求，同時也就是在強化整體世界秩序的預認。

在對文學作品的批評中，尤其如劉勰之類反對「文體訛濫」者，就不只

是在批評文本，同時也在批評情志及表現原則，而這也就成為對作者面對世界時之思想、情感、態度、表現方式等的批評。總之，成為作者對世界之直覺反應的規訓。於是對文學才能的批評，隱蔽了權力的運作，但卻在重重的規訓下，使作者在情感等更直覺反應的層次，以全身心、全生活去適應及維護既成秩序。尤其以文取人，更是透過國家獎賞，更加堅定地捍衛既成秩序。更有甚者，南朝皇權與士族文義的逐步接近、同一，更表現為對既成秩序觀念的尊重，甚至帝王如蕭綱者，更是直至臨終皆強調自身「士」的身份，這就更能穩定地形成有利於士族的世界秩序再生產。

因此以遭致非議最多的宮體詩而言，菁英群體既承認其為詩中之一體，但並非即是承認宮體詩之情志及表現原則可以規範文學，而是在既有的文學（文體）秩序之下，區分出一類別、領域以容其「放蕩」。因此「放蕩」實際上並未擴散至其他文體，其他文體仍舊依其文體規範創作。並且，在宮體詩「且變朝野」、時人競作的狀況下，「放蕩」所造就的特徵，也轉化成文中之一體的「規範」，是作此體所當遵循的情志及表現原則而已。

同時，如上所述，文體區分的意義並不僅是侷限在於文學而已，這同時也涉及社會空間的區分。亦即社會空間得以區分為場合化的空間，每一空間自有其應有的情志及表現原則，一個「合格」的才士，自然能掌握其間的區別，從而正確地表達。顏之推以為「不失體裁，辭意可觀，便稱才士」，這雖然是指作文，但事實上正是要求能正確判斷、創作符合各種「場合」所要求的作品。由此可知，表面上其時成為「才士」是要求文學才能，但事實上，這是承認客觀空間（場合）的意義已確立，而「體裁」要能與之密切配合。「不失體裁，辭意可觀」看似容易，但以如此「便稱才士」觀之，事實上也並不容易。而此「才士」所隱含的意義，其實正是對世界既成秩序的認知，同時，還能以符合各社會空間要求的「正當」方式重現秩序。於是情性，可以說是已然為社會空間所區分的情性，且其間明顯可見客觀的世界秩序優先於情性。南朝文學雖然強調性情、性靈，彷彿甚為重視張揚個人的真情實感，但這種真情實感所蘊含的社會批判性，不是隱沒不見便是淪為次等，而次等之意義及價值自然值得懷疑。

於是，士族的特權、作風等等，實也不乏批評者，但具有文化批評能力的士、庶，潛藏在其精神深處的認知、感受方式卻十分相似，於是批評頗近於抱怨，無法撼動既成的秩序。而突出其批判意義者，又以其「次等」地位

難以成爲主流。士族的門第因而得以維持，同時也與南朝文學的種種發展，
有著千絲萬縷的關係。

參考文獻

（僅列本文徵引文獻。古代文獻依分類及時代排序，近人著作則依姓名筆畫排序。）

一、古代文獻

（一）經　部

1. 《詩經》十三經注疏本，台北：藝文印書館，1989 十一版。
2. 《禮記》十三經注疏本，台北：藝文印書館，1989 十一版。
3. 《論語》十三經注疏本，台北：藝文印書館，1989 十一版。
4. 《孟子》十三經注疏本，台北：藝文印書館，1989 十一版。
5. 《論語》十三經注疏本，台北：藝文印書館，1989 十一版。
6. 〔三國魏〕何晏集解；〔梁〕皇侃義疏《論語集解義疏》，台北：台灣商務印書館，1966。

（二）史　部

1. 〔劉宋〕范曄撰；楊家駱主編《（新校本）後漢書》，台北：鼎文書局，1977。
2. 〔晉〕陳壽撰；〔宋〕裴松之注；楊家駱主編《（新校本）三國志》，台北：鼎文書局，1977。
3. 〔唐〕房玄齡撰；楊家駱主編《（新校本）晉書》，台北：鼎文書局，1976。
4. 〔梁〕沈約撰；楊家駱主編《（新校本）宋書》，台北：鼎文書局，1975。
5. 〔梁〕蕭子顯撰；楊家駱主編《（新校本）南齊書》，台北：鼎文書局，1996。
6. 〔隋〕姚察等撰；楊家駱主編《（新校本）梁書》，台北：鼎文書局，1986。
7. 〔隋〕姚思廉等撰；楊家駱主編《（新校本）陳書》，台北：鼎文書局，1975。

8. 〔唐〕令狐德棻等撰；楊家駱主編《（新校本）周書》，台北：鼎文書局，1983。

9. 〔唐〕李延壽撰；楊家駱主編《（新校本）南史》，台北：鼎文書局，1994。

10. 〔唐〕李延壽撰；楊家駱主編《（新校本）北史》，台北：鼎文書局，1976。

11. 〔唐〕魏徵等撰；楊家駱主編《（新校本）隋書》，台北：鼎文書局，1975。

12. 〔宋〕司馬光撰；胡三省注《新校資治通鑑注》，台北：世界書局，1980九版。

13. 〔梁〕慧皎撰；湯用彤校點《校點高僧傳》，台北：佛光文化事業有限公司，2001。

14. 〔唐〕杜佑撰；王文錦等點校《通典》，北京：中華書局，1988。

15. 〔清〕王夫之《讀通鑑論》，台北：里仁書局，1985。

16. 〔清〕趙翼著《二十二史劄記校證》，台北：王記書坊，1984。

17. 〔清〕章學誠著；葉瑛校注《文史通義校注》，台北：仰哲，不著錄出版年月。

（三）子　部

1. 〔戰國〕荀況原著；張覺校注《荀子校注》，長沙：岳麓書社，2006。

2. 〔清〕郭慶藩編；王孝魚整理《莊子集釋》，台北：木鐸出版社，1982。

3. 〔漢〕王充撰；北京大學歷史系《論衡》注釋小組注釋《論衡注釋》，北京：中華書局，1979。

4. 〔三國魏〕王弼著；樓宇烈校釋《老子周易王弼注校釋》，台北：華正書局有限公司，1983。

5. 〔南朝宋〕劉義慶撰；余嘉錫箋疏《世說新語箋疏》，台北：華正書局，1984。

6. 〔梁〕僧佑《弘明集》，台北：新文豐出版公司，1986。

7. 〔北齊〕顏之推著；王利器集解《顏氏家訓集解》，台北：明文書局，1984再版。

8. 〔唐〕劉肅《大唐新語》，台北：新宇出版社，1985。

9. 〔宋〕李昉等編《太平廣記》，北京：中華書局，1990四刷。

10. 〔清〕姚鼐《惜抱軒筆記》，台北：廣文書局，1971。

11. 《正統道藏》，台北：新文豐出版股份有限公司，1995三刷。

12. 《大正新脩大藏經》，台北：新文豐出版股份有限公司，1983修訂版一版。

（四）集　部

1. 〔三國魏〕曹植著；趙幼文校注《曹植集校注》，北京：人民文學出版社，

1998。

2. 〔南朝宋〕謝靈運著；顧紹柏校注《謝靈運集校注》，台北：里仁書局，2004。

3. 〔南朝宋〕鮑照著；錢仲聯增補集說校《鮑參軍集注》，上海：上海古籍出版社，2008 三刷。

4. 〔南齊〕謝朓著；陳冠球編注《謝宣城全集》，大連：大連出版社，1998。

5. 〔梁〕蕭統編、〔唐〕李善注《昭明文選》，台北：漢京文化事業有限公司，1983。

6. 〔陳〕徐陵編；〔清〕吳兆宜注、程琰刪補；穆克宏點校《玉臺新詠箋注》，台北：明文書，1988。

7. 〔宋〕郭茂倩撰《樂府詩集》，台北：里仁書局，1984。

8. 〔明〕張溥撰；楊家駱主編《漢魏六朝百三家集題辭注》，台北：世界書局，1979 再版。

9. 〔清〕王夫之著《古詩評選》，收入氏著；傅雲龍、吳可主編《船山遺書》，北京：北京出版社，1999。

10. 〔清〕沈德潛評選；王蒓父箋註《古詩源箋註》，台北：華正書局，1984。

11. 〔清〕李兆洛選輯《駢體文鈔》，鄭州：中州古籍出版社，1990。

12. 〔清〕許槤選；曹明綱撰《六朝文絜譯注》，上海：上海古籍出版社，1999。

13. 〔清〕嚴可均輯；陳延嘉等校點《全上古三代秦漢三國六朝文》，石家莊：河北教育出版社，1997。

14. 逯欽立輯校《先秦漢魏晉南北朝詩》，台北：木鐸出版社，1988。

15. 韓格平等校注《全魏晉賦校注》，長春：吉林文史出版社，2008。

16. 〔晉〕陸機撰；張少康集釋《文賦集釋》，台北：漢京文化事業有限公司，1987。

17. 〔梁〕劉勰著；劉永濟校釋《文心雕龍校釋》，台北：正中書局，1948。

18. 〔梁〕劉勰著；范文瀾註《文心雕龍註》，台北：明倫出版社，1971。

19. 〔梁〕劉勰著；周振甫注《文心雕龍注釋》，台北：里仁書局，1984。

20. 〔梁〕鍾嶸著；古直箋《鍾記室詩品箋》，台北：廣文書局，1977 再版。

21. 〔梁〕鍾嶸著；曹旭集注《詩品集注》，上海：上海古籍出版社，1996 二刷。

22. 〔梁〕鍾嶸著；陳延傑注《詩品注》，台北：台灣開明書局，1978 台七版。

23. 〔日〕弘法大師原撰；王利器校注《文鏡秘府論校注》，北京：中國社會科學出版社，1983。

24. 〔宋〕嚴羽著；郭紹虞校釋《滄浪詩話校釋》，北京：人民文學出版社，

1983。

25. 〔清〕方東樹著；汪紹楹校點《昭昧詹言》，北京：人民文學出版社，2006 五刷。

26. 〔清〕王夫之等撰；丁福保編《清詩話》，台北：明倫出版社，1971。

27. 郭紹虞編選；富壽蓀校點《清詩話續編》，上海：上海古籍出版社，1999 二刷。

28. 郭紹虞主編《中國歷代文論選（上冊)》，台北：木鐸出版社，1987。

29. 郁沅、張明高編選《魏晉南北朝文論選》，北京：人民文學出版社，1999。

二、近人著作

（一）專　書

1. 丁福林《東晉南朝的謝氏文學集團》，哈爾濱：黑龍江教育出版社，1998。

2. 中國文選學研究會、鄭州大學古籍所編《文選學新論》，鄭州：中州古籍出版社，1997。

3. 尹恭弘《駢文》，北京：人民文學出版社，1994。

4. 尤雅姿《顏之推及其家訓之研究》，台北：文史哲出版社，2005。

5. 方北辰《魏晉南朝江東世家大族述論》，台北：文津出版社，1991。

6. 毛漢光《中國中古政治史論》，台北：聯經出版事業公司，1990。

7. 毛漢光《兩晉南北朝士族政治之研究》，台北：中國學術著作獎助委員會，1966。

8. 王力《漢語史稿（下冊)》，北京：中華書局，1980。

9. 王文進《南朝邊塞詩新論》，台北：里仁書局，2000。

10. 王永平《六朝江東世族之家風家學研究》，南京：江蘇古籍出版社，2003。

11. 王永平《六朝家族》，南京：南京出版社，2008。

12. 王仲犖《魏晉南北朝史》，上海：上海人民出版社，1994 七刷。

13. 王忠林等《中國文學史初稿》，台北：石門圖書公司，1978。

14. 王金凌《文心雕龍文論術語析論》，台北：華正書局，1981。

15. 王國瓔《中國山水詩研究》，北京：中華書局，2007。

16. 王運熙、楊明《魏晉南北朝文學批評史》，上海：上海古籍出版社，1989。

17. 王運熙《樂府詩述論（增補本)》，上海：上海古籍出版社，2006。

18. 王夢鷗《古典文學論探索》，台北：正中書局，1984。

19. 王瑤《中古文學史論》，台北：長安出版社，1986 三版。

20. 王鍾陵《中國中古詩歌史——四百年民族心靈的展示》，北京：人民出版

社，2005。

21. 古添洪《記號詩學》，台北：東大圖書有限公司，1984。

22. 甘懷真《皇權、禮儀與經典詮釋：中國古代政治史研究》，上海：華東師範大學出版社，2008。

23. 田餘慶《東晉門閥政治》，北京：北京大學出版社，1989。

24. 石觀海《宮體詩派研究》，武漢：武漢大學出版社，2003。

25. 任繼愈主編《中國哲學史》，北京：人民出版社，1990八刷。

26. 朱紹侯《魏晉南北朝土地制度與階級關係》，鄭州：中州古籍出版社，1988。

27. 衣若芬、劉苑如編《世變與創化——漢唐、唐宋轉換期之文藝現象》，台北：中央研究院中國文哲研究所籌備處，2000。

28. 余英時《中國知識階層史論》，台北：聯經出版事業公司，1980。

29. 吳小如等撰寫《漢魏六朝詩鑑賞辭典》，上海：上海辭書出版社，1994三刷。

30. 吳正嵐《六朝江東士族的家學門風》，南京：南京大學出版社，2003。

31. 吳先寧《北朝文化特質與文學進程》，北京：東方出版社，1997。

32. 宋紅編譯《日韓謝靈運研究譯文集》，桂林：廣西師範大學出版社，2001。

33. 李士彪《魏晉南北朝文體學》，上海：上海古籍出版社，2004。

34. 李小榮《「弘明集」「廣弘明集」述論稿》，成都：巴蜀書社，2005。

35. 李天石《中國中古良賤身份制度研究》，南京：南京師範大學出版社，2003。

36. 李軍《士權與君權》，桂林：廣西師範大學出版社，2000。

37. 李豐楙《誤入與謫降：六朝隋唐道教文學論集》，台北：台灣學生書局，1996。

38. 汪征魯《魏晉南北朝選官體制研究》，福州：福建人民出版社，1995。

39. 周一良《魏晉南北朝史論集》，北京：北京大學出版社，1997。

40. 周勛初《魏晉南北朝文學論叢》，南京：江蘇古籍出版社，1999。

41. 林大志《四蕭研究：以文學為中心》，北京：中華書局，2007。

42. 林文月《山水與古典》，台北：三民書局，1996。

43. 胡大雷《中古文學集團》，桂林：廣西師範大學出版社，1996。

44. 卿希泰《中國道教史（第一卷）》，成都：四川人民出版社，1992二刷。

45. 卿希泰《中國道教思想史綱》，台北：木鐸出版社，1986。

46. 唐長孺《魏晉南北朝史論拾遺》，北京：中華書局，1983。

47. 唐長孺《魏晉南北朝史論叢續編》，台北：帛書出版社，1985。

48. 徐復觀《中國文學論集》，台北：台灣學生書局，1974 再版。

49. 馬海英《陳代詩歌研究》，上海：學林出版社，2004。

50. 高友工著《中國美典與文學研究論集》，台北：台大出版中心，2004。

51. 高敏主編《中國經濟通史・魏晉南北朝經濟卷》，北京：經濟日報出版社，1998。

52. 張立文《中國哲學邏輯結構論》，北京：中國社會科學出版社，1989。

53. 張亞軍《南朝四史與南朝文學研究》，北京：中國社會科學出版社，2007。

54. 張滌華《類書流別》，上海：商務印書館，1958 修訂本

55. 曹旭《詩品研究》，上海：上海古籍出版社，1998。

56. 曹旭選評《中日韓「詩品」論文選評》，上海：上海古籍出版社，2003。

57. 曹道衡、沈玉成《南北朝文學史》，北京：人民文學出版社，1991。

58. 曹道衡、劉躍進著《南北朝文學編年》，北京：人民文學出版社，2000。

59. 曹道衡《中古文學史論文集》，北京：中華書局，1986。

60. 曹道衡《中古文學史論文集續編》，台北：文津出版社，1994。

61. 曹道衡《蘭陵蕭氏與南朝文學》，北京：中華書局，2004。

62. 梅家玲《漢魏六朝文學新論——擬代與贈答篇》，北京：北京大學出版社，2004。

63. 陳怡良《田園詩派宗師：陶淵明探新》，台北：里仁書局，2006。

64. 陳昌明《沈迷與超越：六朝文學之感官辯證》，台北：里仁書局，2005。

65. 陳橋生《劉宋詩歌研究》，北京：中華書局，2007。

66. 陳鵬《六朝駢文研究》，成都：巴蜀書社，2009。

67. 傅剛《「昭明文選」研究》，北京：中國社會科學出版社，2000。

68. 傅剛《魏晉南北朝詩歌史論》，長春：吉林教育出版社，1995。

69. 傅斯年《傅斯年全集（第三冊）》，台北：聯經出版事業公司，1980。

70. 勞思光《中國哲學史》，香港：香港中文大學崇基學院，1980 三版。

71. 湯用彤《漢魏兩晉南北朝佛教史》，台北：台灣商務印書館，1979 台五版。

72. 程章燦《世族與六朝文學》，哈爾濱：黑龍江教育出版社，1998。

73. 程章燦《魏晉南北朝賦史》，淮陰：江蘇古籍出版社，1992。

74. 黃水雲《顏延之及其詩文研究》，台北：文史哲出版社，1989。

75. 黃亞卓《漢魏六朝公宴詩研究》，上海：華東師範大學出版社，2006。

76. 楊儒賓、黃俊傑編《中國古代思維方式探索》，台北：正中書局，1996。

77. 葉嘉瑩《漢魏六朝詩講錄（下）》，台北：桂冠圖書公司，2000。

78. 葛兆光《屈服史及其他：六朝隋唐道教的思想史研究》，北京：生活・讀書・新知三聯書店，2003。

79. 萬荃《立命與忠誠：士人政治精神的典型分析》，杭州：浙江人民出版社，2000。

80. 葛曉音《八代詩史（修訂本）》，北京：中華書局，2007。

81. 葛曉音《漢唐文學的嬗變》，北京：北京大學出版社，1995二刷。

82. 詹福瑞、李金善《士族的挽歌：南北朝文人的悲歡離合》，保定：河北大學出版社，2002。

83. 詹福瑞《走向世俗：南朝詩歌思潮》，天津：百花文藝出版社，1995。

84. 廖蔚卿《六朝文論》，台北：聯經出版事業公司，1978。

85. 廖蔚卿《漢魏六朝文學論集》，台北：大安出版社，1997。

86. 劉大杰《中國文學發展史》，台北：華正書局，1984。

87. 劉師培撰；程千帆、曹虹導讀《中國中古文學史講義》，上海：上海古籍出版社，2000。

88. 劉躍進、范子燁編《六朝作家年譜輯要》，哈爾濱：黑龍江教育出版社，1999。

89. 劉躍進《門閥士族與永明文學》，北京：生活・讀書・新知三聯書店，1996。

90. 潘富恩、馬濤《范縝評傳》，南京：南京大學出版社，1996。

91. 鄭毓瑜《六朝情境美學綜論》，台北：台灣學生書局，1996。

92. 蕭馳《詩境與佛法》，北京：中華書局，2005。

93. 錢志熙《魏晉詩歌藝術原論》，北京：北京大學出版社，2005。

94. 錢穆《國史大綱》，台北：台灣商務印書館，1984修訂十一版。

95. 錢鍾書《管錐編》，香港：太平圖書公司，未著錄出版年月。

96. 閻步克《士大夫政治演生史稿》，北京：北京大學出版社，1996。

97. 閻步克《品位與職位：秦漢魏晉南北朝官階制度研究》，北京：中華書局，2002。

98. 閻采平《齊梁詩歌研究》，北京：北京大學出版社，1994。

99. 駱鴻凱《文選學》，台北：漢京文化事業有限公司，1982。

100. 鍾優民《中國詩歌史（魏晉南北朝）》，長春：吉林大學出版社，1989。

101. 鍾濤《六朝駢文形式及其文化意蘊》，北京：東方出版社，1997。

102. 歸青《南朝宮體詩研究》，上海：上海古籍出版社，2006。

103. 簡宗梧《漢賦源流與價值之商榷》，台北：文史哲出版社，1980。

104. 顏崑陽《六朝文學觀念叢論》，台北：正中書局，1993。

105. 魏耕原《謝朓詩論》，北京：中國社會科學出版社，2004。

106. 羅立乾《鍾嶸詩歌美學》，台北：東大圖書股份有限公司，1990。

107. 羅宗強《魏晉南北朝文學思想史》，北京：中華書局，1996。

108. 羅聯添編《中國文學史論文選集（二）》，台北：台灣學生書局，1983 再版。

109. 羅聯添編《中國文學史論文選集・續編》，台北：台灣學生書局，1985。

110. 蘇紹興《兩晉南朝的士族》，台北：聯經出版事業公司，1987。

111. 蘇瑞隆《鮑照詩文研究》，北京：中華書局，2006。

112. 龔鵬程《文學散步》，台北：漢光文化事業公司，1985。

（二）期刊、單篇論文

1. 孔毅〈南朝劉宋時期門閥士族從中心到邊緣的歷程〉，《江海學刊》1999 年第 5 期。

2. 毛漢光〈三國政權的社會基礎〉，《中央研究院歷史語言研究所集刊》46 本第 1 分（1974.12）。

3. 毛漢光〈中古賢能觀念之研究——任官標準之觀察〉，《中央研究院歷史語言研究所集刊》48 本第 3 分（1977.09）。

4. 王三慶〈從文學標準化到文學程式化的發展探索〉，收入章培恒主編《中國中世文學研究論集》，上海：上海古籍出版社，2006。

5. 王文進〈南朝「山水詩」中「遊覽」與「行旅」的區分——以《文選》爲主的觀察〉，《東華人文學報》第 1 期（1999.07）。

6. 王志楣〈試論中國文化對佛教孝道觀的融攝——對古正美「大乘佛教孝觀的發展背景」一文的商榷〉，《中華學苑》44（1994.04）。

7. 王美秀〈論中古高僧的外學與身分建構的關聯——以《高僧傳》爲依據〉，《漢學研究集刊》第三期（2006.12）。

8. 王夢鷗〈漢魏六朝文體變遷之一考察〉，《中央研究院歷史語言研究所集刊》50 本第 2 分（1979.06）。

9. 王夢鷗〈魏晉南北朝文學之發展〉，收入羅聯添編《中國文學史論文選集・續編》，台北：台灣學生書局，1985。

10. 江建俊〈魏晉「忠孝」辨〉，收入《第五屆魏晉南北朝文學與思想學術研討會論文集》，台北：里仁書局，2004。

11. 余英時〈王僧虔「誡子書」與南朝清談考辨〉，《中國文哲研究集刊》第 3 期（1993.03）。

12. 李雲泉〈夷夏之辨觀念的嬗變及其時代特徵〉，《河北師範大學學報（哲

學社會科學版）》第 26 卷第 1 期（2003.01）。

13. 李豐楙〈嚴肅與遊戲：六朝詩人的兩種精神面向〉，收入衣若芬、劉苑如編《世變與創化——漢唐、唐宋轉換期之文藝現象》，台北：中央研究院中國文哲研究所籌備處，2000。

14. 周唯一〈南朝禮學學術文化與詩歌創作〉，《衡陽師範學院學報（社會科學）》第 24 卷第 5 期（2003.10）。

15. 林文月〈南朝宮體詩研究〉，《國立臺灣大學文史哲學報》第 15 期（1966.08）。

16. 林繼中〈士族・文化・文學〉，《福州大學學報（哲學社會科學版）》2004年第 4 期。

17. 武懷軍〈漢賦與六朝文論中的形似論〉，《中國韻文學刊》2000 年第 1 期。

18. 洪順隆〈梁武帝作品中的「儒佛會通」論〉，《國立編譯館館刊》第 28 卷第 1 期（1999.06）。

19. 高晨陽〈范縝的形神論與玄學的體用觀〉，《文史哲》1987 年第 3 期。

20. 張伯偉〈鍾嶸「詩品」謝靈運條疏證〉，收入曹旭選評《中日韓「詩品」論文選評》，上海：上海古籍出版社，2003。

21. 曹道衡〈論東晉南朝政權與士族的關係及其對文學的影響〉，《文學遺產》2003 年第 5 期。

22. 曹融南〈謝朓事蹟詩文繫年〉，收入劉躍進、范子燁編《六朝作家年譜輯要（上冊）》，哈爾濱：黑龍江教育出版社，1999。

23. 陳榮灼〈作為類比推理的「墨辯」〉，收入楊儒賓、黃俊傑編《中國古代思維方式探索》，台北：正中書局，1996。

24. 陳慶元〈蕭統對永明聲律說的態度並不積極——「文選」登錄齊梁詩剖析〉，收入中國文選學研究會、鄭州大學古籍所編《文選學新論》，鄭州：中州古籍出版社，1997。

25. 傅剛〈漢魏六朝文體辨析觀念的產生與發展〉，《文學遺產》1996 年第 6 期。

26. 楊清龍〈阮籍詠懷詩出自史書的典故述例〉，《華學月刊》第 148 期（1984.04）。

27. 楊艷華〈論門第家族對顏延之、謝靈運詩歌創作的影響〉，《漳州師範學院學報（哲學社會科學版）》2008 年第 2 期。

28. 廖蔚卿〈論魏晉名士的雅量：世說新語雜論之一〉，《台大中文學報》第 2 期（1988.11）。

29. 劉長林〈中國系統思維的三種模式〉，收入楊儒賓、黃俊傑編《中國古代思維方式探索》，台北：正中書局，1996。

30. 鄭毓瑜〈身體行動與地理種類——謝靈運〈山居賦〉與晉宋時期的「山川」、「山水」論述〉，收入劉苑如主編《遊觀——作爲身體技藝的中古文學與宗教》，台北：中研院文哲所，2009。

31. 鄭毓瑜〈身體時氣感與漢魏「抒情詩」——漢魏文學與楚辭、月令的關係〉，《漢學研究》第 22 卷第 2 期（2004.12）。

32. 錢穆〈略論魏晉南北朝學術文化與當時門第之關係〉，《新亞學報》第 5 卷 2 期（1963.08）。

33. 謝如柏〈梁武帝「立神明成佛義記」——形神之爭的終結與向佛性思想的轉向〉，《漢學研究》第 22 卷第 2 期（2004.12）。

34. 鍾濤〈試論駢文創作在六朝的政治功用——以九錫勸進等文爲例〉，《柳州師專學報》第 20 卷第 4 期（2005.12）。

35. 韓高年〈魏晉南北朝詩賦的駢偶化進程及其理論意義〉，《遼東學院學報（社會科學版）》第 10 卷第 3 期（2008.06）。

36. 顏崑陽〈六朝文學「體源批評」的取向與效用〉，《東華人文學報》第三期（2001.07）。

37. 顏崑陽〈論唐代「集體詩用意識」的社會文化行爲現象——建構「中國詩用學」初論〉，《東華人文學報》第一期（1999.07）。

38. 羅國威〈沈約任昉年譜〉，收入劉躍進、范子燁編《六朝作家年譜輯要（上冊）》，哈爾濱：黑龍江教育出版社，1999。

39. 〔日〕志村良治〈通向山水詩的契機——以謝靈運爲論〉，收入宋紅編譯《日韓謝靈運研究譯文集》，桂林：廣西師範大學出版社，2001。

40. 〔日〕塚本信也著；宋紅譯〈謝靈運的「山居賦」與山水詩〉，收入宋紅編譯《日韓謝靈運研究譯文集》，桂林：廣西師範大學出版社，2001。

41. 〔美〕康達維（David R. Knechtges）〈中國中古文人的山嶽觀——以謝靈運〈山居賦〉爲主的討論〉，收入劉苑如主編《遊觀——作爲身體技藝的中古文學與宗教》，台北：中研院文哲所，2009。

（三）學位論文

1. 于志鵬〈宋前詠物詩發展史〉，山東大學博士論文，2005。

2. 林志偉〈東晉南朝陳郡陽夏謝氏的興衰——一個門閥士族的個案研究〉，東海大學中國文學系碩士論文，2000。

3. 姚曉菲〈兩晉南朝琅邪王氏家族文化與文學研究〉，揚州大學博士論文，2007。

4. 孫艷慶〈中古琅邪顏氏家族學術文化與文學研究〉，揚州大學博士論文，2010。

5. 程明〈試論南朝皇室與士族在文學上的互動〉，四川師範大學碩士論文，

2003。

6. 趙雷〈士族與魏晉南北朝文學研究〉，蘇州大學博士論文，2009。

7. 劉明明〈中國古代推類邏輯的歷史考察〉，南開大學博士論文，2005。

8. 劉漢初〈六朝詩發展述論〉，國立台灣大學中國文學研究所博士論文，1982。

9. 潘慧瓊〈南朝文學批評意識的兩個維度〉，浙江大學博士論文，2006。

10. 黎豔〈南朝文人樂府詩的新變〉，陝西師範大學碩士論文，2004。

11. 蘇怡如〈中國山水詩表現模式之嬗變——從謝靈運到王維〉，國立台灣大學中文系博士論文，2008。

（四）譯著（依譯著出版時間排序）。

1. 〔瑞士〕索緒爾（Ferdinand de Saussure）著；沙·巴利、阿·薛施藹編《普通語言學教程》，台北：弘文館出版社，1985。

2. 〔英〕Terry Eagleton 著；文寶譯《馬克思主義與文學批評》，台北：南方叢書出版社，1987。

3. 〔法〕羅蘭·巴特（Roland Barthes）著；洪顯勝譯《符號學要義》，台北：南方叢書出版社，1988。

4. 〔法〕呂西安·戈德曼（Goldmann, L.）著；羅國祥譯《馬克思主義和人文科學》，合肥：安徽文藝出版社，1989。

5. 〔英〕瑪麗·伊凡絲（Mary Evans）著；廖仁義譯《郭德曼的文學社會學》，台北：桂冠圖書股份有限公司，1990。

6. 〔法〕布爾迪厄著；包亞明編譯《文化資本與社會煉金術——布爾迪厄訪談錄》，上海：上海人民出版社，1997。

7. 〔法〕愛彌爾·塗爾幹、馬塞爾·莫斯著；汲喆譯《原始分類》，上海：上海人民出版社，2000。

8. 〔法〕布迪厄著；劉暉譯《藝術的法則：文學場的生成和結構》，北京：中央編譯出版社，2001。

9. 〔法〕朋尼維茲（Bonnewitz, P.）著；孫智綺譯《布赫迪厄社會學的第一課》，台北：麥田出版，2002。

10. 〔美〕宇文所安著；賈晉華譯《初唐詩》，北京：生活·讀書·新知三聯書店，2005 二刷。

11. 〔美〕宇文所安著；陳引馳、陳磊譯《中國「中世紀」的終結：中唐文學文化論集》，北京：生活·讀書·新知三聯書店，2006。

12. 〔日〕川勝義雄著；徐谷梵、李濟滄譯《六朝貴族制社會研究》，上海：上海古籍出版社，2007。

附錄：對布爾迪厄「象徵性權力」概念的一個理解

本文原宣讀於「2002 第二屆海峽兩岸科學技術研討會」，中國石油大學，山東：東營，2002.07。後收入高苑技術學院編《高苑論文集（人文社會類）》第四期（高雄：高苑技術學院，2003），頁 320～331。

摘　要

　　布爾迪厄（Pierre Bourdieu 1930～2002），為法國著名社會學家，他的理論透過社會空間（social space）、場域（field）、慣習（habitus）、資本等的建構，使得每一個社會行動者（agent）都佔有與其資本、慣習相應的位置，也由此使得每一個社會行動者都安於其所在的階級，從而穩定了權力分配不均的社會現實。當然，權力的行使能在日常生活中穩定地再生產階級，這種權力必然掩蓋了它的暴力性質，因此它是一種象徵性權力。象徵性權力的取得，有賴於象徵性資本的累積，由於佔支配地位的階級，以其慣習之培養，再再都優於被支配階級，因此在佔有象徵性權力的條件上，總是為被支配階級所不及。如此，支配階級因象徵性權力的效用，便恆為支配階級。

關鍵詞：社會空間、場域、慣習、象徵性權力

壹、前 言

布爾迪厄（Pierre Bourdieu 1930～2002），爲法國著名社會學家〔註1〕，截至一九九三年五月，它的著作在世界各國社會科學雜誌中，被引用的次數高達六千次左右〔註2〕，「無疑地已被公認爲最有威望和最有成果的理論大師」〔註3〕。

依照他的說法，從日常生活行爲裡，像飲料的選擇、穿著品味的表達等等，這些最枝微末節的表現，都可以發現社會支配關係的存在。同時支配關係也表現在位於不同場域中，佔據不同位置的社會行動者所採行的策略上〔註4〕。這種支配關係即是「象徵性權力」的效果，它「可以將原本武斷的權力關係轉化成正當的權力關係，或是將單純的事實差異轉化成眾人正式承認的等級差異」，如此一來，象徵性權力便合理化了現存不對等的支配關係，使得社會行動者將不對等的權力關係，當作「理所當然」的狀態而加以容忍與接受〔註5〕。

這種象徵性權力不但表現在日常生活當中，社會中的其他場域也同樣免除不了象徵性權力的作用，也就是說在各種文化生產場域，如文學場域、藝術場域、哲學場域、政治場域等等，他們所呈顯出的秩序（象徵性秩序），乃是象徵性權力的競爭關係及其結果〔註6〕。由此可知，象徵性權力是理解文化現象的重要概念，本文的目的即是在理解象徵性權力如何作用。

然而要理解象徵性權力，就必須先瞭解布爾迪厄所謂的「社會空間」、「場域」、「慣習」等概念，因此先分述如下。

貳、社會空間（social space）

對於社會分化，布爾迪厄提出了「社會空間」的概念，用以安置社會世

〔註1〕 有關布爾迪厄的生平，可參見洪鎌德〈卜地峨社會學理論之評析〉，頁3～7；Bonnewitz, P.（孫智綺譯）《布赫迪厄社會學的第一課》，頁12～24。

〔註2〕 劉維公〈布爾迪厄與生活風格社會學研究：間論現代社會中的社會學危機〉，頁347。

〔註3〕 高宣揚〈布爾迪厄的政權社會學〉，頁124。

〔註4〕 Bonnewitz, P.（孫智綺譯）《布赫迪厄社會學的第一課》，頁9。

〔註5〕 劉維公，〈布爾迪厄與生活風格社會學研究：間論現代社會中的社會學危機〉，頁365。

〔註6〕 陳敏郎〈文化秩序與社會秩序：布狄厄（P. Bourdieu）論文化正當性的建構及其再生產〉，頁115。

界中，種種分配不均的資本、權力關係〔註7〕。布爾迪厄認為：「社會世界可以以一（多面向）的空間形式來表達，這空間是以在社會中運作的資產的分化和分配原則為基礎，所建構而成的。而這些資產之所以被列入考慮，是因為它使它的擁有者在社會中有力量或權力。行動者和社群，就是這樣被他們在這空間中的相對位置所定義。」

To quote：The social world can be represented in the form of a（multi-dimensional）space constructed on the basis of principles of differentiation or distribution constituted by the set of properties active in the social universe under consideration, that is, able to confer force or power on their possessor in that universe. Agents and groups of agents are thus defined by their relative positions in this space.（P. Bourdieu, Language and Symbolic Power, p.229-230）

「社會行動者是如此被區分的：在第一個向度上，根據他們所擁有的資本總量；在第二個向度上，則根據它們的資本組合，換句話說，根據他們總資產中不同種類資本所佔的相對份量。」

To quote：Agents are thus distributed, in the first dimension, according to the overall volume of the capital they possess and, in the second dimension, according to the composition of their capital-in other words, according to the relative weight of the different kinds of capital in the total set of their assets.（P. Bourdieu, Language and Symbolic Power, p.231）

合此二段引文可知，布爾迪厄認為擁有在社會中運作的某種資本或資產，即是擁有某種權力〔註8〕，而諸種資本的分配是不平均的，這種不平均的

〔註7〕 對於社會分化，一般而言有兩個競爭的觀念，一是受馬克思（Karl Max）的影響，認為社會是依據經濟標準而分為對立的階級；另一則延續韋伯（Max Weber）的思想，用權力、威望、財富這三個分類原則所組成的階層，來分析社會。布爾迪厄則拒絕這種分類方法，他藉著綜合二者來超越二者，提出「社會空間」、「場域」等觀念，藉此去分析社會團體的位置及其相互關係，以瞭解社會秩序再生產的方式。見 Bonnewitz, P.（孫智綺譯）《布赫迪厄社會學的第一課》，頁70。

〔註8〕 布爾迪厄所謂的「資本」，有特殊的意義，他認為：資本是累積性的勞動，當這種勞動在私人性，即排他的基礎上被行動者或行動者小團體佔有時，這種勞動就使得他們能夠以具體化的勞動形式佔有社會資源。換句話說，資本是一種在社會中獲取利益（包含各種各樣的物質利益和象徵利益）的潛在能力。於是這裡所謂的「資本」，自然不是僅僅侷限在商業性的範圍，而是凡是能夠在社會世界的各個場域中，決定實踐成功可能性的潛在能力。當然，針對各

分配情形，構成了社會行動者（agent）客觀的社會位置〔註9〕，因此可以依據社會行動者所佔有的資本總量及其資本組合，來描述這種由資本佔有情形所呈現的社會空間。

因此對「社會空間」的理解，不能脫離對資本的理解。布爾迪厄認爲資本表現爲三種基本的形式：

一、經濟資本，這種資本可以立即並直接轉換成金錢，它是以財產權的形式被制度化的；二、文化資本，這種資本在某些條件下能轉換成經濟資本，它是以教育資格的形式被制度化的；三、社會資本，它是以社會義務（「聯繫」）組成的，這種資本在一定條件下也可以轉換成經濟資本，它是以某種高貴頭銜的形式被制度化的〔註10〕。但是布爾迪厄又另外提出一種「象徵資本」，這是上述三種資本「被感知且認知爲正當的時候，所展現出來的樣子」〔註11〕。

因此，詳細而言布爾迪厄所謂的資本，可劃分爲四種基本類別〔註12〕：

一、經濟資本：是由生產的不同因素（諸如土地、工廠、勞動、貨幣等）、經濟財產、各種收入及各種經濟利益所組成的。

二、文化資本：相當於知識能力資格總體，由學校或家庭而取得。它以三種形式存在〔註13〕：（1）具體的狀態，以精神和身體的持久「性情」的形

種場域運作的特殊邏輯，資本也就有各形各色的種類。見 Bourdieu, P.（包亞明編譯）《文化資本與社會煉金術──布爾迪厄訪談錄》，頁 162～167、189～191。

〔註9〕 agent 一詞的譯名頗不一致，孫智綺譯爲「社會施爲者」（《布赫迪厄社會學的第一課》）、莊瑞琳譯爲「中介者」（〈應用波笛爾〉）、王志弘譯爲「作用者」（〈社會空間與象徵權力〉）、包亞明譯爲「社會行動者」（《文化資本與社會煉金術──布爾迪厄訪談錄》）。它是指「社會世界中的人都是『行動者』（agent），因爲人並不僅僅是社會壓力和環境的被動的犧牲品，行動者能夠做某些事情（行動）去影響他們置身於其中的社會關係。」（見 Bourdieu, P.（包亞明編譯）《文化資本與社會煉金術──布爾迪厄訪談錄》，頁 9。）故此詞是描述在社會行動中同時受社會影響又能反過來影響社會的人。

〔註10〕 Bourdieu, P.（包亞明編譯）《文化資本與社會煉金術──布爾迪厄訪談錄》，頁 193。

〔註11〕 Bourdieu, P.（王志弘譯）〈社會空間與象徵權力〉，頁 434。

〔註12〕 Bonnewitz, P.（孫智綺）《布赫迪厄社會學的第一課》，頁 73；高宣揚〈布爾迪厄的政權社會學〉，頁 135～137。

〔註13〕 Bourdieu, P.（包亞明編譯）《文化資本與社會煉金術──布爾迪厄訪談錄》，頁 192～201。

式〔註14〕；（2）客觀的狀態，以文化商品的形式（如繪畫收藏等）；（3）體制的狀態，（如教育資格等）。

　　三、社會資本：布爾迪厄指出，它是「實際的或潛在的資源的集合體，那些資源是同對某種持久性的網絡的佔有密不可分的」。而一個社會行動者所「佔有的社會資本的數量，依賴於行動者可以加以有效運用的聯繫網絡的規模大小，依賴於和它有聯繫的每個人以自己的權力所佔有的（經濟的、文化的、象徵的）資本數量的多少」。〔註15〕簡言之，它是個人所擁有的社會關係總體，它能從集體擁有的資本的角度，為個別的社會行動者提供支持。

　　四、象徵資本：它是對前三種資本之擁有的認可，所帶來的信用及權威〔註16〕。換句話說，象徵資本只不過是其他資本「被知悉與認知時的樣子，是經由它所安置的感知範疇而被認識到時的樣子」〔註17〕。因此可以說，象徵資本所具有的權威、權力，是在於對社會中運作的既成資本的預先承認，既然已預先承認它的權威，因此象徵資本「傾向於再生產並強化建構社會空間之結構的那些權力關係」〔註18〕。這同時解釋了社會象徵性權力、社會世界既成狀況的正當性來源：「社會行動者將感知與評鑑的結構，加諸社會世界的客觀結構，然而，前面這些結構正是出自後面這些結構，並傾向於將世界描繪成明白自然的」〔註19〕。

　　然而整體來說，布爾迪厄是以「經濟資本」與「文化資本」這兩項，作為階級生活情境中主要利用的資源〔註20〕。因此為方便理解，現轉引「社會位置空間及生活風格空間」圖表於下〔註21〕：

〔註14〕 高宣揚解釋此觀念為：是在體內長期地和穩定地內在化，從而成為一種秉性和才能，也就是說成為生存心態（慣習）。見〈布爾迪厄的政權社會學〉，頁136。
〔註15〕 Bourdieu, P.（包亞明編譯）《文化資本與社會煉金術——布爾迪厄訪談錄》，頁202。
〔註16〕 Bonnewitz, P.（孫智綺譯）《布赫迪厄社會學的第一課》，頁73。
〔註17〕 Bourdieu, P.（王志弘譯）〈社會空間與象徵權力〉，頁442。
〔註18〕 Bourdieu, P.（王志弘譯）〈社會空間與象徵權力〉，頁442。
〔註19〕 Bourdieu, P.（王志弘譯）〈社會空間與象徵權力〉，頁442。
〔註20〕 Honneth, Axel（劉維公譯）〈片段化的象徵世界：波笛爾文化社會學的省思〉，頁21。
〔註21〕 圖表及解說見 Bonnewitz, P.（孫智綺譯）《布赫迪厄社會學的第一課》，頁75。

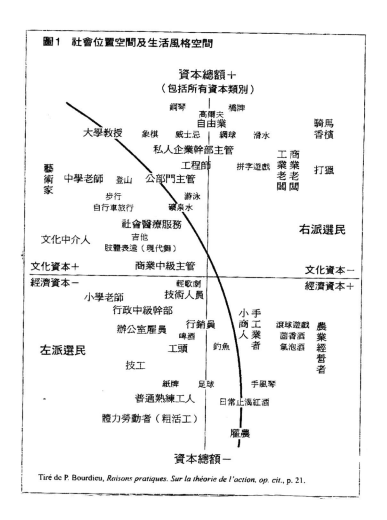

圖1 社會位置空間及生活風格空間

Tiré de P. Bourdieu, *Raisons pratiques. Sur la théorie de l'action. op. cit.*, p. 21.

【解說】

　　在垂直座標上，社會團體依其所擁有的資本總量而排列。因此最上端是擁有最多資本者，不論是經濟資本或文化資本，相對的另一端則是擁有最少資本者。在這垂直排列上，最具決定性的，如老闆、自由業者及大學教授都排在座標上方；而經濟文化資本最少者，如工人及雇農，則在社會梯級的底端。

　　在水平座標上，則是依資本結構來區別，即依這兩種資本在其資本總量裡的相對重要性做區分。是從資本結構上右邊的經濟資本大於文化資本，到左邊的文化資本大於經濟資本。

　　在這圖表中，我們可以理解到：在縱軸上（資本總量）佔同一位置之團體其內部的分裂。從橫軸來看，工商業老闆（右邊）剛好和教授（左邊）相對立：前者的經濟資本大大超過於其文化資本，而後者的文化資本則大大超過其經濟資本。

參、場　域（field）

由此，布爾迪厄將其資本概念及社會空間概念結爲一體，並由此轉出「場域」的概念。

所謂的「場域」，可以被定義爲「由不同的位置之間的客觀關係構成的一個網絡，或一個構造。由這些位置所產生的決定性力量，已經強加到佔據這些位置的佔有者、行動者或體制之上，這些位置是由佔據者在權力（或資本）的分佈結構中目前的、或潛在的境遇所界定的；對這些權力（或資本）的佔有，也意味著對這個場的特殊利潤的控制。另外，這些位置的界定還取決於這些位置與其他位置（統治性、服從性、同源性的位置等等）之間的客觀關係」。這些場域就是客觀關係相對自主的空間，「是邏輯和必然性的場所，這一邏輯和必然性對於那些控制其他場的東西來說，是特殊的、不可簡約的。例如，藝術場、宗教場、或經濟場都遵循特別的邏輯」〔註22〕。

這就是說，一個場域是指一個相對於其他場域，具有相對自主性的空間，其中有其自身決定性的資本運作方式，凡是在這場中的行動者，都受到這資本運作方式的影響。因此，佔有了這個場域運作所需資本，便能在場域中獲利。

不單如此，場域與社會空間結構之間存有一種同源性（同形構造、異體同形，homology）關係。所謂的同源性，是指在哲學場、政治場、文學場等等，與社會空間的結構（或階級結構）之間，存在著一個完整系列的結構和功能上的同形構造：他們各自都有統治者和被統治者，都有爲侵佔和排斥而進行的鬥爭，都有再生產的機制等等〔註23〕。因此，場域並不是絕對自主的，一個行動者在一個場域中的位置，同時也取決於他們在社會空間裡的位置。布爾迪厄以大企業領導人的場域爲例，說明這種同源性〔註24〕，但是我們也可以以文學場域作說明：在文學的場域中，以資本結構而言，其所要求的文化資本相對於經濟資本要多得多〔註25〕，而佔有文化資本的總量越多、文化

〔註22〕Bourdieu, P.（包亞明編譯）《文化資本與社會煉金術——布爾迪厄訪談錄》，頁142。

〔註23〕Bourdieu, P.（包亞明編譯）《文化資本與社會煉金術——布爾迪厄訪談錄》，頁151；Bonnewitz, P.（孫智綺譯）《布赫迪厄社會學的第一課》，頁82～83。

〔註24〕見 Bonnewitz, P.（孫智綺譯）《布赫迪厄社會學的第一課》，頁83。

〔註25〕甚至還可能出現反經濟利益的狀況，如布爾迪厄在《藝術的法則：文學場的生成和結構》中考察十九世紀以降，歐洲文學的發展，認爲由於文學場的獨立自主（獨立於經濟場、政治場等），文學的生產當然就不是以經濟利益爲目

資本的運作又能符合場域的特殊邏輯者，在文學場域中的位置就越高。同時，所擁有的資本結構、資本總量的情況，又同時是決定社會空間位置的條件，因此二者可說是具有同形構造的關係。

肆、慣　習（habitus）

然而社會秩序是怎樣再生產的？換句話說，行動者是如何在社會中行動的，從而使得社會秩序呈現一相對穩定的狀況？布爾迪厄提出「慣習」這一概念，以描述行動者是如何再生產社會秩序的。

所謂的慣習〔註26〕，「是一種社會化了的主體性」〔註27〕，也就是說，在個人社會化的過程中，個人與某一特定階級的存在條件相連，並受此存在條件限制，從而形成個人認知、感覺、行動及思考的特定傾向，而這特定傾向內化之後，便形成一個持久的傾向系統，成爲此人行動、思考、感覺等的無

的，因此文學家便強調自己與有直接主顧的「資產階級藝術家」，或商業文學的雇傭勞動者的區別，甚至作家的直接成功，被視爲「智力低下的標誌」。所以，以經濟利益的眼光看，文學場成了一個顛倒的經濟世界：藝術家只有在經濟地位上失敗，才能在象徵地位上獲勝（頁99）。這種反經濟的經濟，賦予文學場以特權，亦即，它除了自己生產的需求之外，不承認別的要求，它朝累積象徵資本的方向發展（頁175）。

〔註26〕habitus 這一術語的譯名甚爲多種，或譯爲「生存心態」（高宣揚〈論布爾迪厄的「生存心態」概念〉、〈再論布爾迪厄的「生存心態」概念〉、〈布爾迪厄的政權社會學〉、〈論布爾迪厄社會學中關於「象徵性實踐」的概念〉、黃毅志〈文化資本、社會網絡與階級認同、階級界限〉）；「生存習性」（李琪明〈批判的觀點——波笛爾文化與教育思想之研究〉、邱天助〈Bourdieu 的複製理論〉）；「習慣」（譚光鼎〈社會與文化再製理論之評析〉）；「慣域」（王志弘〈社會空間與象徵權力〉）、「習性」（洪鎌德〈卜地峨社會學理論之析評〉、劉維公〈布爾迪厄與生活風格社會學研究：兼論現代社會中的社會學危機〉、吳秀瑾〈文化品味與庸俗批判〉、包亞明編譯《文化資本與社會煉金術——布爾迪厄訪談錄》）、「習癖」（劉維公譯〈片斷化的象徵世界〉、莊瑞琳〈應用波笛爾〉）、「慣習」（陳敏郎〈文化秩序與社會秩序：布狄厄（P. Bourdieu）論文化正當性的建構及其再生產〉、趙蕙鈴〈布狄厄論「文化資本」的再生產結構——文化區辨與社會區辨的社會建構過程〉、方美玲〈漫談文化再製〉、孫智綺譯《布赫迪厄社會學的第一課》）、「慣性」（王崇名〈從「階級態度」到「個人品味」的轉換：伊利亞斯與布狄厄論西方日常生活特質之比較〉）、「慣型」（李永熾〈波笛爾與文化再生產〉）。本文對此譯名未有特殊看法，姑從「慣習」一詞，以表示此術語與一般日常用語，尤其是與其容易混淆的「習慣」之差別。

〔註27〕Bourdieu, P.（包亞明編譯）《文化資本與社會煉金術——布爾迪厄訪談錄》，頁173。

意識原動力。因此慣習雖然是後天獲得的〔註 28〕，但是由於它內化的結果，使得個人不必刻意記起行動必須遵守的規範，就可以行動，因而使得慣習有近乎本能般的效果〔註 29〕。

由於慣習是後天獲得的，因此教育，尤其是家庭教育的地位便十分重要〔註 30〕。因為個人最早所受的教育，亦即最初所獲得的傾向、最初慣習的形成，便是由家庭所塑造的。然而每一個家庭在社會空間中都佔有一個特定的位置，亦即每一個家庭都有其階級存在的特定條件，因此某一特定階級的感知、行動、思考傾向等模式，便深印在個人身上。換句話說，個人在社會化的過程中，便已同時自發地複製既存的社會關係〔註 31〕。

當然，慣習不是一成不變的，它是一個開放的系統，不斷地接受新經驗，並因此以一種加強或改變結構的方式，不斷受到經驗的影響。所以慣習雖然具有持續性，但並非是永恆的〔註 32〕。尤其是社會行動者的社會歷程（在社會中的上升、下降、停滯），是在不同的動力下構成的，亦即行動者在社會位置的上下演變中、在穩定不變中、在生存環境的改變中，都會造成慣習的重新建構。所以，行動者是經過怎樣的社會歷程，而佔有目前的位置，也成為理解特定社會行動者慣習的重要項目〔註 33〕。這表示個人的行為習慣和再現，從來就不是完全被事先決定的，但也不是完全自由的。雖然如此，慣習

〔註 28〕 Bourdieu, P.（包亞明編譯）《文化資本與社會煉金術——布爾迪厄訪談錄》，頁 15。

〔註 29〕 Bonnewitz, P.（孫智綺譯）《布赫迪厄社會學的第一課》，頁 99～100。

〔註 30〕 這當然不是說學校教育或社會教育對慣習養成是不重要的，然而布爾迪厄對學校有另外的看法，認為學校基本上也是文化鬥爭的場所，即學校文化是支配階級的文化：這個文化不但是任意的、帶有社會性質的，而且是篩選後的結果，這種篩選決定了何者為有價值、傑出，同時也決定何者為下流、平庸。這表現在學校教授的科目及學科內容的選擇，都是社群間權力關係的產物上，所以學校文化並不是一個中立的文化，而是一個階級文化。再者，學校文化與上層階級所處之環境的文化接近，因此上層階級的小孩由於擁有來自家庭的文化資本，因此學校文化有利於上層階級小孩學習的成功率。這也就說明了，在大學裡出身資產階級的學生人數，遠遠超過出身貧寒的學生數。故而對布爾迪厄來說，學校也是家庭文化鬥爭的場所。見 Bonnewitz, P.（孫智綺譯）《布赫迪厄社會學的第一課》，頁 145～147。

〔註 31〕 Bonnewitz, P.（孫智綺譯）《布赫迪厄社會學的第一課》，頁 102～103。

〔註 32〕 Bourdieu, P.（包亞明編譯）《文化資本與社會煉金術——布爾迪厄訪談錄》，頁 181。

〔註 33〕 Bonnewitz, P.（孫智綺譯）《布赫迪厄社會學的第一課》，頁 116。

卻絕非是隨著新經驗的出現而隨時瓦解又隨時形成的東西，事實上，慣習具有非常頑強的慣性〔註34〕，新的經驗總是通過早先存在的慣習而被理解的〔註35〕。

由此而來，每個人便都是某種階級慣習的不同版本，或者說，每個人都與某種階級慣習具有同形構造關係，這使得同一階級之不同成員可以統一在特殊的慣習裡〔註36〕。基於慣習是認知、感覺、思考、行動等的持久傾向系統，因此慣習事實上也預設了品味（taste）的分類系統：亦即社會行動者依據他們的感覺、認知等，選擇能夠和他們自身位置相配的各種屬性（服飾、食物種類、飲料、運動、朋友等），並因此分類了自身，使自己接受了分類。更詳細地說，他們在可供選取的物品與服務所組成的空間中，選擇了在這個空間裡，佔有相應於它們自己在社會空間中的位置的那些物品，從而將自己分類〔註37〕。當然，這種品味的分類也就是不同階級生活風格的分類，因此即使是在擁有的財貨數量相同的情況下，基於慣習，及由慣習而來的品味分類系統的不同，可以呈顯出相當大的生活風格差異〔註38〕。

總上所述，布爾迪厄認爲「社會世界客觀地呈顯爲一個根據差別之邏輯、分化之距離的邏輯，而組織起來的象徵體系。社會空間傾向於具有象徵空間的作用，這是一個生活方式，以及具有不同生活方式的地位群體所形成的空間」〔註39〕。換句話說，社會空間是一個象徵空間，由不同的慣習，及慣習構成的生活風格及群體所形成。由於慣習具有持久性、傾向於自我歸併和自我同化，因此總是在尋找一個對於自身而言是相對穩定的形式，以便鞏固自身〔註40〕。所以社會行動者的慣習，便也因此穩定地再生產其階級條件，這就同時再生產了既有的社會空間結構，從而維護了社會秩序的再生產。

伍、象徵性權力（symbolic power）

布爾迪厄認爲：「生活風格因此是慣習系統化的產品，這生活風格透過慣

〔註34〕Bonnewitz, P.（孫智綺譯）《布赫迪厄社會學的第一課》，頁103。
〔註35〕Bourdieu, P.（包亞明編譯）《文化資本與社會煉金術——布爾迪厄訪談錄》，頁181。
〔註36〕Bonnewitz, P.（孫智綺譯）《布赫迪厄社會學的第一課》，頁103～104。
〔註37〕Bourdieu, P.（王志弘譯）〈社會空間與象徵權力〉，頁438～439。
〔註38〕Bonnewitz, P.（孫智綺譯）《布赫迪厄社會學的第一課》，頁107～108。
〔註39〕Bourdieu, P.（王志弘譯）〈社會空間與象徵權力〉，頁440。
〔註40〕高宣揚〈再論布爾迪厄的「生存心態」概念〉，頁301～302。

習的架構被認知成人們的相互關係，成爲被社會賦予特性的符號系統（諸如「秀異」、「低俗」等等）。社會條件與慣習的辯證關係，是植基於一種煉金術。這種煉金術將資本的分配、權力的分佈關係，轉化成認知差異的系統、特質不同的系統，也就是說，轉化成不同的象徵資本、正當性資本的分配，而這是被誤認的客觀眞實。」

　　To quote：Life-styles are thus the systematic products of habitus, which, perceived in their mutual relations through the schemes of the habitus, become sign systems that are socially qualified （as 'distinguished', 'vulgar' etc.）. The dialectic of conditions and habitus is the basis of an alchemy which transforms the distribution of capital, the balance-sheet of a power relation, into a system of perceived differences, distinctive properties, that is, a distribution of symbolic capital, legitimate capital, whose objective truth is misrecognized.（P. Bourdieu, Distinction: A Social Critique of the Judgement of Taste, p.172）

　　也就是說，社會空間透過慣習的作用，分化成各種不同的生活方式，然而這些型態各異的生活方式，並不僅僅是單純的並列而已，其間由於有社會賦予特性（socially qualified）的作用，差異因而有了高下之別（秀異／低俗）。因此「秀異」的生活風格，因其已被命名爲「秀異」，也就意味著具有正面的價值、被社會所認可，從而所佔有的資本、構成「秀異」生活風格的階級條件（慣習），便可轉化爲象徵資本，也就是轉化成了具有正當性的資本。然而「秀異」的生活風格，在表面上只呈顯爲社會行動者品味（特質）的差異，也由於只是品味的差別，因此掩蓋了資本、權力分配不均的社會眞實狀況。

　　然而，何謂「秀異」？何謂「低俗」？（以及其他相對的詞組，如：雅／俗、機靈／遲鈍、文明／野蠻……等），這明顯有安置社會地位的意義，因此在任何一個社會中，這都是象徵性權力鬥爭的焦點。因此布爾迪厄說：「在任何社會裡，總是有意圖安置正當區劃的觀點、企圖建構群體的各種象徵性權力之間的衝突。象徵權力在這個意思上，是一種『建造世界』的權力。……而這種建造世界的方式，經常是在一項運作中，同時進行區分與重組，是從事分解、分析，以及組合、合成，而且通常藉由標籤的使用來完成。如同古代社會經常在二元對立（男性／女性、高／低、強／弱等）裡運作一樣，社會分類把對社會的感知組織起來，而且在某些情況裡，確實能將這個

世界本身組織起來。」〔註41〕所以象徵性權力也成了一種「利用字詞製造事物的權力」〔註42〕，這種透過字詞貼標籤的分類（亦即對於分類及命名的鬥爭），自然與社會階級的建構密不可分，實際上，存在於分類與階級之間的，即是一種相互建構的關係：亦即在利益各殊的團體之間進行的的交涉，是一種有助於階級產生的不斷的分類鬥爭。雖然這些分類有助於產生階級，但是這些分類卻也是階級鬥爭的產物，而且分類也依賴於階級間的權力關係。

To quote：The negotiations between antagonistic interest groups…… are an institutionalized, theatrical version of the incessant struggles over the classifications which help to produce the classes, although these classifications are the product of the struggles between the classes and depend on the power relations between them.（P. Bourdieu, Distinction: A Social Critique of the Judgement of Taste, p.481）

當然，象徵性權力乃是擁有象徵資本的效果，因此對於個人和群體的客觀分類、價值層級的確定等，並非所有的判斷都具有相同的份量，只有擁有大量象徵資本的權貴，才能佔有安置分類標準、價值標準的位置〔註43〕，這也就是上文所謂分類要依賴階級間的權力關係的意義。基於象徵資本是其他資本「被知悉與認知時的樣子，是經由它所安置的感知範疇而被認識到時的樣子」，因此象徵性權力「傾向於再生產並強化建構社會空間之結構的那些權力關係」〔註44〕。如此一來，擁有大量象徵資本的權貴，在「建造世界」時，便「傾向於藉由客觀地符合社會結構的分類系統，以及心靈結構之掩飾性的（因此是誤認的）安放，來安置一種將既定的秩序視為自然（正統）的理解」〔註45〕。也就是說，在某一場域中〔註46〕擁有大量的象徵性權力，乃是由於

〔註41〕Bourdieu, P.（王志弘譯）〈社會空間與象徵權力〉，頁444。
〔註42〕Bourdieu, P.（王志弘譯）〈社會空間與象徵權力〉，頁445。
〔註43〕Bourdieu, P.（王志弘譯）〈社會空間與象徵權力〉，頁442、445。
〔註44〕Bourdieu, P.（王志弘譯）〈社會空間與象徵權力〉，頁，442。
〔註45〕Bourdieu, P.（王志弘譯）〈論象徵權力〉，頁190。
〔註46〕象徵性權力不能脫離一定的場域，因此布爾迪厄在討論意識形態的支配性（其作用等同於象徵性權力）時，便強調這是「透過意識形態生產場域，以及社會階級之場域（社會階級之場域的結構），兩者之間的同構關係而達成。」也因此布爾迪厄認為「意識型態總是雙重決定的」，它們同時是「階級或階級之部分的利益」，也是「生產它們的人的特殊利益，以及生產場域的特殊邏輯（通常變形為一種「創造」或「有創意的藝術家」的意識型態）。」從而避免「短路」的馬克思主義的批評「將意識型態產物，粗暴地化約成為他們所服務的

所擁有的資本種類及其總量，符合此場域結構的要求，也由此獲得了被認可、讚賞的聲譽。然而權貴所具有的資本種類及總量，卻是基於慣習所得，而慣習又與社會階級同構，因此慣習、場域與社會階級三者皆有同構關係，故而透過慣習的無意識性質，掩蓋了資本分配不平均的社會事實，由此而誤認了社會秩序（社會再生產結構）及場域秩序的正當性。

然而無論誤認與否，象徵性權力總是存在，它所運作的「分類的鬥爭，是階級鬥爭的一個基本面向」。因為分類即是區分社會現實，它能使隱含的社會分類，變得明顯可見。故而「它是製造群體與操弄社會的客觀結構的權力。和星座一樣，指認與命名的執行性權力，使群體得以一種設定的、建構的形式存在」。因此布爾迪厄稱象徵性權力為：「最卓越的政治權力」〔註47〕。

由上述可知，品味隨社會階級之不同而不同，也就是說隨社會行動者所擁有的資本總量及資本結構（亦即在社會空間中之位置）之不同而不同。然而支配階級卻通過所擁有的象徵性權力，以及隨象徵性權力而來的區分策略來維持其位置，也藉由定義「秀異」（「好的品味」）並強加在其他人身上，以維持其支配地位。因此，「一旦一種實踐〔註48〕被傳開，失去其區別的能力，我們就得找另一個屬於宰制階級所有的實踐來取代之：在體育休閒活動裡，隨著網球運動的民主化，宰制階級也就越來越疏遠這個休閒運動」〔註49〕。所以支配階級為了減少競爭並且建立對場域的壟斷，「總是不斷地設法使自己區別於與他們接近的競爭對手」〔註50〕，或者換句話說，「那些已經能夠累積文化知識和經濟財富的社會團體，不會只試圖守護著已經擁有的，而會與企圖與它們爭奪的外來團體抗爭，同時更會企圖使珍貴的財物在數量上維持著稀少狀態」〔註51〕。而支配階級往往能夠成功，乃是因「在一個特定的場內

階級之利益」，也不屈從於將意識型態生產當成「順服於純粹且純屬內在的分析（符號學）的那種唯心論幻想」（Bourdieu, P.（王志弘譯）〈論象徵權力〉，頁 189～190。）所以象徵性權力，必然是某一場域的象徵性權力。

〔註47〕Bourdieu, P.（王志弘譯）〈社會空間與象徵權力〉，頁 446。
〔註48〕布爾迪厄所謂的「實踐」（practice）乃指日常生活言行，與中文「實踐」一詞往往所具有的宏大感不同。見 Honneth, Axel（劉維公譯）〈片段化的象徵世界：波笛爾文化社會學的省思〉，頁 31。
〔註49〕Bonnewitz, P.（孫智綺譯）《布赫迪厄社會學的第一課》，頁 139。
〔註50〕Bourdieu, P.（包亞明編譯）《文化資本與社會煉金術──布爾迪厄訪談錄》，頁 145。
〔註51〕Honneth, Axel（劉維公譯）〈片段化的象徵世界：波笛爾文化社會學的省思〉，頁 21、22。

佔統治地位的那些人，佔據的就是一個能使這個場朝著有利於它們的方向
發展的這樣一個位置」〔註 52〕。然而，這種用來證明自己身份地位的排他性
〔註 53〕，它是植基於慣習，同時也是植基於產生慣習的社會條件，因此不但
使其他「低俗」階級難以企及，同時也被視爲是與生俱來的，這也就讓階級
間的區分被認爲是「自然」造成的。於是，象徵性權力將其他形式之權力，
轉化成誤認的、變形的與正當的形式，從而以不明顯耗費能量而產生眞實的
效果，掩蓋了權力關係中的暴力〔註 54〕。

　　當然，國家在象徵性權力的建構上，地位更是醒目。由於國家是「正當
的象徵暴力的壟斷者」，因此即使在製造與安置正當觀點的鬥爭裡，它從未能
「達至絕對的壟斷」，國家仍然是強而有力的仲裁者。基於此，被國家設定爲
正當的觀點，至少在某個特定社會的界限內，也就成爲了每個人都必須認可
的觀點，這同時也透過法律予以確保。比如「學校畢業證書之類的資格證明，
是被普遍承認與保障的象徵資本，能通行於所有市場。作爲官方身份的官方
定義，它使得擁有此種身份的人，安置被普遍認可的觀點，因而脫離了所有
人對抗所有人的象徵鬥爭」。因此「象徵資本的法律神聖外衣，使得某個觀點
具有絕對的、普遍的價值」，更能使擁有者具有被普遍承認的權力〔註 55〕。

　　然而如前所述，在建立象徵秩序時，並非所有的競爭者都具有平等的機
會，只有擁有大量象徵資本的權貴，才能佔有安置分類標準、價值標準的位
置，也就是說，「站在能夠安置一個最有利於其產物的價值標準的位置上」，
這主要是因爲，「他們事實上壟斷了那些官方藉以決定與保障等級的制度」
〔註 56〕。這更穩固了社會階級間既有的支配關係。

陸、結　語

　　布爾迪厄所碰到的問題，和企圖加以解決的方法，都與當代法國知識場
域有關〔註 57〕，被稱作他「登峰造極之作」的《秀異》〔註 58〕，所研究的對

〔註 52〕 Bourdieu, P.（包亞明編譯）《文化資本與社會煉金術——布爾迪厄訪談錄》，
頁 148。

〔註 53〕 Honneth, Axel（劉維公譯）〈片段化的象徵世界：波笛爾文化社會學的省思〉，
頁 25。

〔註 54〕 Bourdieu, P.（王志弘譯）〈論象徵權力〉，頁 191。

〔註 55〕 Bourdieu, P.（王志弘譯）〈社會空間與象徵權力〉，頁 443～444。

〔註 56〕 Bourdieu, P.（王志弘譯）〈社會空間與象徵權力〉，頁 442。

〔註 57〕 洪鎌德〈卜地峨社會學理論之評析〉，頁 7。

象也是 60 年代的法國社會，因此他所建構的理論，也並非在任何社會都通行無阻。比如他認為「藝術創作要在經濟上不虞匱乏」〔註 59〕，但是在特定的社會，比如中國的六朝時代，如《典論‧論文》所強調的：「榮樂止乎其身」因此「貧賤則懾於飢寒」而放棄創作，是「志士之大痛」〔註 60〕，這明顯強調經濟上之貧富，並非所當在意之處。而六朝士族自矜於身份，因此即使家境甚貧亦不廢讀書創作。雖然這也許會有將來的效益，但最起碼不是在經濟不虞匱乏之下創作。因此在場域具有自主性，並且被賦予獨立的價值時，仍應當考慮時代背景所給予的特定價值內容。尤其在古代，當創作缺乏被轉換成商業價值的機制時，更是如此。

再者，布爾迪厄的理論模式，強調「秀異」是透過區分及文化資本的累積而得，這忽略了象徵價值被認可為「秀異」的一個重要條件，即忽略了「一個生活風格和其象徵的價值，是依現行的行動規範和價值觀念為社會所接受的程度而定」，或者說，「經濟上的優勢團體的確以更大的機會將制度化和普全化其價值觀念，因而增加社會對其生活言行的肯定，之所以能夠如此，並不是因為文化財貨的累積，而是因為其力行社會所認可的生活風格」〔註 61〕。總之，布爾迪厄的理論缺乏了秀異如何被決定的論述，這是我們在理解象徵性權力時應該注意的。

參考文獻

1. 王崇名，1995，〈從「階級態度」到「個人品味」的轉換：伊利亞斯與布狄厄論西方日常生活特質之比較〉，《思與言》第 33 卷第 4 期：171～192。

2. 吳秀瑾，2001，〈文化品味與庸俗批判：布爾迪厄文化思想論判〉，《東吳哲學學報》第 6 期：241～282。

3. 李永熾，2000，〈波笛爾與文化再生產〉，《當代》第 161 期，頁 18～23。

4. 李琪明，1997，〈批判的觀點——波笛爾文化與教育思想之研究〉，《公民訓育學報》第六輯，頁 129～146。

5. 邱天助，1992，〈Bourdieu 的複製理論〉，《社教雙月刊》第 51 期，頁 40

〔註 58〕 Honneth, Axel（劉維公譯）〈片段化的象徵世界：波笛爾文化社會學的省思〉，頁 18。

〔註 59〕 Garnham & Willams（鄭明椿編譯）〈波笛爾的文化社會學〉，頁 38。

〔註 60〕 曹丕《典論‧論文》，頁 125。

〔註 61〕 Honneth, Axel（劉維公譯）〈片段化的象徵世界：波笛爾文化社會學的省思〉，頁 30。

～47。

6. 洪鐮德，1995，〈卜地峨社會學理論之評析〉，《國立台灣大學社會學刊》第 24 期，頁 1～34。

7. 高宣揚，1998，〈文化區分化與符號差異化〉，《東吳哲學學報》第 3 期，頁 209～242。

8. 高宣揚，1991，〈再論布爾迪厄的「生存心態」概念〉，《思與言》第 29 卷第 4 期，頁 129～146。

9. 高宣揚，1991，〈政權社會學的開創者比埃爾‧布爾迪厄〉，收入周陽山編《當代政治心靈──當代政治思想家》，台北：正中書局，頁 300～354。

10. 高宣揚，1991，〈論布爾迪厄的「生存心態」概念〉，《思與言》第 29 卷第 3 期，頁 21～26。

11. 高宣揚，1992，〈布爾迪厄的政權社會學〉，《國立台灣大學中山學術論叢》第十期，頁 123～150。

12. 高宣揚，1995，〈論布爾迪厄社會學中關於「象徵性實踐」的概念〉，《國立台灣大學中山學術論叢》第十三期，頁 21～51。

13. 莊瑞琳，2000，〈應用波笛爾〉，《當代》第 161 期，頁 24～39。

14. 陳敏郎，1994，〈文化秩序與社會秩序：布迪厄（P. Bourdieu）論文化正當性的建構及其再生產〉，《思與言》第 32 卷第 3 期，頁 113～138。

15. 黃毅志，0000，〈文化資本、社會網絡與階層認同、階級界線〉，《國立政治大學社會學報》第輯，頁 1～42。

16. 趙蕙鈴，1995，〈布狄厄論「文化資本」的再生產結構──文化區辨與社會區辨的社會建構過程〉，《思與言》第 33 卷第 1 期，頁 161～184。

17. 劉維公，1999，〈布爾迪厄與生活風格社會學研究：兼論現代社會中的社會學危機〉，《社會理論學報》第 2 卷第 2 期，頁 347～374。

18. 蔡筱穎，2002，〈社會學是搏鬥的競賽〉，《當代》第 174 期，頁 40～44。

19. 羅世宏，1992，〈民意與文化的生態：波笛爾的文化社會學初探〉，《當代》第 77 期，頁 42～51。

20. 譚光鼎，1998，〈社會與文化再製理論之評析〉，《教育研究集刊》第 40 輯，頁 23～50。

21. Bonnewitz, P.（朋尼維茲著、孫智綺譯），2002，《布赫迪厄社會學的第一課》，台北：麥田出版。

22. Bourdieu, P.（王志弘譯），1994，〈社會空間與象徵權力〉，收入夏鑄九、王志弘編譯《空間的文化形式與社會理論讀本》，台北：明文書局，頁 429～450。

23. Bourdieu, P.（包亞明編譯），1997，《文化資本與社會煉金術──布爾迪

厄訪談錄》，上海：人民出版社。

24. Bourdieu, P.（劉暉譯），2001，《藝術的法則：文學場的生成和結構》，北京：中央編譯出版社。

25. Bourdieu, P.（王志弘譯），1995，〈論象徵權力〉，收入王志弘編譯《性別、身體與文化譯文選》，台北：不著出版社，頁 183～192。

26. Bourdieu, P., 1984, Distinction: A Social Critique of the Judgement of Taste. London: Routledge & Kegan Paul.

27. Bourdieu, P., 1991, Language and Symbolic Power. Cambridge: Polity.

28. Garnham, N. & William, R.（鄭明椿編譯），1992，〈波笛爾的文化社會學〉，《當代》第 77 期，頁 32～41。

29. Honneth, A.（劉維公譯），1992，〈片段化的象徵世界：波笛爾文化社會學的省思〉，《當代》第 77 期，頁 14～31。

誌　謝

在鍵盤上爲論文敲下了句點，但句點之後，感謝之情方殷。

感謝父母親，抑制著對我論文進度的關心，只怕會對我造成壓力。偶爾是否太過疲累的垂詢，雖是盡力平淡的口吻，卻也掩不住焦急之情。論文就是在這麼溫暖的背景裡完成的。

感謝指導教授王三慶老師，自我撰寫碩士論文至今，便一路支持我的研究角度，若沒有王老師的支持，論文將無法以目前的面貌出現。

感謝擔任口試委員的諸位老師，提點了許多問題、指出了尚可精進之處，使我獲益匪淺。

感謝系上的老師，在各個不同的面向，啓發我對問題思考的深廣度，老師們的諄諄教誨銘記在心。

感謝班上的同學，那一段相互扶持、相互鼓勵的日子，點點滴滴都在心頭，想起博士班的歷程，同學們的情誼總是畫面上最鮮豔的色彩。而學弟妹不吝給予的支援，我也衷心感謝。

感謝高苑科大的同事，在我就讀博士班期間，給我種種的方便及幫助，讓我更能專心於課業、論文，同事們的體諒，我始終未敢或忘。

感謝我的一幫哥兒們，不時寄來振奮人心的問候，多采多姿的激勵方式，總能讓我心中的陰霾一掃而空。

特別要感謝的是我的妻子淑珍，一杯杯遞上來的熱茶，讓苦澀的文字也分享了甘美。每次走過房門時的躡手躡腳，其實我都知道，但我更知道，這不是不小心發出的聲響，而是那一框房門隔不開的關心。

曾經幫助過我的人太多了，謹於文末一併致謝。